3행 연상시 5000편의 감정 풍경

온 세상이 시다

3행 연상시 5000편의 감정 풍경 **온 세상이 시다**

초판 1쇄 인쇄 2026년 4월 20일
초판 1쇄 발행 2026년 4월 26일

지은이 용혜원
펴낸이 이춘원
펴낸곳 책이있는마을
편 집 이서정
디자인 Do'soo

주 소 경기도 고양시 일산동구 무궁화로120번길 40-14 (정발산동)
전 화 (031) 911-8017
팩 스 (031) 911-8018
이메일 bookvillagekr@hanmail.net
등록일 1997년 12월 26일
등록번호 제10-1532호

ISBN 978-89-5639-364-3

온 세상이 시다

용혜원 시

시인의 말

시인은 시를 쓴다

　시인은 평생 동안 시를 찾고 시를 읽고 보고 쓰고 동행하며 살아간다. 시 속에는 시인이 살아온 삶이 그대로 녹아내려 있다. 시는 시인의 직간접 체험의 산물이다. 시인은 늘 시를 쓰고 싶은 허기가 있으며, 목숨이 다하는 날까지 시를 쓰는 삶을 살고 싶어 한다. 시인은 시를 쓰며 자신이 쓴 시를 보고 스스로 감동하고 울고 웃는다. 시인의 마음이 자연스럽게 시에 들어가 있기 때문이다.

　시는 시인의 마음을 담아놓은 그릇이며, 시인의 삶을 그대로 표현한다. 시인의 생각 속에서 시의 연상이 떠오르면 영감의 손끝에서 시를 쓴다. 시인은 넓고 깊게 다양한 연상을 해야 다양한 시를 쓸 수 있다. 시인은 마음은 제한되지 않고 자유로워야 한다. 시인은 수많은 언어 속에서 시에 맞는 언어를 찾아내어 시의 언어로 시를 쓰고 그림을 그리고 리듬을 타고 언어로 조각한다. 시인은 세상 언어 속에서 맑은 시의 샘을 찾아내어 사람들의 심금을 울려야 한다.

시는 시인의 마음의 목소리, 영혼의 목소리다. 시인의 시의 시작은 연상이다. 시인이 연상을 잘하면 수많은 시를 쓸 수 있는 동기부여를 가질 수 있다. 시는 자연스럽게 싹이 나 자라나 꽃이 피고 열매를 맺는 풀과 나무와 같다. 시가 지나치게 일정한 형식에 매달리면 공장에서 찍어낸 물건과 다를 바가 없다. 시가 지나치게 어려운 언어로 쓰거나 난해하면 독자들은 발길을 돌린다. 시 속에는 시인 마음의 세계가 있는 그대로 녹아있어야 한다.

시는 시인의 언어가 살고 있는 언어의 집이며, 시인이 창작한 언어의 낙원이다. 시인의 시가 사람들에게 사랑을 받고 읽히는 것은 행복한 일이다. 시를 읽으면 그림을 보듯 눈앞에 생생하게 살아나야 한다. 시를 평생 쓰려면 시의 소재가 많아야 한다.

시의 폭을 넓혀 나가야 시의 세계를 넓힐 수 있고 시의 영역을 넓혀가며 다양하고 폭넓게 많은 시를 쓸 수 있다. 시를 쓰려면 시의 세계에 미친 듯이 뛰어들어 밤낮으로 생각하고 좋아하고 마음에 담아 시를 써야 시가 살아난다. 마음에 울림을 주고 서로 공감하고 감동할 수 있어야 생명력이 있다.

시인의 고독과 외로움이 언어 속에 흐르는 것이다. 시를 계속하여 쓰려면 생각 속에만 갇혀있지 말고 시의 다양성을 위하여 다각도로 시의 세계를 넓혀 나가야 한다. 시의 세계를 넓고, 깊고, 높게 하려면 연상과 쓰기가 중요하다.

시를 연상하는 능력이 뛰어나고 언어 표현 능력이 머물고 계속 상승하고 자라나고 살아나야 한다. 시인의 언어 구사력이 제한되어 있으면 시를 쓰는 데 한계가 있다. 시를 쓰는 단어와 연관어가 많아야 한다. 시를 몇 편 쓰고 나면 바닥이 난 것처럼 시가 잘 써지지 않는다. 연상과 시를 표현하는 언어의 한계이다.

시를 쓰려면 우리말을 다루는 다양한 책을 통하여 풍부한 언어 능력을 가져야 한다. 언어를 많이 습득할수록 표현 능력의 범위가 넓고 높고 깊어질 수 있다. 시의 언어의 표현 능력을 다양하게 넓혀야 한다.

시의 세계는 넓고 무궁무진하다. 시를 써갈 수 있는 공간은 넓고 넓은 세계다. 그 넓고 깊은 세계를 살아있는 생명의 언어로 잘 표현해야 한다. 언어의 다양성이 시의 세계를 넓혀주어야 한다.

시를 오래도록 다양하게 쓰려면 언어의 그릇을 넓혀 나가야 한다. 언어의 바다에 배를 띄워 자유롭게 항해를 시작해야 한다. 시를 통하여 읽을거리, 말할 거리, 상상할 거리, 전할 거리, 감동거리, 공감거리를 만들어 주어야 한다.

시를 쓸 때 사용되는 언어가 다양해야 시 맛이 살아나고 시를 다양한 소재로 쓸 수 있고 읽는 재미가 넘친다. 언어는 시인의 생각과 시인이 쓰는 시 속에서 풍성하게 자라나 열매 맺기를 원한다.

글자 속에 갇힌 시가 아니라 문이 활짝 열려 있어야 공유하고 읽고 싶고, 적어 두고 싶고, 말해주고 싶은 시가 되어야 한다. 시가 독자들의 감정선을 흔들어 감동하고 환호하게 만들어 주어야 한다. 시는 결코 제한되거나, 구속되고 갇힌 것이 아니라 넓고 깊고 순수하게 표현되어야 한다.

시는 시인 영혼의 살아 있는 고백이다. 시인의 깊은 마음에서 쏟아지는 언어이기에 사람들의 마음을 감동시키고 움직여야 한다. 시인이 다양한 나이의 감정과 다양한 직업을 가진 사람들의 마음과 자연을 살피는 크고 넓은 마음을 가져야 시를 폭넓게 써

낼 수 있다. 때로는 아이처럼 소년과 소녀처럼 어른처럼 인생을 달관한 노인처럼 다양한 나이를 표현할 수 있어야 한다. 시인의 자기 목소리 자기 색깔로 시를 써야 시가 살아난다.

이 시들을 쓰기 위하여 참으로 오랜 시간이 걸렸다. 중간에 포기할까 하는 생각도 수없이 했다. 처음에 15,000편을 다 쓴 후에도 덮어쓰기를 잘못하여 5,000편이 컴퓨터에서 지워져 다시 써야 하는 인내의 시간을 가졌다. 수십 권의 두꺼운 노트와 볼펜을 100자루 이상을 썼다. 그러나 최선을 다하면 목표를 이루는 기쁨을 누릴 수 있다. 젊은 시절 외국의 어느 시인이 시 3만 편을 썼다는 것을 본 적이 있는데 나도 써볼까 했는데, 짧은 시 덕분에 쓸 수 있었다.

시인의 시를 시인만 알 수 있다면 안타까운 일이다. 시인의 생각과 독자의 생각은 다를 수도 있다. 시 선택은 독자의 몫이다. 시인은 시를 다양하게 써서 독자와 만나야 한다. 독자의 마음은 각기 다른 것을 원하고 있다. 시인은 언어의 연상과 상상 그리고 언어의 묘사를 잘해야 한다. 연상에서 나온 시가 독자와 함께 공유하고 감상하는 즐거움을 주어야 한다. 독자들은 시를 읽으며 공감할 때 시인과 마음을 공유하는 기쁨을 누린다. 이 짧은 연상시를 쓴 것은 시의 영역을 넓혀 나가기 위한 작은 노력이다. 시를 조금이라도 폭넓게 쓰려는 노력이다.

이 짧은 연상시를 쓰는 수많은 날과 시간 동안 시인으로 행복했다. 부족하지만 연상시를 읽어주시는 독자들에게 감사를 드린다.

용혜원 시인

온 세상이 시다

14

빈 가지에

빈 가지에

흘러간 세월이

걸려 있다

15

아침 이슬이

아침 이슬이

풀잎에 촉촉하게

시 한 편 적셔 놓았다

16

겨울 강이

겨울 강이

흘러가기 싫어서

꽁꽁 얼었다

17

겨울 산사

발길이 끊어진

겨울의 산사에

눈이 손님으로 찾아왔다

18

술잔에 뜬 달

술잔에 뜬 달

너무 아름다워

마셔 버렸다

19

감 하나

감나무에 감 하나

시 한 편처럼

달려 있다

20

달밤에

달밤에 풀들도

불면증 걸려

잠들지 못한다

21

하도 심심해서

달밤에 술 마시다

하도 심심해서

달에게 한 잔 주었다

22

추운 겨울밤

추운 겨울밤

어둠마저

꽁꽁 얼었다

23

강물에

강물에 누가

푸른 물감을

풀어 놓았을까

24

겨울 동화

하얀 눈 내리며

겨울 동화를

만들어 놓는다

25

가을 고독

가을 고독이

나뭇잎에 매달려

단풍으로 물들었다

26

풋잠

봄날 따뜻한

햇살에

산도 풋잠 들었다

27

한 방울의 물

한 방울의 물에도

우주의 신비가

담겨 있다

28

섬은 바다에

섬은 바다에

늘 젖어 살아서

목마르지 않다

44
솜사탕

하늘로 올라간

솜사탕이

하얀 구름이 되었다

45
앵두

앵두나무 가지에

이슬이 붉게 물들어

앵두가 되었다

46
장마

하늘 수도꼭지

터져 버렸나

계속 비가 내린다

47
조각가의 솜씨

꽃을 조각한

조각가의 솜씨

참으로 대단하다

48
단잠

밤하늘에 달빛이

단잠에

빠져들게 한다

49
호수

호수에

하늘이 내려와서

물이 파랗다

50
땅의 목마름

소낙비 내려

땅의 목마름

풀어준다

51
별들이

별이 밤하늘에

촛불이 되어

불을 밝히고 있다

52
돌탑의 기도

돌탑 하나하나에

간절한

기도가 쌓여 있다

53
토마토

토마토가

사랑에 빠졌나

얼굴이 붉어졌다

54
합창

소나기 내리면

빗물 방울들이

합창을 한다

55
동반자

내 인생 최고의

동반자는

바로 당신입니다

56
여름밤 매미

비가 내리는

여름밤 매미도

울지 않는다

57
잔잔한 호수

잔잔한 호수를

바라보면

마음이 편안하다

73

시의 혀

시의 혀는

수많은 언어로

시를 표현한다

74

고독의 이불

깊은 밤

홀로 잠들며

고독의 이불을 덮는다

75

별들은 빛난다

냉혹한 추위

속에서도

별들은 빛난다

76

추억

세월이

지나간 발자국에

추억이 남는다

77

들판의 악보

들판의 악보에서

풀꽃들이

노래한다

78

봄이 오면

봄이 오면

버들강아지

웃음소리 퍼진다

79

침대

침대 속에는

깊은 잠이

살고 있다

80

겨울의 손

겨울의 손이

찬바람을

풀어놓아 춥다

81

바람

바람은 얼마나

바쁜지

배웅할 수 없다

82

하마

먹고 싶은 게

얼마나 많으면

입을 크게 벌릴까

83

짧은 햇살

추운 겨울 풀잎이

짧은 햇살로 견디며

봄을 기다린다

84

고민

내 생각이

외출했다가

고민으로 돌아왔다

85

고요한 밤에도

고요한 밤에도

별들의 이야기

하늘에 퍼져 나간다

86

수염

나이가 드니

더 살고 싶어

얼굴에 뿌리 난다

87

잃어버린 길

잃어버린 길

추억 속에

그대로 남아 있다

103

추억을 안주삼아

추억을 안주 삼아

술 한 잔에

취하고 싶다

104

닳은 지우개

지우개가 닳아

작아진 만큼

과거를 지워 버렸다

105

잘 익은 감

잘 익은 감 속에

여름 이야기가

가득하다

106

소주 한 잔

소주 한 잔마다

넋두리와

푸념이 살아 있다

107

떠난 기차표

열차 떠난 표는

멀어져가는 만큼

아쉬움만 남는다

108

호수에 누운 달

한밤중 달이

매우 피곤해

호수에 누워 있다

109

촛불

촛불이

눈물을 흘리며

불타오른다

110

엉겅퀴꽃

엉겅퀴 꽃 피어도

사랑받지 못해

가시방석이다

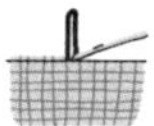

111

철새는

철새는 한 번도

뒤돌아보지 않고

날아간다

112

물고기

바다나 강에서

목말라

죽은 물고기는 없다

113

작은 호수

작은 호수

높은 하늘에서 보면

한 컵의 물이다

114

추억의 강

추억의 강에

그리움이

철 철 철 흐른다

115

혼자 사는 친구

혼자 사는 친구

고독한 얼굴에

눈빛이 외롭다

명작

평범한 것이

작가의 손에

명작이 된다

힘 꾼

큰 바위는

하늘을 들고 있는

힘 꾼이다

겨울밤 내린 눈

겨울밤 내린 눈

달빛이 묻어

하얗다

호수의 달

호수의 달

낚시를 던져도

입질하지 않는다

길은

길은 누구나

밟고 걸어가라고

바짝 엎드려 있다

봄 술

진달래꽃

봄 술 한 잔에

볼이 불그레하다

여름 술

수박이 남몰래

소줏잔을 돌렸나

속이 빨갛다

가을 술

사과가

햇살 안주에

빨갛게 익었다

겨울 술

추위를 이기려

독한 술 마셨나

보름달 얼굴 하얗다

소금

세상이 얼마나

싱거우면

소금이 꼭 필요할까

빈터

빈터에게

말 걸었더니

'외롭다'고 말했다

사람들 속에서

사람들 속에서

혼자일 때가 많아

외로운 삶이다

그리움 조각

생각 속에

그리움 붙이면

보고픔이 쌓인다

내가 살아온 길

내가 살아온 길

추억을 만들어

놓는다

가을 단풍 길

가을이

만들어 놓은

명작 풍경이다

174

옹달샘

옹달샘은 산골에서

태어나 바다까지

먼 여행을 한다

175

별

별이 갇힌 하늘에서

떠나고 싶어

눈을 깜박거린다

176

새들의 합창곡

새들의 합창곡은

똑같은 노래

계속해서 부른다

177

소라껍질

파도가 칠 때마다

소라 껍질 속에도

파도가 친다

178

대추

햇살을 얼마나

먹었으면

양 볼이 빨개졌을까

179

주막에

주막에

술병이 많아질수록

넋두리가 쌓였다

180

과거로 여행

추억은

과거로 떠나는

여행이다

181

겨울 과수원

봄소식 듣고 싶어

겨울 과수원

말없이 고요하다

182

작설차 한 잔

작설차 한 잔

향기가

그리움을 몰고온다

183

태양이 빛나도

태양이 빛나도

벽 뒤에는

그늘이 진다

184

시인

생각의 가지 끝에

시를 쓰는

사람이다

185

돌멩이

돌멩이는

발이 없어

걸어가지 못한다

186

까치

까치가 울음을

편곡했나

울음소리가 다르다

187

빈 배는

빈 배는

출항하고 싶은

마음이 가득하다

188

바다는 날마다

바다는 날마다

노을을 삼키는데

바닷물은 뜨겁지 않다

189

야생화 꽃향기

산길에서 만난

야생화 꽃향기에

홀딱 반했다

190

해변

해변은

파도의 이야기가

끝나는 곳이다

191

옷장의 외투

옷장의 외투는

외출할 시간을

기다리고 있다

192

산

산도 가족이 있나

산맥이 되어

모여 산다

193

까마귀

까마귀 부부싸움

하고 나왔다

울음소리 거칠다

194

들판

들판이 햇살과

비를 잘 받아들이려고

가만히 누워 있다

195

푸른 하늘에

푸른 하늘에

구름이 없었다면

하늘도 심심했을 것이다

196

단풍빛 유혹

단풍빛 유혹에

숲길을 걷다가

길을 잃었다

197

물방울 속에

물방울 속에

강 호수 바다가

있다

198

묵언 중에

자연은 항상

묵언 중에

가장 큰 말을 한다

199

나무는 말없이

나무는 말 없는

침묵 속에 서서

키가 자란다

200

꽃잎 속에는

꽃잎 속에는

아름다움과

향기가 살고 있다

201

달빛 손가락

달빛 손가락이

별들을 빛나게

만들어 놓는다

202

발가락

발가락은 언제나

가고픈 길을

바라보고 있다

203

고통은

고통은 삶의 깊이를

알게 하고

깨닫게 한다

218

가슴에 남은 풍경

아름다운 풍경은

가슴 속에 남아

그리움이 된다

219

물 한 컵

잠깐 내리는 비는

목마름을 달래주는

물 한 컵이다

220

혼자 사는 집

혼자 사는 집

고독이 곳곳에

보인다

221

숲속

숲속 깊이

걸어갈수록

숲과 하나가 된다

222

바다의 혀

바다의 혀 파도가

해변을 계속해서

핥고 있다

223

조개껍질

파도가

달려들 때마다

지난 이야기 나눈다

224

용서는

용서는

아픔을 지우는

지우개다

225

오래된 등대

어둠을

밝히는

불빛은 아직 젊다

226

봄 몸살

꽃샘추위로

몸살 앓더니

온 세상 꽃 천지다

227

수평선은

수평선은

지워지지 않고

파도 위에 선명하다

228

내일은

내일은

노크하지 않고

문 열고 찾아온다

229

콩 속에는

콩 속에는

콩의 일생이

들어 있다

230

옛날 사진

옛날 사진은

시금보나

내 얼굴이 젊다

231

해돋이

하늘이

해돋이 하며

하루를 낳았다

232

첫걸음

첫걸음

첫발자국이

모든 것의 시작이다

261

달의 고민

달이 무슨

고민이 생겨서

반쪽이 되었을까

262

상현달

보름달이

병이 들었나

얼굴이 핼쓱해졌다

263

하현달

달이 깊은 생각에

빠져들어

얼굴 살이 빠졌다

264

그믐달

어둠 속에서

너무 외로워서

그믐달이 되었다

265

보름달이

기분좋은가

보름달이

기분 좋게 웃는다

266

버들강아지

버들강아지

털북숭이 얼굴로

세상 구경 나왔다

267

붓

붓이 지나가니

꽃이 피고

새가 날아온다

268

뽐내는 불빛

어둠 속에서 불빛이

서로 아름답다고

뽐내고 있다

269

겨울 아침

따뜻한 햇살이

겨울의 손을

따뜻하게 잡는다

270

새벽 마당에

새벽 마당에

밤새 빛나던

달빛이 남아 있다

271

살아있는 바다

살아있는 바다는

생살을 깎아내며

파도를 만든다

272

아버지의 손

아버지의 손이

오직 사랑으로

아들 손 잡아주었다

273

초록의 노래

봄이 한창이라

나무들이

초록을 노래한다

274

시인의 손끝에서

시인의 손끝에서

삶의 이야기들이

시로 써졌다

275

꽃술

아름다운 꽃술을

담가 먹으면

내 마음에 꽃 필까

276

돌의 세월

바위에서

모래알되기까지

돌의 세월이 길다

277

파도의 아우성

방파제 끝에서

파도의 아우성을

온몸으로 듣는다

278

밤이면

밤이면 별들이

하나하나

내 꿈처럼 빛난다

279

안개는

안개는 얼굴도

안 보여주고

그림자도 감춘다

280

행복의 장소

당신이 있는 곳을

행복의 장소로

만들어라

281

별들의 밭

밤하늘은

별들이 가꾸는

별들의 밭이다

282

음식 맛

음식 맛을

느낄 때

살맛이 난다

283

비눗방울

비눗방울들이

하늘에 동그라미를

그려놓는다

284

하늘에는 별꽃이

밤마다

하늘에는

별꽃이 피어난다

285

밤의 정적

밤의 정적을 깬 것은

이른 아침

닭의 외침이다

286

미끄럼틀

나뭇잎과 풀잎은

이슬과 빗방울의

미끄럼틀이다

287

떠돌이 푸념

바람이 불다 떠나며

떠돌이 푸념을

늘어 쏟아놓았다

288

파도와 이야기

바닷가 사람들은

파도와 이야기를

잘한다

289

꽃 피는 소리

봄엔 세상에

꽃 피는 소리가

퍼져 나간다

290

가보고 싶은 곳

세상에는 아직도

가보고

싶은 곳이 많다

306
동백꽃

동백꽃 겨우내

붉은 입술로

입맞춤을 부른다

307
인생

단 한 번

그릴 수 있는

삶이란 그림이다

308
발자국

발자국은 걸어간

길에 남겨놓은

추억의 흔적이다

309
바다는 열정

바다의 열정을

거센 파도 치며

만든다

310
목화꽃

목화꽃 하얀 솜

뽑아놓으니

눈 오듯 하얗다

311
떠나간 사람을

떠나간 사람을

그리워하는 것도

병이다 병이야

312
눈 내리는 날

하얀 눈 하나로

온 세상을 아름다운

풍경으로 만들었다

313
사랑이란 선물

너는 나의 삶에

찾아온

사랑이란 선물이다

314
시가 찾아와

산길을 걸을 때

시가 찾아와

반갑게 만났다

315
하찮은 것들

하찮은 것들이

소중해질 때

삶의 기쁨을 느낀다

316
인생이란

인생이란

삶의 첫 무대이자

마지막 무대다

317
그리움이 차면

그리움이 차면

홀로 기차를 타고

훌쩍 떠난다

318
겨울 언덕에

겨울 언덕에

동장군이 꽁꽁 얼어

떠날 생각이 없다

319
밤비

밤비가 소리 없이

내리는데

그리워 눈물이 난다

320
길을 찾아

새들은 허공에서

길을 찾아

하늘을 날아간다

321
사과

한 개의 사과에

온 우주의 힘이

다 들어 있다

322
볼 수 없어

눈으로

볼 수 없어

그리움이 생겼다

323
한숨

한숨 속에는

못다 이룬 한이

담겨 있다

324
아무 이유 없이

너를 만나면

아무 이유 없이

같이 있고 싶다

325
사랑의 말

사랑의 말

한 마디에

고통을 견디며 살았다

326
느낌표

내 인생의

물음표 지우고

느낌표 만들고 싶다

327
홀로 뜬 달

홀로 뜬달

고독한지

창백하다

328
낙엽은 안다

낙엽은

이별의 아픔을

알고 떠난다

329
삶에는

삶에는

오르막길

내리막길이 있다

330
가을의 눈빛

가을에는

붉은 사과의

눈빛이 유혹한다

331
내 인생의 무대

너는 내 인생의

무대에 앉아

나를 보고 있다

332
하루는

하루는

나에게 허락된

삶의 날이다

333
싫증
아무 싫증 없이
언제나
사랑했으면 좋겠다

334
서툴다
어떤 일이나
익숙하기 전까지
누구나 서툴다

335
먼 그리움
먼 그리움이
가까운
사랑이 되었다

336
시작했으면
시작했으면
끝까지 견디며
이겨내라

337
정지된 시간
정지된 시간에는
아무것도
할 수 없다

338
가장 좋은 사랑
사랑할 수 있는
참사랑이
가장 좋은 사랑이다

339
바다가 말라서
바다가 말라
사라지면
소금이 된다

340
내 사랑
내 사랑을
찾았을 때
행복이 시작했다

341
떠나고 난 후
떠나고 난 후
안타깝게
사랑한 줄 알았다

342
싸움
싸움은 이긴 자나
진 자나 모두
상처뿐이다

343
생명
생명이 떠나면
모든 것은
부패하고 썩는다

344
정면 돌파
세상과
맞서려면
정면 돌파하라

345
고생스러울 때
고생스러울 때
삶이 팍팍해서
너무 힘들다

346
이 순간도
이 순간도
떠나면 다시
오지 않는다

347
내 인생도
내 인생도
내가 출연하는
한 편의 드라마다

363

구름도 피곤했나

구름도 피곤했나

산허리에

머물고 있다

364

사랑했더니

사랑했더니

내 마음이

단풍으로 물들었다

365

시를 독백하면

시를 독백하면

마음에

큰 울림으로 남는다

366

그리움이란

그리움이란

마음 길 따라

너를 만나는 것이다

367

떠오르는 연상

생각에 떠오르는 연상

시 하나로 묶어

시로 쓰고 싶다

368

모순

모순 속에서도

순리대로

살아야 한다

369

사랑의 마음

사랑의 마음에

물음표와

느낌표가 살고 있다

370

아침 명상

나무들이

아침 명상에 빠져

아무 말이 없다

371

저녁 명상

밤하늘 별들이

저녁 명상에 빠져

소리 없이 빛난다

372

낙엽을 보며

벽에 기대 떨어지는

낙엽을 보며

가을 고독을 읽는다

373

낡은 집

낡은 집에는

추억이

덕지덕지 붙어 있다

374

나무의 발

나무들은 발이

못생겼나

흙 속에 숨기고 있다

375

오랜 그리움

오랜 그리움

만나지 못해

한 편의 시가 되었다

376

어두운 밤에

어두운 밤에

길게 누워 생각하니

인생이 너무 짧다

377

혼자 마시는 술

혼자 마시는

독한 술은

외롭고 쓸쓸하다

378
떠돌이별

나는 밤마다
떠돌이별
지구에 누워 잠든다

379
봄바람

봄바람 손끝에서
봄꽃들이
신나게 피어난다

380
푸른 치마

바다의 푸른 치마
넓이는
얼마나 될까

381
가을 빛깔

단풍이 가을 빛깔
잃어버리고
낙엽 되어 떨어진다

382
겨울 찬바람

겨울 찬바람이
몸의 온도 내려
추위에 떨고 있다

383
들판의 나무

들판의 나무
한 그루 시인처럼
서 있다

384
청소부가

청소부가
낙엽을 쓸 때마다
가을은 멀리 떠났다

385
끝나는 인생

계절은 다시
돌아오지만
인생은 끝이 난다

286
사랑의 허물

사랑의 허물은
덮어주어야
아름답다

387
빈 뜨락

한밤중 빈 뜨락에
아무도 없는데
달빛만 가득하다

388
도넛

도넛은 가운데
구멍이 있어서
더 맛있다

389
도시인

가을에 벌레 소리
듣지 못하고
사각형에 갇혔다

390
풀어준 실

연은 욕심 없이
풀어준 실만큼
하늘 높이 날아오른다

391

추억이다

떠나버린 세월 속에

남아 있는 이야기가

추억이다

392

깊은 산 속

깊은 산 속

시간도 떠나기 싫어

놀고 있다

393

낯선 시간

낯선 시간 찾아와

익숙해지기 전에

야속하게 떠난다

394

초록의 계절에

초록의 계절에

숲속의 나무들은

풀벌레 소리에 잠든다

395

초승달에

초승달에

돛과 삿대 달고

여행 떠나고 싶다

396

병

병은

반갑지 않은

손님이다

397

봄날의 흥취

새싹과 꽃들이

봄날의 흥취를

연출하고 있다

398

내 인생을

내 인생을 자꾸

마구 흔들어

어설프게 만들지 말라

399

고개 내미는 그리움

그리움이 고개를

쏙 내밀면

네가 보고 싶다

400

세월 뒷모습

세월 뒷모습에

아쉬운

그림자가 있다

401

자연은

자연은 살아있는

말을 전해주는

한 권의 책이다

402

외로운 밤하늘

외로운 밤하늘

쓸쓸한 달 보면

외롭다

403

사람의 마음

그리운 것도

미운 것도

사람의 마음이다

404

가을 잠자리

가을 잠자리

오 갈 때 없는지

제자리 맴돈다

405

그림 쓰는 시인

시인은

언어로

그림을 그린다

421

적막

외로움이

내 마음에

성을 쌓아놓았다

422

이별의 아픔

내 곁을 떠난

발자국 소리

이별의 아픔이다

423

꽃향기

꽃향기는

벌 나비 찾아오는

길을 만든다

424

염소의 수염

염소의 수염 보면

할아버지 생각이

자꾸만 난다

425

고요한 숲길

숲은 고요한데

바람의 목소리만

들린다

426

함께해 준 것

늘 항상 함께

같이 해준 것들이

고맙다

427

엄마 등에서

어린 시절

엄마 등에서

세상을 보았다

428

착하게 살자

세상이 악할 때도

늘 선한 마음으로

착하게 살자

429

웃음꽃 피워라

풀과 나무가

꽃 피우듯이

웃음꽃 피워라

430

달리아

태양의 뜨거운

열기를 먹고

붉게 꽃이 핀다

431

새벽 파도

새벽 파도

밤새 힘들었는지

힘없어 보인다

432

지우개로

아픔 슬픔일랑

지우개로

지워버리자

433

나그네

세상살이 구름처럼

바람처럼 떠돌다

떠나는 나그네다

434
새 둥지

새들도 집 지으려고

세상에 왔나

둥지를 짓는다

435
아지랑이

아지랑이가

봄맞이 춤추며

봄을 환영한다

436
삶의 한 장면

삶의 한 장면

추억의 그림으로

남았다

437
가벼운 짐

인생에서

가장 가벼운 짐이

내 짐이다

438
밤의 끝에서

밤의 끝에서

빛과 함께

새벽이 찾아온다

439
기쁨 한마디

행복한 말

한 마디에

기쁨이 동동 뜬다

440
태풍이 분다

순풍에 돛단 듯

살면 좋은데

때때로 태풍이 분다

441
하루하루는

하루하루는

반복되어도

지루하지 않다

442
파도 친다

바다가 그리우면

내 마음이 먼저

파도 친다

443
우리의 이야기

세월의 뒤안길에는

우리의 이야기

추억이 남아 있다

444
정이 없으면

정이 없으면

가까이 있어도

외로움으로 멀다

445
산이 외로워

산이 외로워

구름이

안아주고 있다

446
빙어

빙어는 꽁꽁 언

강물 속에서

당당하게 헤엄친다

447
꿈속의 말

하고픈 말 많아

잠꼬대로

꿈속에서 떠든다

448
내 마음의 숲

내 마음의 숲에

사랑이 깃들었으면

정말 좋겠다

449

인생의 선착장

인생의 선착장에

사랑이 도착할

시간이 되었다

450

빈 술병

빈 술병이 모여

지난날을

이야기하고 있다

451

너를 본 순간

너를 본 순간

내 마음에

사랑이 싹텄다

452

비가 쏟아지네

비가 쏟아지네

내 마음도 슬퍼

눈물이 쏟아진다

453

삶의 마침표

삶의 마침표

멋대로 찍으면

불행이 깨문다

454

겨울 들판

마른 풀들이

봄 기다리며

몸 비비고 있다

455

밀담

캄캄한 밤 별들이

밤새 반짝이며

밀담 주고받았다

456

돌탑도 늙었다

흘러가는 세월을

건지지 못해

돌탑도 늙었다

457

외로운 날은

외로운 날은

술잔이 아니라

눈물 잔이다

458

슬픔

슬픔을 닦아내면

기쁨과 웃음이

성큼 찾아온다

459

어둠

낮에 햇볕에

숨어있던 그림자가

밤 어둠을 만든다

460

숲속의 나무

의자 책상 가구도

예전에는

숲속의 나무였다

461

말 없는 큰 바위

오랜 명상에

빠져들어

아무 말이 없다

462

꿈속에

꿈속에

그대 찾아올까

어서 잠들고 싶다

463

목소리 정겹다

사랑하는 사람의

목소리가

가장 정겹다

464
행복하려면

행복하려면

자연의 소리를

들어야 한다

465
달빛 내린 밤길

밤길을 걸으면

달빛이 내려와

머리에 앉는다

466
언어의 공방

내 마음은

시를 만드는

언어의 공방이다

467
시인의 길이다

내 인생에

가고 싶은 길은

시인의 길이다

468
해맑게 웃는

해맑게 웃는

행복한 얼굴이

가장 보고 싶다

469
거칠게 시 한 편

파도칠 때

거칠게 시 한 편

밀려왔다

470
달콤한 꿈

못 이루었던 사랑

달콤한 꿈에서

살짝 이루었다

471
기다려 달라고

가보지 못한 풍경

꼭 기다려 달라고

부탁하고 싶다

472
지평선 따라

지평선 따라

들길을 걸으며

자연의 소리 듣는다

473
작설차

차를 마실 때마다

새의 혀가 맞닿는

신비를 느낀다

474
가을 강물

가을 강물이

아름다워

눈길을 접기 싫다

475
추억이 살아나면

추억이 살아나면

그리움을 만드는

힘이 강하다

476
단풍 든 가을 산

단풍 든 가을 산

눈길을 끄는

수채화다

477
수첩에

수첩에

꿈을 적어놓으면

이루어진다

478
유혹의 미끼

유혹의

미끼를 물면

불행이 덥석 깨문다

479

묵상의 시간

발길이 끊어진

깊은 산 속

묵상의 시간이다

480

바다 목소리

소라는 고동 속에

바다의 목소리를

담아 놓았다

481

옛 찻집

옛 찻집에 가면

떠나버린

너를 만날 것 같다

482

갈대는

갈대는 이별의

아픔을 알기에

손을 흔들어준다

483

여행자의 눈

여행자의 눈을

사로잡는 것은

아름다운 풍경이다

484

박꽃

가을 달빛 받아

어둠 속에 박꽃이

하얗게 피었다

485

추억 속에 저장

아름다워 가슴에

담고 싶은 풍경

추억에 저장하였다

486

꿈꾸는 사람

꿈꾸는 사람은

내일을 행복하게

만들어 간다

487

달빛 아래

달빛 아래

편안히 잠든다면

아침이 즐겁다

488

가을의 발목

늦가을 비 내려

떠나는 가을의

발목을 적신다

489

여행을 통하여

여행을 통하여

생각이 깊어지고

더 넓어진다

490

높은 산

높은 산 올라 보면

낮은 산

더 낮게 보인다

491

처음 부른 노래

나의 시는

내가 처음 부른

삶의 노래다

492

잠 깬 강물이

새벽이 찾아와

잠 깬 강물이

힘차게 흐른다

493

겨울 강물

겨울 강 꽁꽁 얼어

물고기 마음도

얼었다

494

추억의 섬

세월이 흐르면

시간이 떨어져 나가

추억의 섬이 된다

495

빈자리

네가 없는

빈자리에 고독이

혼자 앉아 있다

496

떠나는 세월

떠나는 세월과

아무리 흥정해도

아무 효과가 없다

497

겨울 외투

겨울 외투

옷장 속에 갇혀 있다

겨울에 외출한다

498

걷기 여행길

길 따라 걸으면서

보고 듣고 말하고

담아가는 여행길이다

499

동트는 곳

동트는 곳에

새날의 하루가

찾아온다

500

고적할 때는

고적할 때는

몸과 마음 젖도록

비에 젖으며 걷자

501

숲속의 가수

숲속의

빼어난 가수는

목청 좋은 새다

502

저녁 그림자

저녁 그림자는

피곤한지

수척해 보인다

503

별의 밤하늘

밤하늘에

별이 많아도

잘 어울려 산다

504

강변 길

강변 길 아름다워

물길 따라

걸어가고 싶다

505

꿈속의 꿈에서

그리움이 지나쳐

꿈속의 꿈에서

너를 만난다

506

어둠의 커튼

밤이면 세상에

어둠의

커튼을 내린다

507

가을 오후

단풍이 살아나는

가을 오후

너를 만나고 싶다

508

명상 시간

고요 속에

나를 보는

명상 시간이다

509

그대

그대와 있으면

나는 행복해

바랄 것이 없다

510

저녁 산은

저녁 산은

벌써 자리에 누웠나

말이 없다

511

눈웃음

들판에서

눈웃음을 치는

들국화 아름답다

512

새싹의 힘

땅 뚫고 나오는

새싹의 힘은

아주 강하다

513

가마솥에

가마솥에

고향 소식이

끓고 있다

514

할 말 많은 바다

바다는 할 말이

많아 쉬지 않고

파도를 친다

515

봄 떠나면

봄 떠나면

라일락 향기도

훌쩍 떠났다

516

인사

인사를 나눌

사람이 없으면

외롭다

517

달은 아침이면

달은 아침이면

어느 집에 가서

잠을 잘까

518

아침 강

힘차게 흐르는

아침 강

희망이 가득하다

519

달이 구름 속에

밤비가 내리는데

달이 구름 속에

숨기가 바쁘다

520

무대

예술가는

무대에 오르기를

원하며 산다

521

허무의 뼈대

인생을 알 만하니

허무의 뼈대가

드러나고 있다

522

나목이

나목이

시 한 편으로

멋있게 서 있다

523

별 없는 밤

별 없는 밤

어둠이 내려와

가득하게 쌓였다

524

봄날 꽃들이

봄날 꽃들이

얼마나 신나면

꽃망울 터뜨릴까

525

허전함

다 떠나고

혼자 남아 있으니

허전함이 몰려온다

526

새로운 시작

새로운 시작은

희망 속에

기대가 된다

527

무슨 슬픔인지

새 한 마리

무슨 슬픔인지

목청껏 울고 있다

528

쏟아지는 희망

내 마음의 뜰에

희망이

가득 내렸다

529

노을은

노을은

떠남을 아쉬워하며

붉게 물든다

530

행운

행운이 찾아오면

문을 열고

반갑게 맞이하라

531

늦잠

늦잠 자고 일어나

아침을

잃어버렸다

532

하늘의 씨앗

누가 하늘에

씨앗을 뿌려

별꽃이 피어났을까

533

보름달

어느 시인이

시 한 편

하늘에 달아 놓았다

534

내 마음

내 마음을 활짝

열어놓으면

세상도 밝아진다

535

이 땅의 빈객

우리는 빈손으로

왔다 떠나는

이 땅의 빈객이다

536

고뇌의 터널

고뇌의 터널

지나지 않은

명작은 없다

537
사랑의 춤

너를 보고 있으면

너무 좋아

사랑의 춤을 춘다

538
밝은 웃음

밝은 웃음은

마음을 비추는

작은 태양이다

539
삶을 배웠다

언덕과 힘든 고개와

비탈길을 통과하며

삶을 배웠다

540
존경

진실한 존경은

마음에서

시작한다

541
기억

기억의

걸음걸이가

추억을 찾아간다

542
깎아 놓은 연필

깎아 놓은 연필이

피를 흘리며

시를 쓰고 있다

543
기차는

기차는 철로 위만

달리는 변하지 않는

고집이 있다

544
봄 빗소리

봄 빗소리

새 생명을 살리는

힘찬 소리다

545
밤에 외로워

밤에 외로워

술 한 잔하니

달빛도 곁에 있다

546
끈기

들판에서 자라는

풀에게

끈기를 배워라

547
한가로운 날

한가로운 날

고독이 손님처럼

문을 열고 들어온다

548
숲속 빈터에

숲속 빈터에

야생화 꽃 피어

살고 있다

549
멋진 그림

하루 중에

가장 멋지게

그려 놓은 그림이다

550
낙엽을 밟고

낙엽을 밟고 걸어가면

가을이 떠나는

소리가 들린다

551
제자리 지키며

나무들이 하나 되어

제자리 지키며

숲을 만든다

552
살벌한 추위

살벌한 추위가

문도 마음도

꼭 닫게 만든다

553
바위의 추억

모래알 하나하나에

바위의 추억이

들어 있다

554
고독의 그림자

고독의 그림자가

나를 떠나지 않을 때

울고 싶었다

555
겨울 골목

추위에 시달린

겨울 골목

보기에도 싸늘하다

556
사랑 시

너의 마음의

빈칸에 사랑 시

한 편 써놓고 싶다

557
계곡에는

계곡에는

물 흐르는 소리가

사시사철 살고 있다

558
너를 만나려고

너를 만나려고

지금까지

기다리고 있다

559
가을 앓이

단풍이 물들면

고독을 찾아와

가을 앓이를 한다

560
의연한 고인돌

말없이 서 있으니

오랜 세월

견딜 수 있었다

561
단풍 길

단풍 길 걸을수록

가을이 마음에

물든다

562
멋진 인생

누구나

아름답고 멋진 인생

살고 싶어 한다

563
산은 언제나

세상이 난리 쳐도

산은 언제나

제자리 지킨다

564
인생 살맛

기분 좋게

살 수 있다면

인생 살맛이 난다

565
목숨값

목숨값만큼

소중하게

살다 가자

566
살아가면서

살아가면서

추억해도 좋을 날

만들어 가자

567
아름다운 풀꽃

풀꽃이 아름답게

피어나는 것은

자연스러운 일이다

568
아픔의 무게

고통스러울 때

아픔의 무게가

더욱더 무겁다

569
옹호

나는 네 편이다

힘 있게

옹호해주고 싶다

570
상상 속에서

상상 속에서

다양하고 수많은

그림을 그린다

571
따뜻한 사람

늘 다정하고

마음이 늘 편안한

따뜻한 사람이 좋다

572
삶의 끝자락

삶의 끝자락에도

행복이란

꽃이 피어난다

573
먼 산

먼 산

그리움에

가까이 가고 싶다

574
슬플 때는

슬플 때는

밤하늘에 별마저

같이 울었다

575
강물은 오늘도

강물은 오늘도

인생을 노래하며

흐른다

576
허공의 외침

허공 속에

아우성과 외침이

가득하다

577
밤은

검은 머리카락

풀어헤쳐 세상을

어둡게 만든다

578

흘러가는 세월은

흘러가는 세월은

모든 것을

티끌과 먼지로 만든다

579

인생의 짐

나는 인생의 짐

지고 가는

세상 나그네다

580

눈꽃

날씨가 추워

눈이 꽁꽁 얼어야

눈꽃이 피어난다

581

행복한 추억

날마다

행복한 추억을

만들며 살자

582

오늘도

오늘도 떠나면

다시 오지

않는다

583

봄을 찾는 사람

봄 찾는 사람들이

들에서

봄나물을 캐고 있다

584

눈길 가는 곳

눈길 가는 곳에

자기가 원하는

것이 있다

585

할 말이 많으면

할 말이

너무 많아서

침묵하고 있다

586

바다 풍경

바다 풍경은

파도 소리가

완성해 놓는다

587

의심은

의심은 뾰족한

바늘같이

아프게 찌른다

588

매미야

매미야

명상 좀 하게

울지 마라

589

오랜 후에

오랜 후에

자기 삶 보아도

아름답게 살자

590

나의 인생이란

나의 인생이란

계절이 아름답게

꽃 피게 만들자

591

외로운 공포

이 넓은 세상에

혼자 남는 것은

외로운 공포다

592

화가의 손길

화가의 손길이

그린 명화

볼수록 감탄한다

593

달빛은

달빛은

한밤중에

길을 안내한다

594

사라진 도시

역사 속으로

사라진 도시

유적이 전해 준다

595

워낭 소리

워낭 소리 들리면

내 마음이

들판에 펼쳐진다

596

새벽 달빛

새벽에 달빛이

피곤하지

창가에 쉬고 있다

597

세찬 빗소리

하늘에서 쏟아지는

세찬 빗소리는

통곡하는 소리다

598

매화꽃

매화꽃 피니

왜 봄이

좋은지 알겠다

599

토박이꽃

토박이꽃이

산천 곳곳에

아름답게 핀다

600

과자

어린 시절 과자는

참 반가운

손님이었다

601

옷 벗은 나무

늦가을에

옷 벗은 나무

겨울에도 건강하다

602

인생의 참맛

인생의 참맛을

알고 살아야

삶의 가치가 있다

603

달빛 추억

밤길에 나누었던

너와 사랑이

달빛 추억 되었다

604

봄 산

봄이면 봄꽃들이

모여들어 꽃 피는

봄 산을 만든다

605

어둔 강

고통의

어둔 강을 긴니면

빛과 희망 찾아온다

606

계절마다

계절마다 서로

다른 풍경을

만들고 있다

607

산그늘

산그늘에는

숨어 사는

이야기가 있다

608
외로울 때
외로울 때

시를 쓰면

시가 고독하다

609
독백
너에게 하고픈 말

하지 못하고

독백하고 있다

610
가난한 옥탑방
가난이

옥탑방 이상

올라갈 방이 없다

611
얼음꽃
살벌하고 냉정한

추위가 얼음꽃을

피워놓았다

612
가슴 아픈 말
들을수록

가슴 아픈 말

너는 쓸데가 없다

613
아주 먼 길도
그리움은

아주 먼 길도

잘 찾아간다

614
아름다운 사람
아름다운 사람은

추억 속에

아름답게 남는다

615
화창한 봄날
화창한 봄날

꽃잎들의

눈짓이 아름답다

616
초행길
초행길은 낯설지만

호기심 속에

반갑다

617
다정한 눈빛
다정한 눈빛으로

바라볼 때

마음도 따뜻하다

618
사랑의 끈
너를

사랑의 끈으로

꼭 묶어 놓고 싶다

619
빈 노래
인생이 빈 노래가

되지 않게

알차게 살자

620
멋진 일
누군가를

좋아한다는 것은

참으로 멋진 일이다

621

외롭다는 것은

외롭다는 것은

사람이

그립다는 것이다

622

우연도

우연도 좋으니

행운이 찾아오면

좋겠다

623

갈 길에서

갈 길에서 어긋나면

불행이 쏜살같이

쳐들어 온다

624

물 천지

온 세상을 장마가

독차지하여

물 천지다

625

갈 길

세상 어느 곳이든

갈 길은 있다

절망하지 마라

626

뼈 중의 뼈

고통이

뼈 중의 뼈가 되어

괴롭히고 있다

627

게으름

먹을 것이 많아도

게으른 동물은

굶어서 죽는다

628

봄에 걸리는 병

봄에 걸리는 병은

꽃을 찾아다니는

그리움 병이다

629

창백한 얼굴

고독이 핏기 없는

창백한 얼굴을

만든다

630

도시의 뒷골목

도시의 뒷골목

겉과 다른 모습의

이야기들이 살고 있다

631

최고의 인연

이 세상에서

당신을 만남은

최고의 인연이다

632

하얀 백조

백조는 하얀 옷

하나만으로도

아름답다

633

연상

시를 쓸 수 있는

연상 떠오르지 않아

시가 마른다

634

어머니는

어머니는 어릴 적에

가족 식사를

정성으로 준비하셨다

635

묵향의 깊이

묵을 갈수록

붓글씨가 살아나고

묵향의 깊이 깊다

636
마음의 짐

무거운

마음의 짐

홀가분하게 털어냈다

637
허공에 핀 꽃

허공에 핀 꽃

바람에 흔들리며

향기를 날린다

638
뚝배기

뚝배기에

곰탕 한 그릇에

겨울이 따뜻하다

639
한여름

한여름 쏟아지는

햇살과 비를 맞고

호박이 열렸다

640
차가 되면

부글부글 끓던 물도

차가 되면

잔잔해진다

641
나들이

민들레

봄나들이 나와

웃음꽃 피운다

642
떠나간 시간

떠나간 시간이

계속 쌓이면

추억이 된다

643
역사

하루하루의

이야기가

역사를 만든다

644
벽화

내 마음의 벽에

그대의 얼굴

그려 놓고 싶다

645
피곤

피곤에 시달리면

고단해진 눈이

잠을 부른다

646
나이 들어가며

나이 들어가면

가까운 사람들이

세상 떠나 쓸쓸하다

647
시냇가에

시냇가에

수많은 풀이

하늘 보며 꽃 피운다

648
밤마다 모여서

밤하늘의 별들은

밤마다 모여서

어떤 꿈을 꿀까

649
미안한 생각

산길에서 만난 꽃

이름 알지 못해

미안하다

650
삶의 좋은 시절

삶의 좋은 시절도

스스로

만들어 가는 것이다

651

다시 만나자

우리 다시 만나자

나도 너도

서로 잊지 못했다

652

찻집의 고독

혼자 앉아 마시는

한잔의 커피

찻집의 고독이다

653

떠나는 여행

삶이란

자기 자신을 찾아서

떠나는 여행이다

654

삶의 옛 풍경

추억은 마음 한 곳에

머물러 있는

삶의 옛 풍경이다

655

일기

일기를 쓰며

하루의 삶을

추억으로 남긴다

656

깊은 샘

땅의 속마음을

깊은 샘이

퍼내어 흐르게 한다

657

내 생각 속에

내 생각 속에

그리움이 많아

자꾸만 보고 싶다

658

아기 새

둥지에서

어미 새 기다리는

아기 새 안쓰럽다

659

마음의 구석

마음의 구석에

그리움과

추억이 쌓여 있다

660

여름 땡볕

여름 땡볕에

풀은 시들고

목 타오른다

661

소소한 일상

소소한 일상에

찾아온

작은 행복이 좋다

662

하루의 피곤

하루의 피곤이

베개를 끌어당겨

잠을 청한다

663

봄꽃 길 끝없이

향기로운 봄꽃 길

끝없이

걸어가고 싶다

664

시장 골목은

시장 골목은

애환 속 국밥

한 그릇이 맛있다

665

예술 작품

예술 작품은

사람 냄새가 나야

좋은 작품이다

666

구름 조각

구름 조각들이

하나로 뭉쳐

비를 쏟아내고 있다

667

숲속 길

숲속 길

누가 사랑하며

오고 갔을까

668

그대 그리워

노을을 보면

그대 그리워

눈물이 난다

669

옷장

옷장에서 오래

입지 않은 옷이

입어달라고 눈짓한다

670

언어의 통로다

시는 시인과

자연을 연결해 주는

언어의 통로다

671

박제된 시

시집에

박제된 시는

아무도 찾지 않는다

672

하얀 구름

흰 구름 심술 나면

먹구름이 되어

비를 내린다

673

비 쏟아진 후에

비 쏟아진 후에

세상이 깨끗하고

공기가 맑다

674

들길에서

들길에서 들꽃과

친구하며 걸으니

피곤하지 않다

675

환상

얼마나

보고 싶으면

환상이 보일까

676

어둠 속에서도

어둠 속에서도

별과 달을

바라보라

677

바다의 섬

바다가

외로울까 봐

섬이 곳곳에 있다

678

작은 물방울이

작은 물방울들이

안개가 되어

숨바꼭질한다

679

빗소리

비 내리는 밤

외로움 속에

빗소리가 정겹다

680

쓸쓸할 때는

쓸쓸할 때는

파도 소리도

처량하게 들린다

681

작은 멸치

파도 속에서

살아가는 작은 멸치

담력이 대단하다

682

밤하늘에

밤하늘에

달조차 없었으면

얼마나 쓸쓸할까

683

기쁨의 시간

기쁨의 시간은

그만큼

노력해야 얻는다

684

느티나무

마을 입구에

서 있는 느티나무

모습이 겸허하다

685

좋아하는 일

사람들은

좋아하는 일을 할 때

가장 행복하다

686

풍경의 유혹

여행자들은

풍경의 유혹에

발길을 멈춘다

687

표정

표정이 어두우면

행복도 찾아왔다

도망친다

688

외로운 밤

외로운 밤에는

별들의 눈빛이

그리움으로 반짝인다

689

행복에 빠진 사람

해맑게 웃는

사람은 행복에

빠진 사람이다

690

명화

종이 한 장에

그려 놓은 그림이

명화가 되었다

691

큰 나무 그늘

큰 나무 그늘은

쉴 만하게

넓고 충분하다

692

암자

절벽 위에 암자

한 편의 그림처럼

앉아 있다

693

강변의 갈대들이

강변의 갈대들이

바람 불 때마다

수다를 늘어놓았다

694

봄날 유채꽃

봄날 유채꽃은

아름답게 피어나

노랗게 물들인다

695

산유화

봄을 불러내는

산유화 꽃 피어

봄의 시작을 알린다

696

슬픈 마음이

슬픈 마음이

눈물 한 방울마다

녹아 있다

697

감탄

내가 내 삶을

바라보아도

감탄하도록 살자

698

푸른 물감 가득

창문을 열었더니

가을 하늘에

푸른 물감 가득하다

699

신나는 소리

시원하게

비 내리는 소리

신나는 소리다

700

겨울 설산

겨울 설산

붓으로 그려 놓은

한 폭의 수채화다

701

사진 한 장도

사진 한 장도

언제나

간직하고 싶다

702

외로운 구름

푸른 하늘에

가족을 잃고

외로운 구름 떠 있다

703

불꽃

불꽃도

타오르고 나면

재만 남는다

704

잠깐

오랜 세월

만난 듯해도

떠나면 잠깐이다

705

틈

틈이 없다면

나는 당신에게

들어갈 수가 없다

706

다른 구름을

구름은 계절마다

다른 구름을

만들어 놓는다

707

타인의 얼굴

너의 얼굴에서

타인을 보았을 때

이별이 시작되었다

708

큰 외침

작은 목소리

조용한 목소리도

모이면 큰 외침이다

709

금붕어 배

금붕어 배가

불뚝한 걸 보면

할 말이 많다

억겁의 세월

억겁의 세월도

찰나지만

꽃 피어나니 좋다

보고 싶은 미련

미련이 아직

남아 있을 때

보고 싶다

힘찬 시냇물

시냇물이

힘차게 흘러

물레방아를 돌린다

새우잠

근심과 고민이

많아지면

새우잠을 잔다

근심의 그림자

근심의 그림자

깃들면

마음이 초조하다

강 노을

노을이 강물에

붉게 물드니

흐르는 강물도 붉다

고통의 장벽

고통의 장벽

높아지면

괴롭고 비참하다

따뜻한 밤

차가운 겨울 있어

따뜻한 봄

환영받는다

하늘의 별

하늘의 별들은

별꽃으로 피어

영원히 시들지 않는다

떠도는 소문

허공을 떠도는

소문은

진실이 잠재운다

봄꽃 피는 봄

봄꽃 피는 봄

온 세상에 꽃들의

합창이 가득하다

퇴근길

퇴근길

술잔이 발목을

잡아당기고 있다

늦가을 엽서

떨어진 낙엽들이

늦가을 엽서가 되어

바람에 날린다

723

큰 꿈

큰 꿈이 있어야

꿈을 이루고 싶은

마음도 크다

724

내 마음의 편지

너에게 보내고 싶은

내 마음의

편지가 있다

725

어둠 속의 빛

등불은 드러나야

어둠 속에서

빛을 발한다

726

그리운 얼굴

살다 보면 떠오르는

그리운 얼굴이

보고 싶다

727

안개

안개는

모든 걸 품어 주다

소리 없이 사라진다

728

누구나

누구나

사랑한 만큼

행복하게 산다

729

귀뚜라미

귀뚜라미

목청 거칠수록

가을밤이 깊어간다

730

친구

우정이 깊이 들어

만나고 싶은

친구가 있다

731

가장 행복한 날

내 인생에서

가장 행복한 날을

만들기 위해 산다

732

엄마의 손길

자식을 키워 놓은

엄마의 손길

너무나 소중하다

733

태양도

태양도

하루살이처럼

날마다 뜨고 진다

734

소중한 생명

풀잎은

초록 생명의

소중함을 알려 준다

735

막막한 벽

막막한 벽을

만날 때

암담하다

736

천천히 걷자

천천히 걷자

오래만에 만나

할 말이 참 많다

737

내 작은 삶

우주 안에

내 작은 삶이 있다니

참 신기하다

738

민들레 웃음

봄 들판에는

민들레 노란 웃음이

곳곳으로 퍼져 나간다

739

마음의 유리창

마음의 유리창을

닦지 않으면

똑바로 볼 수 없다

740

차를 마시며

차를 마시며

이야기 나누었더니

찻잔에 말이 쌓였다

741

절규의 목소리

파도가 칠 때마다

바다의 절규가

바닷가로 몰려 온다

742

너의 웃음소리

너의 웃음소리 들으면

나는 세상에서

가장 행복하다

743

아카시아 꽃길

아카시아 꽃길 따라

걷고 걸으면

꽃향기 가득하다

744

초록의 봄

겨울 숲에

뼈만 남은 나무가

초록의 봄 기다린다

745

외로움

외롭다는 말이

온몸을

사로잡았다

746

봄볕에 세상이

봄볕에 새싹들이

세상이 궁금해

고개를 쏙쏙 내민다

747

설익은 열매

설익은 열매 떨어지는

슬픔이 얼마나

아플까

748

이슬

이슬이 아침마다

풀과 나무의 목을

축여 준다

749

노을의 손

노을의 손이

어두운 밤을

부르고 있다

750

등꽃을 보면

등꽃을 보면

어두웠던 마음에도

등불 하나 켜진다

751
봄 햇살 아래

봄 햇살 아래

초록 시 한 편이

펼쳐진다

752
너를 위해

너를 위해 한 번도

웃지도 울지도 못해

미안하다

753
봄의 뚜껑

초록 싹트고

꽃이 피어

봄의 뚜껑을 열다

754
나무는

나무는 살아온 만큼

삶의 이야기를

나이테에 담고 있다

755
작은 화단에

작은 화단에

꽃들이 모여

꽃노래를 부른다

756
장미꽃이

붉은 심장이 터진 듯

장미꽃이

붉게 피었다

757
꼭 해야 할 일

꼭 해야 할 일은

나부터 먼저

시작해야 한다

758
고요 속에서

고요 속에서

시가 걸어오는

발자국 소리 들린다

759
겨울 햇빛

겨울 햇빛은

추위를 녹이는

따뜻한 손길이다

760
빛이 없는 밤

빛이 없는 밤

어두울수록

별이 쏟아지듯 밝다

761
혼자라는 고독

혼자라는

외로움의 대가를

혹독하게 치른다

762
뼛속 눈물

뼛속 눈물이

쏟아지면

더 아프고 괴롭다

763
숲길을 걷는데

숲길 걷는데

고요를 깨는

뻐꾸기가 운다

764
갖가지 고민이

갖가지 고민이

불안의 입에 깨물려

마음이 흔들린다

765
숨겨진 이야기

숨겨진 이야기가

드러날 때

진심이 드러난다

766

뜬구름

하늘 높이 떠 있는

뜬구름

손잡을 수 없다

767

내 마음에 폭우

세상은 말짱한데

내 마음에

폭우가 내렸다

768

고독한 사냥꾼

시인은

시를 찾아다니는

고독한 사냥꾼이다

769

한때는 낙엽도

낙엽도 한 때는

아름다운

단풍잎이었다

770

봄 이야기

봄에는 어디를 가나

피어나는 꽃들이

봄 이야기가 된다

771

해변 걸어가면

해변 걸어가면

파도가 같이 놀자고

자꾸만 밀려온다

772

상상의 덫

쓸데없는

상상의 덫에 묶여

괴로워한다

773

발바닥

발바닥은 어디를

다녔는지 알고

기억하고 있을까

774

지난 기억

지난 기억을

흘러가는 세월이

하나씩 지워간다

775

구름 여행

구름 따라

여행을 떠나면

얼마나 좋을까

776

구름 마을

구름이 공중에

구름 마을을

만들고 있다

777

여행 막간에

여행 막간에

스케치하는

재미가 있다

778

외롭지 않다

꽃은 잠깐

피었다 져도

외롭지 않다

779

고달플 때

삶의 무게가

무겁고 힘겨울 때

고달플 때다

780

삶의 보고서

나의 시는

내 마음의 표현이며

삶의 보고서다

781

비움

나눔과 비움을

아는 사람이

마음이 넉넉하다

782

그리워질 때

그리워질 때

추억은 더 밝게

눈앞에 보인다

783

묵언

하늘에 글씨가

써 있지 않아도

묵언의 말을 한다

784

희망이란

먹구름이 걷히고

빛나는 태양을

만나는 것과 같다

785

맛있는 술

혼자 술보다

같이 마시는 술이

맛있는 술이다

786

산의 어울림

산들이

어깨동무하고

산맥을 만든다

787

엄마 사랑

아기의 눈에

엄마의 사랑이

가득하다

788

조약돌 하나

조약돌 하나

주워 왔더니

돌아가고 싶어한다

789

시를 쓰는 친구

시를 쓰는 친구

멀리 있어도

보내준 시집 반갑다

790

누가 그렸나

아름다운

가을 풍경

누가 그렸을까

791

그리움의 팔

그리움의 팔이

늘어나도

너를 잡을 수 없다

792

밤하늘의 별

어둠 속에서

빛나는 별을

누가 닦아 놓았을까

793

새싹의 용기

굳은 땅을 뚫고

돋아나는 새싹의

용기가 대단하다

794

한 잔 술에

한 잔 술에

내 마음 담았으니

마시게나

795

외면

얼굴은

보이지 않고

등짝만 보았다

796

눈빛

눈빛이

따뜻할 때

가까움을 느낀다

797

달콤한 인생

꿀은 혼자서도

달콤한

인생을 즐긴다

798

구름 의자

하늘에

구름 의자가

앉으라고 떠 있다

799

눈물 한 방울

눈물 한 방울에

모든 슬픔이

담겨 있다

800

시인의 색깔

시 속에는

시인들의

삶의 색깔이 보인다

801

포근한 침묵

햇살이 내리는

침묵은 가볍고

포근하다

802

새벽 바다

새벽 바다

아침을 여는

파도를 친다

803

접촉 사고

너와 나의 만남은

지상에서 일어난

접촉 사고다

804

학춤

학이 내려와

광대 춤추다가

날아가 버렸다

805

잠든 구름

구름 한 조각

하늘을 배고

머물다 잠들었다

806

반달

반달

달의 한쪽이

소풍을 떠났다

807

잠시 피는 눈꽃

겨울 추위에

잠시 피는 눈꽃

아름답다

808

손금

나의

손금 위로

세월이 흘러갔다

809

빛이 떠나면

빛이 떠나면

그늘이

찾아온다

810

텅 빈 공간

텅 빈 공간은

채우고 싶어

심심하다

811

그릇

그릇은

크기만큼

담고 싶다

812

바람 소리

바람 소리

먼 곳 소식

날아온다

813

소주잔

소주잔마다

한탄과 시름이

가득하다

814

추운 날

추운 날 풀잎이

오돌오돌

떨고 있다

815

시 한 편처럼

들판의 나무

시 한 편처럼

서 있다

816

고요한 밤

고요한 밤

달빛이 세상을

사진 찍고 있다

817

초봄 앓이

꽃샘추위로

초봄 앓이

혹독하다

818

빈털터리

빈털터리

호주머니엔

먼지만 남았다

819

밤하늘 바다

밤하늘 바다에

은하수가

배를 띄웠다

820

야시장에서

야시장에서

먹거리가 소리치며

오라고 부른다

821

오래된 수첩

오래된 수첩에는

지난날 추억이

적혀 있다

822

찔레꽃 피는

찔레꽃 피는

강가에 서면

그리움이 흘러간다

823

최고의 예술품

예술품을 보고

관람객이 감탄한다면

최고의 예술품이다

824

섬 여행

섬 여행을 떠나면

파도가 숨겨진

이야기를 들려준다

825

마음 소리

가만히 들어보라

고요 속의 소리

마음 소리가 들린다

826

세월의 이빨

세월의 이빨이

아프게 물어

고통스럽다

827

조각배

초승달을

조각배 만들어

물놀이 가자

828

하늘 여행

구름을 타고

하늘 여행을

떠나고 싶다

829

봄이 온다

겨우내 햇살에

눈이 녹으면

봄이 온다

830

먹구름

하얀 구름이

세수를 하지 않아

먹구름이 되었다

831

심통 난 생각

생각의 골목에

짜증이 잔뜩 모이면

심통이 난다

832

정원

주인의 손길 따라

피어나는

꽃들이 달라진다

833

문 여는 행복

하루의 시작이

즐거우면

행복이 문을 연다

834

쓸쓸한 겨울 길

춥고 쓸쓸한 겨울

길들이 추웠나

눈 이불 덮었다

835

날개 없는 구름

구름은

날개도 없는데

하늘을 날아다닌다

836

생각

머릿속

수 없는 길을

자유롭게 산책한다

837

네 마음을

네 마음을

이제야 알아서

너무 미안하다

838

빗소리 유난히

고독한 날은

빗소리 유난히

아주 잘 들린다

839

시인의 강

시인의 마음의

강에는

시가 흐른다

840

새들은

새들은

나이도

쪼아 먹는다

841

산 능선

산 능선은 누가

다듬고 가꾸기에

항상 아름다울까

842

복사꽃 꽃향기

복사꽃 꽃향기

짙게 피더니

복숭아가 열린다

843

달력을 뜯다

달력을 뜯으면

뜯은 만큼

세월이 떠났다

844

가을 들국화

가을 들국화

들판에 홀로 피어

누구를 기다릴까

845

휘파람새

휘파람새 얼마나

기분이 좋으면

날마다 휘파람을 불까

846

인생의 뒷골목

인생의 뒷골목에

외로움과 쓸쓸함이

항상 살아 있다

847

시는

시는 나의 인생의

자서전이며

참회록이다

848

새벽이슬

새벽이슬

풀잎 위에

꽃처럼 피었다

849

그림자도 없는

인생을 왔다가도

그림자도 없는

사람도 많다

850

고슴도치

고슴도치 가시가

몸에 오천 개라도

사랑하며 산다

851

하늘의 축복

햇살은 누구에게나

비추는

하늘의 축복이다

852

비가 내리면

비가 내리면

그림자도

비에 폭 젖는다

853

긴 울음 끝에

긴 울음 끝에

찾은 행복이

너무나 소중하다

854

행복 꽃

눈물 꽃이 피어야

행복 꽃도

활짝 피어난다

855

빈자리에는

빈자리에는

떠나간 사람의

추억이 앉아 있다

856

배낭

등산하고 오니

배낭도

지쳐 쓰러졌다

857

하늘 구름이

하늘 구름이

비는 내리고

세월 담고 떠난다

858

소금밭

소금밭에서

바다가

뛰놀고 있다

859

물소리 친구

숲속 길 홀로 걸어

외로운데

물소리 친구가 된다

860

풍란

모진 바람 부는

벼랑 위에 풍란

꽃을 피웠다

861

노파의 얼굴

노파의 얼굴에

살아온 삶이

그려져 있다

862

나무의 단풍

단풍이 잘 든

나무 한 그루에서

가을을 만났다

863

제자리 찾기

존재하는 것들이

제자리 찾기 해야

세상이 평안하다

864

풀잎들도

풀잎들도 아침에

상쾌하게

이슬 한 잔 마신다

865

시 찾는 여행

배낭 하나 메고

이곳저곳

시 찾는 여행 떠난다

866

끝이란 말

끝이란 말은

더 갈 수 없는

비참한 말이다

867
작은 섬

작은 섬

마음이 강해

거친 파도 이겨낸다

868
두 팔

두 팔을 벌려보라

세상도

안을 수 있다

869
머리를 깎다

정원사가 나무들의

머리를 깎아

새롭게 단장한다

870
비의 이야기

우산 속에는

비의 이야기가

남아 있다

871
고인돌

옛 선인의 죽음이

전설처럼

고인돌로 덮여 있다

872
끙끙거리고

생각이 그물에 걸려

빠져나오려고

끙끙거리고 있다

873
가마솥

가마솥에 바닷물을

넣고 끓였더니

솥 안에서 파도친다

874
혼자 울었다

힘들고 지쳐

버티기 힘들어

혼자 많이 울었다

875
헤어지는 마음

헤어지는 발걸음이

멀어질수록

가슴이 찢어진다

876
기다리는 마음

간절히 기다리는

마음은 올 때까지

애간장이 녹는다

877
가뭄

가뭄에 풀들

목줄기 타올라

하늘 비 기다린다

878
봄 기다리는 들판

겨울 찬바람에

마른 풀잎 시달려도

때 되면 봄은 온다

879
가난마저

가난마저 헤져서

비참하게

꿰맬 수가 없다

880
구름

구름은

하늘을 떠다니며

피어나는 꽃이다

881
풀

풀의 손이

허공을

만지고 있다

882

빨간 사과

빨간 사과 속에

여름 햇살이

속속들이 들어 있다

883

길 끝은

길 끝은 언제나

새로운 시작이지만

인생 끝은 끝이다

884

가자가자

떠나면 못 올 인생

후회하지 않게

가자가자 어서 가자

885

동짓달 고독

밤도 깊은데

동짓달 고독이

깊고 깊다

886

연잎의 빗방울

빗방울이

연잎 위에서

춤을 춘다

887

내 시에서

내 시에서

사람의 마음을

읽는다

888

시를 캐내는

시인은 언어 속에서

시를 캐내는

광부다

889

달밤에 달은

달밤에 달은

누구를 보고

하얗게 웃고 있을까

890

맞는 신발

내 발에

맞는 신발이

걷기가 편하다

891

활짝 열리면

마음의 문

활짝 열리면

행복이 찾아온다

892

쉬다가 떠난다

구름도 힘들어

산마루에서

쉬다가 떠난다

893

봄꽃 시

봄꽃 시에서

꽃향기가

난다

894

근심의 담 밖

근심의 담 밖에서

마음 편하게

살고 싶다

895

마음 닫으면

마음 닫으면

모든 것이

떠나간다

896

택배

그대 마음이

오늘 택배로

나에게 배달되었다

897

떠벌이

떠벌이

입에 말 꽃이

수북하게 피었다

898

불안

불안이

마음에서 쫓겨나

도망치면 좋겠다

899

밤에 꾼 꿈

어젯밤에

꾼 꿈이 달아나

생각나지 않는다

900

날카로운 눈빛

날카로운 눈빛이

허점을 찾아

댓글로 찌른다

901

상처

마음이 모나면

서로 상처를

주고받는다

902

사람

사람은

인생을 조각하는

조각가다

903

도공의 손

흙이 도공의

손에서 춤추면

도자기가 된다

904

여행

커피점마다

커피 맛이 다르니

길 따라 여행이다

905

기나긴 밤

기나긴 밤

시 한 편 써 내리니

새벽이 되었다

906

아침이 오자

아침이 오자

달이 서둘러서

도망쳤다

907

낡은 옷

오래 입어서

낡은 옷이

나를 버리고 떠났다

908

하늘 침대

구름은

하늘을 떠다니는

하늘 침대다

909

보고 싶다

그리움이 사무칠 때

허공에 '보고 싶다'고

써놓았다

910

잠꼬대

잠을 자면서도

말을 하다니

하고픈 말이 많았다

911

꿈꾸는 자전거

꿈꾸는 자전거

하늘을

달리고 싶다

912

삶의 가치

고통을 겪고 나면

삶의 가치를

깊이 깨닫는다

913

연가

들에 들꽃 피어

사랑 연가를

부른다

914

착각

과거도 미래도

보이지 않는데

착각하지 마라

915

알밤

가을이 선물하는

알밤 떨어지는

소리가 듣기 좋다

916

어제의 풍경

어제의 풍경은

추억 속

그림이 되었다

917

소리길

명창이 되려고 가는

소리길

고난의 연속이다

918

눈물비

창밖에 비 내리는데

방 안의 내 마음에

눈물비 내린다

919

인생의 끝에는

인생의 끝에는

한 줌의 재마저

바람에 사라진다

920

마른 풀잎

마른 풀잎

초록 잎 시절

가고 싶고 그립다

921

당신의 웃음

당신의 눈물보다

당신 웃음보며

살고 싶다

922

착한 사람

이 세상은

착한 사람 살기에

참 아슬아슬하다

923

자다 눈 뜨면

자다 눈 뜨면

검은 어둠 속에

무섭도록 갇혀 있다

924

감싸안기

슬픔도

감싸안아 주면

눈물이 멈춘다

925
지하철

지하철을 탈 때마다

모르는 얼굴들

세상은 항상 낯설다

926
나무의 시간

나무의 시간은

나이테 속에

기록되어 있다

927
흔적 없는 길

바람의 길

흔적도 없어

찾을 수 없다

928
참 행복

내가 보아도

남이 보아도

행복해야 참 행복이다

929
시를 쓰는 밤

시를 쓰는 밤

고독이

시 속에 가득하다

930
아찔한 절벽

아찔한 절벽에도

오르내리는

동물과 벌레가 있다

931
구부러진 마음

구부러진 마음

활짝 펴기가

쉽지 않다

932
생각해 보면

생각해 보면

지나온 모든 것이

감격이요 감사다

933
사랑이 떠날 때

사랑이 떠날 때

이 슬픔을 어찌

감당하고 살아가는가

934
목이 빠지게

홀로 고독하고

외로울 때

목 빠지게 기다린다

935
적적하면

적적하면

외로움에 술병이

가까이 보인다

936
이른 봄비

아직 남아 있던

겨울을 씻어내고

새싹 얼굴 보여준다

937
마음의 여백

꽉 차면 답답해

마음의 여백

남겨놓는다

938
쫓기는 마음

세상이 나만

보는 것 같고

나만 쫓는 것 같다

939
나무의 이야기

산중에 소리 없는

나무의 이야기가

가득하다

940
외딴집

외딴집도

왠지 바라보면

고독해 보인다

941
방안에서

방안에서 눈 감고

온 세상을

떠돌아다닌다

942
비

별들의 눈물이

비가 되어

내린다

943
하루의 무게

일 안 풀리는 날

하루의 무게가

어깨를 누른다

944
마음 벽

마음 벽을

쌓으면 쌓을수록

고독에 갇힌다

945
흔들리는 억새

바람 불 때마다

온몸을 흔들며

그리움 날려 보낸다

946
마음도 밝다

하늘이 청명하여

맑고 푸르니

마음도 맑다

947
텅 빈 빈자리

텅 빈 빈자리를

가득 채우는 것은

고독이다

948
인생 항로

삶이란 배 타고

거친 바다를 가는

인생 항로다

949
나는 시인이라

나는 시인이라

내 마음에

시의 집을 짓는다

950
오늘 이 시간

오늘 이 시간

다시 찾아오지 않는

소중한 시간이다

951
백사장

밤새 밀려온 파도가

아름다운

백사장을 만든다

952
봄밤 꽃향기

봄밤 꽃향기 날리니

하늘의 별도

꽃이 핀다

953
인생의 몰락

인생의 몰락은

자기 스스로

만든 작품이다

954
얼굴 표정

얼굴 표정이

행복해야

인생이 행복하다

955
별마저

겨울밤

살벌한 추위에

별마저 얼었다

956
산딸기 유혹

산길에서 산딸기

붉은 유혹으로

부르고 있다

957
절벽의 새

절벽의 새

아무 두려움 없이

새끼를 키운다

958
겨울 카페

창밖에 눈 내리고

몹시 추운데

커피에 몸 녹인다

959
오늘의 시간

흘러가는 강물에

오늘의 시간이

흘러가고 있다

960
역사 이야기

죽은 사람들이

살다 간 삶이

역사 이야기가 된다

961
큰소리치면

큰소리치면

유명해지는

세상이 되었다

962
바람의 무늬

바람이 불어

강물의 물결무늬

만들어 놓는다

963
한 마리 새

새 한 마리

냇가에서 몸 풀고

자유롭게 날아간다

964
막막할 때

앞이 막막할 때

누군가에게

하소연하고 싶다

965
바다의 혀

파도가

허기가 심한지

해안까지 넘실거린다

966
벽을 느낄 때

벽을 느낄 때

어찌할 수 없는

피눈물이 흐른다

967
어울림

하나가 된

어울림이 없으면

서로 쪼개진다

968
돌이 깍이는

돌이 깎이는

시련 없이 조각 작품

되지 못한다

969

고궁 걷기

건물은 옛 건물

모습 그대로인데

사람들이 달라졌다

970

겸손한 사람

겸손한 사람은

세월이 지나가도

존경을 받는다

971

오래된 골목

오래된 골목

지나간 세월만큼

남은 이야기가 있다

972

타작마당

여름 뙤약볕에

땀 흘린 보람이

타작마당에 쌓인다

973

첫서리

첫서리가

하얗게 내리면

겨울이다

974

잠에서 깨운다

봄비가 새싹을

씨앗 속 잠에서

깨운다

975

나무의 외침

나무는 하늘을 향하여

손을 들고

무엇을 외치고 있을까

976

구슬

구슬이 동그란

이유는 어디든

굴러가고 싶다

977

비상

하늘을 날 수 없지만

꿈을 이루어가며

비상할 수는 있다

978

다도

차 한 잔도

다도를 갖추면

맛과 멋이 있다

979

추억의 담

추억의 담 안에

지난날 이야기가

살고 있다

980

봄 계곡

겨우내 얼었던

계곡물이

소리치며 흐른다

981

꿈이란 물감

꿈이란 물감

있다면

멋진 꿈 그린다

982

처음은

처음은

가장 소중한

출발의 시간이다

983

고장 난 시계

힘이 들었나

고장 난 시계가

잠을 잔다

인연이

인연이

뚝뚝 소리 내며

끊어지고 떨어졌다

나사

나사는

몸을 돌려서

깊이 박히고 싶다

어떤 진실

보이는 것보다

보이지 않는

진실이 많다

떠나는 것

문고리를 쥐어도

떠나는 것을

막을 수 없다

바람에 날린 가을

낙엽이 져

바람에 날리면

가을이 떠났다

갈 곳

사방을 둘러보아도

갈 곳이 없어

막막하다

추억의 꽃

지나온 세월 속에

추억의 꽃이

아름답게 피었다

비 오는 날 1

유리창에 빗물이

내 눈물처럼

주룩주룩 흐른다

비 오는 날 2

비 오는 날 울면

더 슬픈데

빗소리에 시원하다

뻐꾸기는

뻐꾸기는

누가 그리워

숲에서 목메어 울까

힘만 더 든다

할 일을 짐이라

생각하면

힘만 더 든다

무인도

무인도는

고독과 외로움이

주인이다

봄이 되면

봄이 되면

풀 향기 향긋하고

꽃향기 감미롭다

순례자

하루하루의 삶을

순례자처럼

살고 싶다

파도의 목소리

방파제에서는

파도의 목소리가

크게 들린다

999

호박

뜨거운 여름날

호박은 햇살 먹고

뚱뚱보가 되었다

1000

사모

사모하는 마음

그리움이 되어

꽃으로 피었다

1001

행복한 세상

고통을 외면하면

행복한

세상이 아니다

1002

홀로 있는 밤

홀로 있는 밤

외로움이

이불이 되었다

1003

가을 몰락

낙엽이 지는

가을 몰락이

아름답다

1004

시간

시간 밖의

삶은 어디에도

찾을 수 없다

1005

달빛 젖은 낭만

달밤에 걸어가면

달빛에 젖어

낭만이 가득하다

1006

삽화 하나

내 마음에 멋진

삽화 하나

그리며 살고 싶다

1007

지나온 길에

살며 살며

지난 온 길에

추억이 남아 있다

1008

가을빛

하늘은 푸르고

단풍으로 물들어

강물도 가을빛이다

1009

눈 내린 달밤

눈 내린 달밤

손님이 오시나

하얀 천 깔려 있다

1010

강가에는

강가에 조약돌들이

살고 있는

마을도 있다

1011

자연의 묵언

자연의 묵언은

소리 없는

가장 큰소리다

온 세상이 시다

1020
피리 소리
피리 소리

밤의 적막을 깨고

흔들어 놓는다

1012
고독 속의 잠
고독에 빠져

고독을 안고

고독 속에 잠잔다

1016
가난한 인생길
가난한 인생길

고달프고 서러운

여행이다

1021
세상의 시선
세상의 시선도

차디찬 벽이라

기댈 수도 없다

1013
선착장
한밤중 선착장

파도 소리 피곤해

소리가 작다

1017
온 세상은
한 겨울 눈이 내리면

온 세상은

겨울 동화가 된다

1022
참외
밭에 참외들이

노란 잠옷 입고

흙 침대에 누웠다

1014
달맞이꽃 피는
달맞이꽃 피는

달빛 좋은 밤

사랑도 꽃 핀다

1018
숨은 길 찾기
인생은 눈에

보이지 않는

숨은 길 찾기다

1023
혼잣말은
혼자 말하는

혼잣말은

쓸쓸하고 외롭다

1015
끝내
마지막 순간

누구나 나약하고

초라하다

1019
세월은
세월은

시간의 강물 따라

흘러간다

1024
냉수 한 잔
무더운 날은

냉수 한 잔에도

행복하다

1025

나무를 보면

나무를 보면

기대고 싶고 올라가

멀리 바라보고 싶다

1026

몰락

사라지는 것들은

몰락하여

떠난다

1027

겨울 저녁

옷깃을 여미는

겨울 저녁 뜨끈한

국밥이 먹고 싶다

1028

몰래 한 사랑

이러면 안 되는데

하면서도

문득 하고 싶다

1029

음악

음악은

세상을 살리는

아름다운 리듬이다

1030

산 개울

산 개울이

물 흘려보내며

노래를 부른다

1031

봄기운에

봄기운에 나무들이

물이 올라

꽃이 피었다

1032

실버들

봄이 찾아오는

물소리에

실버들 흔들린다

1033

별빛

별빛이 아름다워

주워 담고

싶었다

1034

별들의 소리

밤하늘에는

별들이 소근대는

소리가 가득하다

1035

겨울 갈대

초록의 힘이

빠져나간 겨울 갈대

견디기가 힘들다

1036

난감하다

믿었던 사람

먼저 세상 떠나니

난감하다

1037

옹색한 마음

마음에

가뭄이 들면

옹색한 마음이 된다

1038

자연 독서

여행은 풍경을

눈으로 읽은

자연 독서다

1039

세월이 흐르면

세월이 흐르면

때가 지난 것들은

낡아버린다

1040

종이 위의 시

종이에

써놓은 시

시인의 마음이다

1041

장대비 속에

장대비 속에

하늘 목소리가

쏟아져 내린다

1042

한숨을 쉬면

한숨을 쉬면

마음의 유리창이

깨질 것 같다

1043

치명적인 독

게으름과

무계획은

치명적인 독이다

1044

인생의 원석

나의 인생의 원석

잘 다듬어서

아름답게 살고 싶다

1045

고난

고난을 통과한

사람들은

흔적이 남아 있다

1046

동백나무

동백나무

찬바람 불어도

꽃 피워 놓는다

1047

지친 날에도

힘들고 지친 날도

사랑이 있어

견디며 이겨낸다

1048

영원한 사랑

한순간 사랑보다

영원한 사랑을

하고 싶다

1049

시골 장날

온갖 물건들이

나 좀 보란 듯

손님 부른다

1050

바람 목소리

바람이 불면

바람 목소리가

들린다

1051

지난 추억이

지난 추억이

내 마음에 걸터앉아

그리움을 만든다

1052

가을 중심에

가을 중심에

고독이 자리 잡고

앉아 있다

1053

구름이 떠돌며

구름이 떠돌며

산책하다 모여들어

비를 쏟아낸다

1054

길의 추억

길을 걸어가면

추억이 남아 있어

그대가 생각난다

1055

나이

흘러간 세월이

남겨놓은

삶의 숫자다

1056

내 마음의 길

내 마음의 길은

너에게로 가는

길이다

1057

꿈이 알고

단잠을 꾸면

꿈이 알고

마중 나온다

1058

진정한 행복

일상 속의

잔잔한 행복이

진정한 행복이다

1059

한 줄기 인생

시원한 한 줄기

바람처럼

인생을 살아도 좋다

1060

침묵

침묵

아무 말 없는 혀가

가장 큰 힘이다

1061

오래된 풍경

나이 늙어가는

내 모습

오래된 풍경이다

1062

비가 내릴 때

비가 내릴 때

우산 하나 펼치면

금방 행복해진다

1063

과수원 주인

태풍에 과일

떨어지는 소리에

과수원 주인 한숨 크다

1064

강변 산책하면

강변 산책하면

마음이 개운하고

후련하다

1065

밤비 소리

밤비 소리 들으며

커피를 마시며

밤의 정취를 느낀다

1066

멋진 구름 위에

가을 하늘

멋진 구름 위에

잠들었으면 좋겠다

1067

추억도 아름답다

인생이

아름다워야

추억도 아름답다

1068

새벽 거리

잠이 덜 깬

새벽 거리는

어설프게 보인다

1069

깔끔하다

맑고 푸른 하늘

누가 청소를 하나

깔끔하다

가을에 걸린 병

가을에 걸린 병은

낙엽이 선사한

고독이라는 병이다

배가 고플 때

배가 고플 때

빵이 크게

보인다

돈이 없을 때

지갑에 돈 없을 때

친구를 만날

생각도 하지 않았다

호숫가 나무

호숫가 나무들이

호수가 좋은지

떠날 생각이 없다

전날 밤

전날 밤은 이미

흘러가 버린

과거의 시간이다

밤새 내린 비

밤새 내린 비

시냇물 되어 흐르니

그리움도 흐른다

목마른 풀잎

목마른 풀잎은

아침마다

이슬에 목을 축인다

초가을 햇살

초가을 햇살이

설익은 열매들을

맛깔나게 만든다

행복한 시간

내가 원하는 일

할 때가

행복한 시간이다

좋은 날

엄청나게 감동하여

눈물 흘려도

좋은 날 행복하다

단풍 길 걸으며

단풍 길을 걸으며

가을 속으로

빠져들어 간다

산속

산속에 있으면

고요함 속에

정신이 맑아진다

작은 꽃

작은 꽃이

보여주는 행복은

아주 크다

낯선 곳

낯선 곳

정들지 않아

통 잠들지 못한다

빈 마음

빈 마음에

온갖 걱정이 쌓여

무게가 무겁다

1085

고드름의 키

추운 겨울밤

고드름의 키가

잘 자라고 있다

1086

빛나던 태양

빛나던 태양도

짙은 노을 만들며

일몰 속으로 사라진다

1087

그림

세상이 화폭이면

나도 그림이 되어

살고 싶다

1088

일의 시작

호주머니 속에

손을 넣고 있으면

일의 시작이 안 된다

1089

바람은

바람은 몸도

그림자도 없이

불어왔다 떠난다

1090

마당놀이

밤하늘에는 날마다

별들의 마당놀이가

펼쳐진다

1091

가을밤

벌레 소리 가득한

가을밤

별이 빛나고 있다

1092

눈동자가 되어

밤마다 아파트 창문이

눈동자가 되어

세상을 바라본다

1093

커다란 꿈

커다란 꿈도

아주 것에서

시작되는 것이다

1094

영산홍

봄날 영산홍

붉은 유혹에

마음을 빼앗겼다

1095

바다 가는 길

바다 가는 길

멀리서 늘려오는

파도 소리가 안내한다

1096

황혼이 되면

황혼이 되면

주변에 아는 사람이

점점 줄어든다

1097

고독이 찾아온다

나는 떠나는 것들이

생기면

고독이 찾아온다

1098
주머니도

가난하면 주머니도

굶주림에 눈물 흘리며

울고 있다

1099
담 모퉁이

담 모퉁이 지나가면

보고 싶은

그대가 올 것 같다

1100
찬란했던 도시

찬란했던 도시가

폐허가 되어

흔적만 남아 있다

1101
목각인형

말도 못 하고

춤도 못 추고

목각인형은 답답하다

1102
나이답게

나이답게

나이에 걸맞은

인생을 살아야겠다

1103
어두운 밤

새들도 잠을 자니

어두운 밤 숲속이

조용하다

1104
옛 추억

시간 여행을

떠날 수 있다면

옛 추억으로 가고 싶다

1105
빈자리

빈자리에

누가 찾아올까

마음이 설렌다

1106
햇살 좋은 날

햇살 좋은 날

양지에 기대어

햇살의 따뜻함 느낀다

1107
떠나가는 배

돌아온다는

약속이 있기에

배가 떠난다

1108
참다운 사람

변하지 않는 마음

늘 함께하는

참다운 사람이 좋다

1109
멍에

힘들어도

나의 짐 멍에를

질 수밖에 없다

1110
검객의 운명

검객의 운명

날선 칼끝에

날카롭게 서 있다

1111
꿈을

꿈을 쫓아가야

꿈을 이루어

나갈 수가 있다

1112
떠나간 이별

떠나간 이별의

아픈 가시가

그리움이 되었다

1113

겨울 편지

하얀 눈이 내려

겨울 편지가

온 땅에 배달되었다

1114

새벽 눈

새벽에

하얀 눈이

손님처럼 내렸다

1115

그늘지는 삶

삶을

그늘지게 하면

불행이 찾아온다

1116

가을 향기

가을 향기

찻잔에 담아

차와 함께 마신다

1117

고독한 밤

고독한 밤은

별은 외롭고

밤바람 차고 쓸쓸하다

1118

고독에 걸려

생각이 흘러가다

고독에 걸려

한 편의 시가 되었다

1119

슬픔 없는 세상

슬픔 없는 세상이

되었으면

정말 좋겠다

1120

겨울비

초대하지 않은

손님처럼

겨울비가 내린다

1121

신나는 일

할 수 있다는 것은

기분 좋고

신나는 일이다

1122

날마다 행복

당신을

사랑하기에

날마다 행복하다

1123

가을 하늘에

가을 하늘에

가을 소식이

파랗게 물들어 있다

1124

사람 사는 맛

살고 살면서

사람 사는 맛 느끼면

최고의 삶이다

1125

어둠은

어둠은 어둔 구석

찾다 빛이 오면

도망친다

1126

빗방울

빗방울 어디 떨어지든

바다로 가는

여행이 시작된다

1127

장난으로도

장난으로도

남을

괴롭히지 마라

1128

연꽃

물 위에

피어나는 꽃이라

더 아름답다

1129

행복 한 줌

따뜻한 말 한마디

행복 한 줌

선물이 된다

1130

까만 눈동자

까만 눈동자에

내가 살고 있는

너의 눈이 보고 싶다

1131

대합실

대합실에는 오가는

사람들의 소식이

분주하게 움직인다

1132

속울음

가슴이

아플 때는

속울음을 울었다

1133

만나자더니

조만간

만나자더니

영영 만나지 못했다

1134

노점상

노점상 할머니들이

자기의 인생을

팔고 있다

1135

더 깊은 가을

단풍이 물들어 가면

가을은 더 깊은

가을 속으로 빠져든다

1136

냉이꽃

봄이면

얼굴 내밀어

피어나는 냉이꽃

1137

폭풍

몰아치는 폭풍에

나무들이

두려워 떨고 있다

1138

사랑의 힘

사랑은 모든

역경을 이겨내는

힘이 있다

1139

늦가을 비

늦가을 비 내리면

발자국 소리 없이

겨울이 다가온다

1140

행복의 키

남을 도우면

행복의 키가

더 커진다

1141

떠돌이 철새

떠돌이 철새는

계절마다 머물 곳을

찾아 날아간다

1142

달구경

밤에 사다리 타고

올라가면

달구경 할 수 있을까

단잠을

단잠을

자는 것도

큰 행복이다

서리꽃

서리꽃 한 겨울

모진 추위 속에서

피어난다

가을의 절정

가을의 절정에

나뭇잎들이 온 산을

단풍으로 불질렀다

나뭇잎들의 춤

바람이 불 때마다

나뭇잎들이

춤을 춘다

붉은 파도

석양 노을에 물든

저녁 바다가

붉은 파도를 친다

사랑하기에

너를 사랑하기에

오늘까지 견디며

살아왔다

나무들이

봄을 기다리는

나무들이 한파에

꽁꽁 얼어 서 있다

그리움이 고이면

외로워서

그리움이 고이면

네가 보고 싶다

미소

너의 미소를 보면

마음에 행복의

보름달 뜬다

내 그림자가

내가 어디가나

내 그림자가

기척 없이 따라온다

빈집의 주인

빈집은

흘러간 세월이

주인이다

바다 한가득

빈 소라껍질 속에

바다가 한가득

들어 있다

침몰한 사람

삶 꽃 피지 못하고

난파선처럼

침몰한 사람이 있다

1156

겨울밤 창밖에

겨울밤 창밖에

하얀 눈이 시처럼

내리고 있다

1157

아기의 미소

아기의 미소 속에

온 세상 기쁨이

다 들어 있다

1158

겨울 바다

겨울 바다는

맹추위 속에서도

파도는 친다

1159

빙수

무더운 여름

빙수 가는 소리가

귓가에 시원하다

1160

운명 같은 이별

우리의 사랑은

운명처럼

이별하고 말았다

1161

창밖에

창밖에

눈이 쌓일 때

그리움도 쌓인다

1162

하얀 방울꽃

하얀 은방울꽃

은방울 소리는

어떤 색깔일까

1163

붉은 노을

붉은 노을

지고 나도

그리움으로 남는다

1164

시인으로

시인으로

살아갈수록

인생이 시가 된다

1165

혼자 외롭다

커피 점에

사람들이 많은데

나 혼자 외롭다

1166

꽃비

봄꽃이 떨어질 때

꽃비가 내려

아름답다

1167

접촉

내가

접촉하는 것들이

나의 삶을 만든다

1168

농부

농부는

하루 농사 끝내고

삽과 피로를 씻는다

1169

병상 일기

아픔의

기록은

마음에 남는다

1170

지루한 날은

지루한 날은

시간의 발걸음도

느리게 걷는다

1171

바람의 광기

바람의 광기가

휘몰아치는

태풍을 만들었다

1172

그리운 님

그리움의 길을

따라 걸어가

너를 만나고 싶다

1173

바다의 파도

바다의 파도는

해변에 끝없는

그리움으로 밀려온다

1174

사람의 멋

사람의 멋은

순수하고

인간적이어야 한다

1175

일꾼의 새벽

일꾼의 새벽

벌써부터

어깨가 무겁다

1176

그리움의 등불

네가 보고 싶어

내 마음에 그리움이

등불로 켜졌다

1177

감성 여행

계절마다 시인들의

시와 함께

감성 여행을 떠나라

1178

남 허물기

사람들은

둘만 모이면

남 허물기를 시작한다

1179

멋쟁이 요리사

음식에

눈을 뜨면

요리사가 된다

1180

어리석은 짓

인생을

낙서하듯 살면

어리석은 짓이다

1181

잊지 마세요

내 사랑은

당신뿐이니

잊지 마세요

1182

지는 해

지는 해가

하늘에 입맞춤하면

노을이 붉게 물든다

1183

내가 어디까지

내가 어디까지

걸어가면

하늘에 닿을 수 있을까

1184

낚싯배

낚싯배에서

고기를 낚지 않고

시간을 낚았다

1185

별들의 꽃밭

은하수는 별들이

만들어 놓은

별들의 꽃밭이다

1186
웃음이 사는 곳
웃음이 사는 곳은

행복과

기쁨이 넘친다

1187
꽃 이름
꽃 이름은

누가 지었는지

잘 어울리게 지었다

1188
당신의 옷
당신의 옷은

당신의 얼굴

모습을 닮는다

1189
서 있는 나무
서 있는 나무도

세월을 따라

떠나고 있다

1190
시 한 잔
아름다운 풍경을

바라보며

시 한 잔 마셨다

1191
몸 씻는 풀잎
풀잎들이

아침마다

이슬에 몸 씻는다

1192
벼룩시장
벼룩시장에는

지난날들이

전시되어 있다

1193
시인은
시인은 다양한 것을

만나고 체험해야

다양한 시를 쓴다

1194
파도의 향기
바닷가에 서면

파도의 향기

코끝에 닿는다

1195
봄이 떠난다
봄이 떠난다

봄비에 젖어

봄꽃이 떨어진다

1196
시선의 여행
시인의 눈은

시를 찾아서

시선의 여행을 떠난다

1197
함께 하자는 말
힘을 잃었을 때

함께 하자는 말

큰 힘이 되는 말이다

1198
늦은 밤 술집
사람들이 떠나고

술주정만 남아

수다를 떨고 있다

1199

건조한 날

건조한 날이

많아지면

사막이 늘어난다

1200

시무룩하다

망부석이 지루한가

표정이

시무룩하다

1201

뼈아픈 기다림

나무들이

성장하기까지

뼈아픈 기다림이다

1202

초록 바람

봄바람은

새싹이 돋아나는

초록 바람이다

1203

좋은 일

행복하기 원하면

뜻밖에 좋은 일이

생긴다

1204

창작 허기

창작 허기가

새로운 생각

새로운 작품을 만든다

1205

해지는 시간

해지는 시간

발걸음은 쉴 곳

돌아갈 곳을 찾는다

1206

정의 힘

고향이

그리운 것은

바로 정의 힘이다

1207

선한 사람

선한 사람은

따뜻한 사랑의

흔적을 남긴다

1208

남의 생가슴에

남의 생가슴에

비난의 말로

못을 박지 마라

1209

찔레꽃

찔레꽃 향기가

짙어지면 짙어질수록

엄마가 그립다

1210

삼월에는

삼월에는 겨우내

알몸이던 나무들이

초록 옷을 입는다

1211

추악한 광기

추억한 광기가

세상을 불행하게

만든다

1212

내 마음 둘 곳

하늘 빈 공간에

내 마음

걸어 놓으면 좋겠다

1213

빵 한 덩이

빵 한 덩이

텅 빈 배고픔을

달래준다

1214
어찌 떠나나

내 마음에 정주고

사랑 심어 놓고

어찌 떠나나

1215
강물 소리

강길 따라

강물 흐르는 소리가

흘러간다

1216
눈을 감으면

눈을 감으면

그리움 속에

네가 찾아온다

1217
밤 풍경

달빛을 붓 삼아

밤 풍경을

그려보고 싶다

1218
양지꽃

햇볕이 좋아

양지바른 곳 찾아

양지 꽃 피어난다

1219
하늘 길은

하늘 길은

날개가 있어야

날아갈 수 있다

1220
햇볕 사냥

겨울 아침 참새가

추운지 햇볕을

사냥해 쪼아 먹는다

1221
세월의 느낌

흘러가는 강을 보며

세월이 떠나가는

느낌을 깨닫는다

1222
고통과 절망

고통과 절망은

마음에 그림자를

만들어 놓는다

1223
소리꾼

소리꾼 소리 하나로

마음 사로잡고

심금 울려놓는다

1224
봄 편지

산과 들에

봄 편지가

꽃으로 피어난다

1225
사랑의 마음밭

마음 밭에서

사랑이 쑥쑥

아주 잘 자란다

1226
기대

꿈 하나 희망 하나

갖고 살아가며

내일을 기대한다

1227
길마다

길마다 지나간

사람들의 발자국이

추억으로 남아 있다

1228
가을이다

가을이다

당신을 한 번

만나고 싶다

1229

다른 이야기

삶의 페이지마다

다른 이야기가

적혀 있다

1230

사랑의 시작

사랑의 눈빛이

내 가슴에 꽂혀서

사랑이 시작되었다

1231

만남의 시간

만남의 시간이 있으면

머무는 시간이 있고

작별의 시간도 있다

1232

늦여름

늦여름 더위 식고

찬바람 속에

가을을 부른다

1233

희망의 불빛

희망의 불빛

하나 보며

절망을 이겨냈다

1234

추억의 꽃

그리움의 언덕

위에는

추억이 꽃 핀다

1235

소금꽃

바닷물이 말라

소금꽃이

하얗게 피어난다

1236

기린의 목

무엇이 궁금해

기린의 목이

길어졌을까

1237

저녁별이 뜨면

한밤에

저녁별이 뜨면

집에 가고 싶다

1238

비가 개이면

비가 개이면

맑은 하늘처럼

내 마음도 밝다

1239

검은 강

밤에는 푸른 강이

무엇을 감추려고

검은 강으로 흐를까

1240

글자

책은 아무 말이

없어도

글자는 살아 있다

1241

시를 찾는 삶

시를 찾아다니며

일생을

시를 쓰며 산다

1242

외로움 타서

하루 종일

외로움 타서

네 생각만 했다

1243

소풍 길

들꽃 따라가는

소풍 길이

참 즐겁다

1244

진실의 눈

진실의 눈으로

세상을 읽기

시작했다

1245

날지 못하는 새

박제된 새는

날지 못하고

울지도 못한다

1246

삶의 서정시

시 한 편은

우리들의 삶이

써가는 서정시다

1247

새벽 커피

새벽 커피로

나에게 찾아온

피로를 씻어낸다

1248

보름달 달빛

외로운 날은

보름달 달빛이

유난히 밝다

1249

목욕하는 비

비 오는 날

세상 모든 것들이

깨끗이 목욕한다

1250

돌아다니는 달

한밤중에 달이

발자국도 안 남기고

돌아다닌다

1251

햇볕의 밀어

햇볕의 밀어가

가을 열매로

풍성하게 열렸다

1252

토끼 소식

토끼는 달나라

토끼 소식 궁금해

귀가 커졌다

1253

소박한 삶

부유하지는 않아도

행복한

소박한 삶이 좋다

1254

하루의 삶

아침에

깨어나는 순간

하루가 감사하다

1255

시가 꽃 피고

시인의 삶 속에서

시가 꽃 피고

열매를 맺는다

1256

봄의 속삭임

봄의 속삭임이

듣고 싶다면

개나리꽃 찾아가라

1257

간이역에는

간이역에는

삶의 여백이

아직도 남아 있다

1258

바다에 온 이유

바다가 보고 싶어서

바다가 좋아서

바다에 왔다

1259

현재의 시간

현재의 시간은

아주 짧다

금방 과거가 된다

1260

벌써

지나간 시간이

아까울 때 벌써 라는

말이 나온다

1261

사랑 발전소

내 마음에는

너를 사랑하는

발전소가 있다

1262

비의 여행

비도 여행을

떠나고 싶어

하늘에서 떠난다

1263

사랑받는 식당

사랑받는 식당은

단골이

아주 많이 있다

1264

기억해 주어서

네가 나를

기억해 주어서

행복하다

1265

오래된 사랑

오래된 사랑일수록

마음이 정이

아주 깊고 깊다

1266

황토에서

황토에서

가을 고구마가

몸무게를 늘려간다

1267

넓은 마당

붉은 고추 널어놓은

넓은 마당에

가을이 펼쳐져 있다

1268

작업복

때 묻은 작업복에

땀 흘린 흔적과

일한 보람이 있다

1269

갯벌

바다 갯벌은

작은 게들의

즐거운 놀이터다

1270

우리 동네 가을

우리 동네 가을

가을 단풍이

그림처럼 아름답다

1271

냉이 향기

봄날 들판의

냉이 향기가

봄소식을 전한다

1272
어둠 속의 달

어둠 속의 달은

짝이 없어

외롭다

1273
한 알의 모래

한 알의 모래가 되어

해변에서 파도와

부딪치며 살아갈까

1274
파도의 칼날

파도의 칼날에

몸을 찢긴 바다가

푸른 피에 물든다

1275
강물의 이별

강변에서

바다로 떠나는

강물의 이별을 만났다

1276
꽃의 기억

봄이 오면

꽃의 기억이 살아나

꽃이 만발하게 핀다

1277
떠나간 사연

떠나간 사연들이

텅 빈 대합실에

쓸쓸하게 남아 있다

1278
아기자기한 삶

소박하지만

아기자기한 삶이

살아가기 편하다

1279
달뜨는 밤

달뜨는 밤 동산에

나무들이

마중을 나왔다

1280
눈 내리는 밤

하얀색 하나로

아름다운

밤 세상 만들었다

1281
온몸 젖는 나무

비가 내리면

나무는 온몸을

맡기고 젖는다

1282
아침 공단

어제의 피곤이

남아 있는 사람들이

아침 출근을 한다

1283
맑은 눈

그대의

맑은 눈에

꿈이 살고 있다

1284
한가한 시간

남아 있는 시간

한가한 시간에

고독이 찾아온다

1285
물소리

흘러가는 물소리

세월이 흘러가는

소리다

1286

시냇물은

시냇물은

돌아올 수 없는 길

흘러간다

1287

풀들의 자유

풀들이 마음껏

자유를

누리는 곳이다

1288

희망 찾는 길

희망을 찾아

나가는 길이

삶의 출구다

1289

누구를 찾나

달빛은 누구를

찾으려고

어둠 속을 비출까

1290

해와 달

해와 달도 어느 날

마주 앉아 커피 한 잔

하고 싶지 않을까

1291

기억의 집

기억의 집에

내 추억이

살고 있다

1292

기타 줄 위에서

기타 줄 위에서

뛰노는 음악이

춤추게 만든다

1293

바람의 손

거친 태풍이 불면

바람의 손이

흔들고 달아났다

1294

풀 한 포기

사막에

풀 한 포기

얼마나 소중한가

1295

이별 노래

낙엽이 진

거리마다

이별 노래가 들린다

1296

산은 멋쟁이

산은 멋쟁이

구름 모자 쓰고

우뚝 서 있다

1297

영혼의 강

시인의

영혼의 강에

시가 흐른다

1298

산새가

산새가

노래를 부르면

나무들이 즐겁다

1299

사진은

사진은 정지된

아름다운 풍경을

보여준다

1300

뜨거운 불

뜨거운 불

목이 타는지

물을 부른다

1301

산 중의 아침

산 중의 아침

새들이 아침을

깨운다

1302

그림자놀이

태양이 뜨면

그림자놀이가

시작된다

1303

마음의 노래

내 마음의

사랑 노래는

숨길 수 없다

1304

깨닫는 순간

지나간

잘못을 깨닫는

시간이다

1305

나의 꿈

나의 꿈이

이루어질 때까지

내 마음에 보관한다

1306

기분좋은 살맛

기분 좋게 신나게

살아가야

살맛이 난다

1307

초롱불

어둠 속에서

가난하게

불을 밝힌다

1308

기적이 울리면

기적이 울리면

그리움에

가슴이 울컥한다

1309

도공

흙이

도공의 손을 만나

명품을 만든다

1310

시 쓰는 도구

고독이 때로는

시를 쓰는

도구가 된다

1311

지난날들이

지난날들이

강물에 모여

흘러간다

1312

물수제비

조약돌을 호수에

물수제비 던지면

춤추며 날아간다

1313

사랑의 길

사랑의 길은

홀로

만들 수 없는 길

1314

나의 시집

나의 시집은

삶에 관한

작은 책이다

1315

겨울 햇살

겨울 햇살은

추위 속에

따스함을 선물한다

1316

풀의 노래

들판의 노래는

풀들이 작사

작곡하여 부른다

1317

기쁘다

슬픔이 지나가면

기쁨이 찾아올 때

더 기쁘다

1318

참된 생각

참된 생각이

참된 행동을 만들고

참된 삶을 만든다

1319

찬란한 해도 진다

인생의

찬란한 해도

질 때가 있다

1320

마음의 행간

마음의 행간에서

시가 연상될 때

무척 행복하다

1321

삶의 부족함

삶의 부족함

하나하나 채워가는

기쁨이 있다

1322

빈 찻잔에

빈 찻잔에

고독과 커피 담아

외롭게 마신다

1323

숲길의 선물

숲길을 걸었더니

나무가 시 한 편

선물주었다

1324

행복한 일

단 한 번의 삶

시인으로 사는 것

행복한 일이다

1325

가벼운 대화

길거리 카페에서

가벼운 대화 나누며

차를 마신다

1326

사랑하는 마음

사랑하는 마음

언제나

변하지 않는다

1327

딴짓을

딴짓을 하면

불행이

찾아온다

1328

맑은 하늘

먹구름이 걷힌

하늘을 새들이

자유롭게 날아간다

1329

모여들어야

구름도

모여들어야

비가 내린다

1330

떠나고 싶을 때

떠나고 싶을 때

그림자마저

벗어버리고 싶다

1331

악기 속에는

악기 속에는 수많은

음악이 살고 있는

마을이 있다

1332

조약돌

조약돌이

시냇물 노래를

만든다

1333

목마름

시인의 삶의

목마름이

시로 표현된다

1334

고향

고향이 그리우면

그리움의

노래를 부른다

1335

할 일이 있어야

할 일이 있어야

즐거움이

찾아온다

1336

봄날의 풍경

초록에 물들고

꽃들이

다투어 핀다

1337

망나니

인생을

망나니로 살면

가족들이 괴롭다

1338

작은 섬 파도

작은 섬 파도가

때릴 때마다

두려워 울고 있다

1339

연을 날리며

하늘에 연을 날리며

마음속에 희망을

마음껏 날린다

1340

갈대

가을이 익어 가면

갈대는 바람에

흔들린다

1341

멀리 떠남은

멀리 떠남은

헤어짐의

시작이다

1342

감동 주는 시

꿈속에서도

마음에 감동을 주는

시를 쓰고 싶다

1343

푸념과 넋두리

외로울 때는

푸념과 넋두리가

시작된다

1344

노인 파마

파마 모양이

똑같은 걸 보니

미용실이 똑같다

1345

커피

커피를

컵에 따르는

소리가 듣기 좋다

1346
채워가는 기쁨

공백이 있어야

채워가는 기쁨과

만족이 있다

1347
석상은

표정도 말도 없이

기다림의

노래 부른다

1348
이름 세 글자

좋은 기억으로

남기를

원한다

1349
푸른색 아름다움

가을 하늘 푸른색

아름다움이

마음을 감동시킨다

1350
단풍

산에서 거리까지

내려와 가로수까지

물들인다

1351
내 이름으로

내 이름으로

내 인생을 아름답게

살고 싶다

1352
초록이 살아나

비가 그치자

풀잎들의

초록이 살아났다

1353
때

때를 놓치면

엄청난

후회만 남는다

1354
악몽

꿈에 악몽은

참 못된

불청객이다

1355
식탐

먹음직한

햄버거에 식탐이

가득하다

1356
서러움

모진 슬픔에

눈물 젖은 얼굴이

서럽다

1357
토담에는

돌과 흙으로 쌓은

토담에는

정겨움이 쌓여 있다

1358
기대가 된다

피아노에 앉은 나비

어떤 연주를 할까

기대가 된다

1359

소중한 삶

소중한 삶

장난질하여

망가뜨려 놓지 마라

1360

산사

산사에

눈 내리니

적막이 쌓였다

1361

첫사랑

첫사랑은 추억 속에

아름답게

고스란히 남아 있다

1362

거리를 걷다가

거리를 걷다가

보고픈 사람을

만나는 것은 행운이다

1363

예술 세계

예술 세계에서

각광받는 사람은

열정을 불태운 사람이다

1364

송사리

세월이

어수선한지

물속에서 도망친다

1365

꽃 처녀

진달래꽃은

봄이면 연분홍

꽃 처녀가 된다

1366

시인의 시집

시인이

살아온 삶을

이야기한다

1367

인생의 뜰에서

인생의 뜰에서

희망의 꽃이

피어난다

1368

삶의 길목

삶의 길목에서

만난 우리

정답게 살자

1369

참선 시간

참선 시간이

흐를수록

선한 마음이 남는다

1370

바람개비

정신없이 돌아가야

바람개비

제 모습을 찾는다

1371

아카시아 향기

아카시아 향기가

짙어지면

여름이 가깝다

1372

강물마저

그리움 사무칠 때

강물마저

서럽게 흐른다

1373

사는 재미

사는 재미

톡톡 나면

신바람 절로 난다

1374

붉은 고추

붉은 고추가

장가를 가려나

몸매 자랑한다

1375

생각의 조각

생각의 조각들이

고민도

즐거움으로 만든다

1376

주막은

술 한 잔에

목축이기에

좋은 곳이다

1377

온천

뜨끈한 물에

몸을 담그며

세속의 때를 씻는다

1378

모여드는 낙엽

낙엽이 모여들면

가을은 떠날 준비

시작한다

1379

즐거운 유혹

봄꽃이 만발할 때

꽃길을 걸으며

즐거운 유혹에 빠진다

1380

구석 자리

구석 자리

마다 않고 살았더니

좋은 자리 찾아온다

1381

강가 마을

강가 마을에

강물이

시같이 흐른다

1382

꿈의 방향

희망은

내 꿈의 방향을

안내한다

1383

숲속 외로움

숲속 외로움에

밤마다

밤마다 울고 있다

1384

오월 청보리

오월은 청보리

익어가는

희망의 계절이다

1385

바람아

바람아

가는 곳마다

좋은 소식 전해라

1386

나무의 옷

나무는 초록 옷과

단풍 옷을

평생 입는다

1387

내 마음의 창

보고 싶어

내 마음의 창

밝게 닦았다

1388

할미꽃

그리움에 지쳐

기다림에 지쳐

고개를 숙였다

1389
세상의 눈물

세상의 눈물이

한꺼번에 빗물로

쏟아내려 흐른다

1390
헤어진 후

헤어진 후

그리움이 가득해

뼈에 사무친다

1391
거목

거목일수록

뿌리 깊게 박아

오랜 세월 견딘다

1392
가을 맛

가을에 잘 익은

사과가

가을 맛을 선물한다

1393
짧은 시 속에

짧은 시 속에

삶의 모습이

담겨 있다

1394
살아있는 자연

벌레울음이

그치지 않아야

자연이 살아 있다

1395
보름달 밤

밤하늘에 둥근

그리움 하나

떠 있다

1396
시인의 발걸음

시인의 발걸음이

시를 찾아

여행을 떠난다

1397
겨울 찻집

겨울 찻집

추위를 녹일

뜨거운 커피가 부른다

1398
그리워지면

그리워지면

핸드폰 울림이

기다려진다

1399
봄이 오는 길

봄비가

마련하여

선물했다

1400
공간

공간은 허무보다

보람으로 채워야

만족하고 기쁘다

1401
남의 인생

함부로 제멋대로

남의 인생

낙서하지 마라

1402

오늘은 없다

지난 세월을

방황만 했다면

오늘은 없다

1403

반기는 숲

숲속에 들어가니

산들이 반갑다고

에워싼다

1404

유배지

뼈아픈 고통이

온몸을 찌르면

사는 곳이 유배지다

1405

비가 끝난 아침

비가 끝난 아침에

내 마음도 맑고

깨끗하다

1406

고독한 내 가슴

고독한 내 가슴

한 자락이 썰렁하게

텅 비어 있다

1407

빈방도 홀로

빈방도 홀로

내가 없는 동안

외로웠다

1408

산에 갔다 왔더니

산에서 만난

야생화

내 마음을 따라왔다

1409

허기가 든다

황혼이 되도록

시 쓰며 살았는데

허기가 든다

1410

액자에 넣을 그림

아름다운 풍경에

액자에 넣어도 좋을

그림이 많다

1411

천정

어느 날 깜짝 놀랐다

천정이 하루 종일

나를 보고 있다

1412

맑은 물처럼

맑은 물처럼

맑은 마음으로

맑은 세상을 살고 싶다

1413

바지락

작은 조개

바지락도 큰 바닷물

먹고 자란다

1414

바닷가를

바닷가를

맨발로 걸어가면

파도가 발을 씻어준다

1415

사랑할 때는

사랑할 때는

밤하늘도

유난히 아름답다

1416

글자 속으로

글자가 시인의

연상 속으로 들어가면

시가 된다

1417

아름다운 그림

아름다운 그림처럼

오래도록 기억되게

살고 싶다

1418

오래된 비석

오래된 비석

비문은 지워지고

세월 흔적만 남았다

1419

힘이 되어준 사람

어려울 때

힘이 되어준 사람

늘 고맙다

1420

상쾌한 아침

상쾌한 아침은

몸과 마음이 가벼워

일할 기분 만든다

1421

베고니아

베고니아 불타는 사랑

감출 수 없어

붉은 꽃잎이 핀다

1422

마음의 감동

세월이 흘러가면

마음의 감동이

추억으로 남는다

1423

살맛

살수록 살맛을 알아야

인생이

신바람 난다

1424

밤의 악보

밤의 악보에

별들의 노래가

반짝인다

1425

이슬의 얼굴

아침에 풀잎에서

만나는 이슬의

얼굴이 아름답다

1426

누구의 한

누구의 한이

하늘에 올라가

별이 되어 빛날까

1427

장날에 걸으면

장날에 걸으면

먹고 싶은 곳으로

발길이 간다

1428

가을 떠날 때

가을 떠날 때

낙엽마다

가을을 남겨 놓았다

1429

덩굴장미

덩굴장미

키가 크고 싶어

담장을 기어 오른다

1430

봄 소리

겨우내 얼었던

물이 녹아 흐르면

봄 소리가 들린다

1431

산 능선을

산 능선을

시간과 세월이

마음껏 흘러간다

1432
무제

목표도 없이

생각도 없이

무제로 사는 사람도 있다

1433
나그네길

인생의 나그네라

이 세상 모든 길은

나그네길이다

1434
발을 감춘 나무

나무는

흙 속에

발을 감추고 있다

1435
샘이 솟다

가뭄에 고생 하다

샘물이 솟으니

참으로 좋다

1436
위기의 순간

어둠이 가득한

위기의 순간을 이겨야

내일이 밝다

1437
환한 달빛

환하게 비추는

달빛에

어둠도 몸을 사린다

1438
목어

목어는

강에서 헤엄을

쳐본 적이 없다

1439
요리사

사람들은 누구나

각자의 삶을

요리하는 요리사다

1440
산다는 것은

산다는 것은

절망 이기고

살아남는 것이다

1441
산속 깊은 곳

산속 깊은 곳

오가는 이 적어도

나무는 외롭지 않다

1442
빗방울 되어

빗방울 되어

네가 있는 곳까지

흘러가고 싶다

1443
짝사랑

머릿속에

사랑 가득해도

말도 못 한다

1444
꽃의 색깔

꽃들은

자기만의 색깔로

피어난다

1445
조팝꽃

하얀 조팝꽃

하얀 꿈처럼

하얗게 피었다

1446
봄 길

봄 길 따라

꽃 피고

꽃향기 날린다

1447

여름 길

여름 길 따라

초록 여행을

떠나고 싶다

1448

가을 길

가을 길은

떨어지는 낙엽이

고독하다

1449

겨울 물소리

겨울 길에 들리는

겨울 물소리

봄을 부르고 있다

1450

탁류

흐르는 물이

어디서 엉겼을까

탁류가 흐른다

1451

마음의 그늘

먹구름이 어두운

그늘 만드니

마음도 그늘진다

1452

하나가 되어야

마음이

하나가 되어야

행복이 가득하다

1453

겸손

강은 낮은 곳 찾아

겸손하게 흘러

바다가 된다

1454

캄캄한 밤

어둠 속에

쏟아지는

별빛이 아름답다

1455

산딸기

산을 걷다가

문득 외로우면

산딸기 따먹었다

1456

밤길 걷다 보면

밤길 걷다 보면

가는 길마다

달과 별이 따라온다

1457

산비둘기

산비둘기

날아다니며

산골소식 전한다

1458

가을의 고추

가을에 고추들이

몸매 자랑하며

일광욕을 즐긴다

1459

시골 풍경화

한 편의 그림처럼

마음에 그려지는

시골 풍경화

1460

홀로 외로운데

홀로 외로운데

가을 달빛 밝아

잠들지 못한다

1461

혼자 나온 거리

혼자 나온 거리

외로움에

가슴이 슬프다

1462

발길

발길이 사라진 길

발자국이 끊어지고

잡풀만 무성하다

1463

낡은 시계

시계는 낡아도

숨이 멈출 때까지

시간을 알려준다

1464

자연의 손

자연의 손이

자연을 다듬어

아름답게 만든다

1465

물

물은 담은 만큼

샘 호수 강

바다가 된다

1466

창가에 서서

창가에 서서

네가 오는 모습

보고 싶다

1467

생각의 틀

뛰어난 예술은

생각의 틀에서

자유를 얻어야 한다

1468

새로운 하루

태양이 뜨면

새로운 하루와

만나는 시간이다

1469

노을이 지면

노을이 지면

떠나는 하루와

이별의 시간이다

1470

태양은

태양은 세월이

수없이 흘러가도

늙지 않는다

1471

진정한 예술가는

자연에 심취하고

인생에

심취해야 한다

1472

구두끈

구두끈을 매며

좀 더 열심히 살자

다짐을 한다

1473

구름 시 한 편

푸른 하늘이

구름이 시 한 편

그리고 있다

1474

나를 다시

고독한 시간

나를 다시

찾는 시간이다

1475

얼음 속 빙어

빙어는 얼음 속

물에서도

생생하게 살아 있다

1476

웃음꽃

매일 날마다

행복한 얼굴에

웃음꽃이 핀다

1477

따뜻한 햇살을

겨울 아침 꽁꽁 얼어

따뜻한 햇살을

기다리고 있다

1478

빈집

빈집에는

흘러간 시간이

먼지로 남아 있다

1479

슬픈 메아리

홀로 외치는

대답 없는

슬픈 메아리

1480

해당화

해당화 붉게 피는

섬에서 바라보는

노을이 아름답다

1481

물거품은

물거품 잠시 있다

사라지는

허상이다

1482

새싹의 하늘

새싹이 하늘을

들고 일어나

세상에 돋아난다

1483

바위

바위는 늙어가도

천 년 세월

가슴에 품는다

1484

난 향기

난 향기

향긋함이

가슴에 파고든다

1485

목이 타는 땅

땅은 목이 타는데

구름 한 점 없으니

몹시 안타깝다

1486

연못

연못에 술 한 잔

따라주었더니

물고기가 취했다

1487

숲 향기는

비 온 후

숲 향기는

맑아 참 좋다

1488

아침 숲

이슬 먹은 풀잎

싱싱하게

살아난다

1489

해안선

한눈에 펼쳐지는

해안선은 그림처럼

아름답다

1490

떠나기 전에

떠나기 전에

붙잡아라

떠나면 영영 후회한다

1491

세월 흐르면

눈물도 아픔도

고통도

끝이 난다

1492

차를 끓이면

같이 마시고

싶은 사람이

생각난다

1493

등산가

등산가들은

정상에 가기 위해

길을 만든다

1494

동강

아름다운 동강이

흘러가며

풍경을 노래한다

1495

풀도

풀도

거친 비바람 속에

키가 커간다

1496

그리움에서

내 마음에 쌓인

그리움에서

너를 꺼내 보고 싶다

1497

기억에 남아

지난날 훌쩍 떠나고

기억에 남아

추억이 되었다

1498

봄도 떠난다

봄꽃이 한정 없이

떨어지고 나면

봄도 떠난다

1499

겨울의 꿈

겨울의 꿈에

봄꽃이

가득 피었다

1500

이야기할 사람

속마음 털어놓고

이야기할 사람

만나기가 쉽지 않다

1501

그리움에

그리움에

지친 발걸음의

무게가 힘겹다

1502

그늘의 자리

태양이 떠도

큰 나무 밑농에

그늘이 있다

1503

해변 일기

파도는 날마다

파도치며

해변 일기 쓴다

1504

들풀

산책하는 사람들의

발소리에

들풀의 키가 커간다

1505
시인들은

자기가

살아온 삶을

시로 쓴다

1506
떠나는 장면

떠나는 장면은

노을이 가장

아름답다

1507
파도칠 때

파도칠 때마다

바다 이야기를

땅으로 보낸다

1508
쓸쓸할 때

쓸쓸할 때

커피로

행복 한 잔 하자

1509
사랑 만난 가을

가을이 오면

사랑을 만나듯

단풍이 보고 싶다

1510
글자도

산 글자가 있고

죽은 글자가

있다

1511
배고플 때

배고플 때

내 밥그릇이

작아 보인다

1512
밤의 얼굴은

밤의 얼굴은

얼굴을 알 수 없는

어둠이다

1513
봄의 발자국

봄 발자국 소리에

새싹이 키가 커서

땅을 뚫고 나온다

1514
심심한 들풀

들풀도 심심하면

꽃 피워

관심을 끈다

1515
전주곡

이른 봄비가

봄소식을 알리는

전주곡을 노래한다

1516
능수버들 봄마중

화창한 봄날

연초록 능수버들

봄 마중 나왔다

1517
할아버지 소리

할아버지 소리

처음 듣던 날

젊음이 다 사라졌다

1518
선한 마음으로

선함 마음으로 보면

모든 것이 좋고

아름답다

1519
희망의 포문

삶에 희망의 포문을

쏘아 올리며

희망을 이루며 살자

인생 낙서로

내 인생 낙서로

만들기보다 멋진 시

한 편이고 싶다

좋은 추억

아름답게 사는 것은

좋은 추억을 만들며

사는 것이다

그리울 때는

그리울 때는

새가 되어

날아가고 싶다

봄 소풍

봄소식에 개구리가

겨울잠 깨고

봄 소풍 나왔다

홀로 가는 길

삶이란

홀로 걸어가는

외길이다

창가에 서면

미루나무가 보이는

창가에 서면

네가 그립다

문밖에서

그리움이 내 마음의

문밖에서

서성거린다

한없이 걷고 싶다

가을에는

들국화 피는 들길을

한없이 걷고 싶다

시를 쓰려고

시를 쓰기 위해

자연을 찾아

감성 여행 떠난다

개울 물소리

산속의 이야기

개울 물소리 내며

강으로 흘러간다

웃을 일

푸른 가을 하늘처럼

기분 좋게

씩 웃을 일 만들자

대숲에는

대나무들의

이야기가

가득하다

겨울의 뼈

한 겨울 폭포가

겨울의 뼈

빙벽을 만들었다

1533
기억 속에

세월의 기억 속에

추억이 되어

매달려 있다

1534
튕겨나간 햇살

한여름

햇살도 튕겨 나가

무더위를 만든다

1535
설야

눈 내리는 밤

눈이 쌓으면

그리움도 쌓인다

1536
누워서 흘러간다

강물은 편하게

흘러가려고

누워서 흘러간다

1537
오월이 오면

오월이 오면

장미꽃 사랑에

빠지고 싶다

1538
들창을 여니

산골에서

들창을 여니

풍경이 그림이다

1539
뿌리의 힘

뿌리의 힘이

모든 것 견고하게

지탱한다

1540
푸른 하늘이

푸른 하늘이

맑은 눈으로

세상을 보고 있다

1541
봄비의 소식

봄비 내릴 때마다

온 세상이

봄소식에 젖었다

1542
쑥 냄새

쑥 냄새

가득하니

봄이 찾아왔다

1543
참 고맙다

누군가 나를

기억해 주는 것이

참 고맙다

1544
영혼의 닻

시인으로 살아가니

시인의 마을에

영혼의 닻을 내린다

1545
술잔

술잔은

주객들의 술주정을

먹고 산다

1546
돌담 모퉁이

돌담 모퉁이

담벼락에

외롭게 풀잎 돋았다

1547
꽃

꽃들이 피어나

허공을 아름답게

만들어 놓았다

해바라기

그리움이

온몸에 가득해

얼굴만 커졌다

집으로 가는 길

집으로 가는 길

가족 생각에

마음이 푸근하다

도토리

도토리

작다 하지 마라

묵사발이 된다

돌에게

꿈을 꾸고 살까

숨을 쉬고 살까

돌에게 묻고 싶다

마음 밭에서

마음 밭에서

꿈이 자라고

절망이 돋기도 한다

봄 시장

봄 시장에서

봄소식을 전하는

봄나물을 팔고 있다

가을걷이

가을걷이 위하여

들판이

머리를 깎았다

달빛을 퍼담으며

한밤중에

아이들이 달빛을

퍼담으며 놀고 있다

첫 마음

순수하고

깨끗하고 맑은

첫 마음이 아름답다

꿈길에서는

보고 싶은 사람

만나고

가고 싶은 길도 간다

추억의 정거장

추억의 정거장에

서 있으면

그리움이 내린다

물음표

의심이

생길 때마다

물음표 떠올랐다

한밤중

한밤중 외로워

달빛을 받으며

혼자 앉아 있다

1561

내가 쓴 시가

나를 보고

웃고 있다면

행복한 시인이다

1562

감동의 울림

생각 하나 연상 하나

시 한 편이 되어

감동을 준다

1563

억새풀

억새풀

목멘 그리움에

키만 자랐다

1564

술꾼들의 한

독한 소주병에

술꾼들의 한과

푸념이 가득하다

1565

축복받은 삶

축복받은 삶을

살아가는 것은

끝없는 감사다

1566

내 마음 따라온

산에 갔다 왔더니

산에서 만난 야생화

내 마음을 따라왔다

1567

해변의 나그네

항구의 배 한 척

해변의 나그네처럼

떠나간다

1568

구름 커피

구름에 앉아서

내려다보며

커피 마시면 멋지다

1569

먼 그대

그리움으로

달려갈 수 없는

먼 그대

1570

고요한 적막

고요한 적막도

한순간에

깨질 때가 있다

1571

마음의 눈

세상을

보고 싶어

마음의 눈 떴다

1572

너의 마음

너의 연약한

마음을

챙겨주고 싶다

1573

세상 추위

내 마음이

세상 추위에

꽁꽁 얼어붙었다

1574

수행의 시간

인생길 순간마다

수행의 시간이

필요하다

1575

작은 참새

겨울 외출 나온

작은 참새가

몸을 파르르 떤다

1576

사랑에

사랑에 그냥

아무 생각 없이

풍덩 빠지고 싶다

1577

하늘의 음악가

하늘의 음악가는

천둥 번개 비바람

소리를 작곡한다

1578

커피잔

커피잔에 스쳐 간

누군가의 입술에

맞대고 커피를 마신다

1579

모래알은

모래알은

큰 바위였을 때가

자꾸만 그립다

1580

세월을

세월 떠나지 못하게

붙잡아 둘

손 어디에도 없다

1581

야생화 피어

외로울 줄 알았더니

야생화 피어

외롭지 않다

1582

그리워하면

그리워하면

꼭 올 것 같아

폭 빠져 버린다

1583

맨손

맨몸 맨손이라

쥘 것이

아무것도 없다

1584

저물 무렵

저물 무렵

노을은 지고

어둠과 고독만 물든다

1585

마른풀

마른풀

비를 부르는

노래를 부른다

1586

내가 사는 것은

내가 사는 것은

너를 만나고 싶기

때문이다

1587

바닷가에는

파도의

이야기가

철썩거린다

1588

칼잠

칼잠 자며 일해도

돈 버는 새미에

피곤할 줄 몰랐다

1589

시 쓰는 시간

시 쓰는 시간은

말로 그림을 그리는

미술 시간이다

1590

떠나간 추억

추억은

떠나간 세월을

타고 온다

1591

갯마을 일기

갯마을 일기에는

파도 소리 바람 소리가

가득하다

1592

삶은 예술

삶은 하나의 작품을

만들어 가는

최고의 예술이다

1593

지금 나는

지금 나는

나의 미래를

만들어 가고 있다

1594

미련없는 시간

시간은 미련 없이

왔다가 떠나는

나그네다

1595

섬 중에

섬 중에 바다를

떠도는 섬은

하나도 없다

1596

입김을 불어

겨울 아침 유리창에

입김을 불어

네 이름 적어놓는다

1597

달의 노래

캄캄한

어둠 속에서

달의 노래를 듣는다

1598

생각의 숲

내 머리속

생각의 숲을

걸어가고 있다

1599

가을 끝

낙엽마저 쓸려나간

가을 끝에

고독만 앉아 있다

1600

이별 후에도

이별 후에도

내 마음속에서

너를 떠난 적이 없다

1601

가난할수록

가난할수록

따뜻한 말이

심금을 울리다

1602

새벽의 손

새벽의 손이

아침을 위하여

어둠을 걷어 낸다

1603

보이지 않는 눈

보이지 않는 눈들이

항상 세상을

지켜보고 있다

1604

비눗방울이

꼬마 아이들이

비눗방울이

꿈인 양 쫓아다닌다

1605

겨울이 벌써

살얼음이 얼기

시작하면 찾아올

겨울이 벌써 춥다

1606

부엉이는

부엉이는 캄캄한

어둠을 바라보다

눈이 커졌다

1607

아지랑이의 춤

봄이 오면

아지랑이 찾아와

봄 춤을 춘다

1608

세월의 흔적

옷걸이에 걸린 옷

세월의 흔적에

낡았다

1609

밝은 날

먹구름 꼈다고

걱정하지 마라

밝은 날 찾아온다

1610

빈 그릇

빈 그릇 외롭다고

나 좀 써달라고

소리치고 있다

1611

추억의 문

추억의 문 열고

들어가면

그리운 사람 만난다

1612

붓의 향기

붓으로 꽃을

그려놓으니

꽃향기가 난다

1613

헌 구두

헌 구두가

어느 날 말했다

"피곤해서 걷기 싫다"

1614

시를 쓰는 것은

시를 쓰는 것은

언어를 세밀하게

조각하는 것이다

1615

겨울 숲

겨울 숲에

고요마저 얼어붙어

흐르던 물도 얼었다

1616

목소리

목소리에

마음이 고스란히

담겨 있다

1617

행복의 꽃

바라던 꿈을

현실로 만들면

행복의 꽃이 핀다

1618

매미가 울면

한여름 매미가 울면

무더위가 한창이라

소나기가 그립다

1619

떠나간 세월

떠나간 세월은

사라지고 잃어버린

세월이다

1620

찻 속의 고독

고독한 날

차를 끓이며

고독을 끓인다

1621

눈물꽃

고통에 시달리는

사람들의 눈에

서러운 눈물 꽃 핀다

1622

값진 보물

자신의 마음의

창고에서

값진 보물을 찾아라

1663

낡은 구두

낡은 구두도

걸어갈 때는

당당하게 걷는다

1624

세월의 그물

살아있는 것들은

세월의 그물에

걸려있다

1625

편안함

자연은 제자리에

있을 때

편안해 보인다

1626

밤 호수

한밤중

시름에 잠긴 호수는

얼굴이 검다

1627

마을의 고목

마을의 고목은

세월 흐름을 담은

품격이 살아 있다

1628

마음 행간

내 마음의 행간에

시 한 편

남아 있다

1629

추억은 언제나

추억은 언제나

그 곳 그 자리에서

기다리고 있다

1630

꾀꼬리

꾀꼬리

울음소리는

산 속의 명창이다

1631

아름다운 삶

감동을 주는

아름다운 삶을

살아가는 사람이 있다

1632

진실한 나를

역경을 이겨내면

진실한 나를

새롭게 만날 수 있다

1633

기적 같은 일

우리의 만남이 얼마나

소중한가

기적 같은 일이다

1634

빙벽

물도 꽁꽁 얼면

벽을 만들어

빙벽이 된다

1635

아쉬운 마음

가버린 세월

아쉬운 마음에

어안이 벙벙하다

1636

구석방

사람들이 몰래 나눈

밀담이

구석방에 숨어있다

1637

내 생각 날 때

내 생각이 날 때

찾아왔으면

좋겠다

1638

외롭게 뜬

지금 나는 밤하늘에

외롭게 뜬

초승달처럼 외롭다

1639

등산

등산하고 왔더니

마음속에

산이 들어 와 있다

1640

허무의 계산서

허무의 계산서는

지불하고

싶지 않다

1641

텅 빈 빈방은

텅 빈 빈방은

너무 허전해

주인을 기다린다

1642

불빛

불빛은 어둠을

밝히기를

아주 좋아한다

1643

사라질 것들

사람들은

사라질 것을

영원히 갖고 싶어한다

1644

흐르는 강

흐르는 강도

살아있는

목소리가 있다

1645

차향

차를 마시기 전에

차향으로

마음을 다스린다

1646

해를 보다가

해바라기

해를 보다가

웃음이 터졌다

1647

하구에서

시냇물이

바다가 되려고

여기까지 왔구나

1648

나팔꽃의 노래

아침 이슬에

얼굴 씻은 나팔꽃이

아침 노래를 부른다

1649

거미

거미는

배짱 하나로

허공에 그물을 친다

1650

가을 끝에는

가을 끝에는

낙엽들의

마지막 인사 남았다

1651

떠나는 배

아침에

떠나는 배들의

뒷모습이 아쉽다

1652

강물이 흐르며

강물은 흘러가면서

천년에 천년 흐르며

역사를 말한다

1653

바위에게

바위에게

말없는 고요한

침묵을 배운다

1654

단비

가뭄에 숨이

턱에 닿는데

단비가 내린다

1655

시 꽃

고독 속에서

피어나는

시 꽃이 아름답다

1656

고요한 산사

산사의 밤

고요히

새벽을 기다린다

1657

숲의 찬가

나무들이

노래하며

만들었다

1658

시인의 눈길

시인의 시선이

머무는 곳에

시 꽃이 핀다

1659

봉선화

봉선화

손톱에 물들어

그리움을 남겨 놓았다

1660

모든 예술의

사랑은

모든 예술의

시작이고 끝이다

1661

시가 살아난다

내 마음에 간절함이

시가 될 때

시가 살아난다

1662

플라타너스 나무

플라타너스 나무에

세월의 풍경이

살아 있다

1663

색깔의 노래

색깔들은

자기들만의

노래가 있다

구름 꽃

하늘을 오가며
움직이며 피는 꽃은
구름 꽃이다

1665

누가 지웠을까

내 머리속을
누가 지웠을까
생각나지 않는다

1666

새벽 강가에는

새벽 강가에는
밤새 숲에서 내려온
이야기가 흘러간다

1667

달빛이 밤새

달빛이 밤새
내려와 놀더니
아침이 오기 전에 갔다

1668

물

물은 어디서나
모여들어 한 몸 되어
바다로 흘러간다

1669

자전거는

자전거는
타지 않고 세워둬도
녹슬고 늙는다

1670

바람의 집

바람은 머무르고 살
집이 없어
떠돌아다닌다

1671

큰 바위

큰 바위도 슬펐나
비 오는 날
비에 젖어 울고 있다

1672

피리 구멍마다

피리 구멍마다
한이 가득하게
담겨 있다

1673

산골의 하루는

산골의 하루는
시간도 정지된 듯
느리게 간다

1674

눈물 흘린 날

눈물 흘린 날이
행복한 날이 되어
돌아왔다

1675

꿈에 만나

꿈에 만나도 좋은데
정말 만나면
얼마나 좋을까

1676

단풍 든 시

가을에는
단풍 들고 잘 익은
시 한 편 쓰고 싶다

1677

뒷짐

뒷짐 지고 있으면

내 몫은

찾아오지 않는다

1678

시 밭

시 밭 경작하여

시가 꽃 피고

열매 맺는다

1679

한겨울 추위

한겨울 추위에

따뜻한 햇살이

다정하다

1680

하늘 비

슬프고 괴로우니

하늘 비가

내 가슴에 내렸다

1681

겨울 삽화

눈이 내리자

겨울 풍경이

삽화로 바뀌었다

1682

걸어오는 추억

지난날 걸었던

강 언덕에

추억이 걸어온다

1683

햇볕 쌓인 봄

겨우내

햇볕 쌓인 봄이

꽃을 피우고 있다

1684

흘러가는 시간

흘러가는 시간도

한 토막 한 토막

시간의 연결이다

1685

언어의 항구

언어의 항구에서

시가

출항하고 있다

1686

공원의 바둑판

노인들이

떠나는 세월을

낚고 있다

1687

너 하나만

너 하나만

사랑해도

가장 행복하다

1688

희망의 말

너와 나의 말이

희망을 주는

말이면 좋겠다

1689

호롱불

호롱에 갇힌 불이

세상을

밝게 밝혀준다

1690

봄 바다

봄 바다 곳곳에서

봄이 헤엄치며

찾아오고 있다

1691

봄이 올 무렵

봄이 올 무렵

겨울옷의 무게가

무겁게 느껴졌다

1692
욕망 가득한 잔

술잔은

가득 채우기 싫은

욕망이 가득하다

1693
바위 이끼

바위 이끼는

흘러간 세월이

남겨놓은 흔적이다

1694
음악처럼

기분 좋은 날은

음악처럼

비가 내린다

1695
명작 시

시인들 중에

명작 시 쓰는 시인이

많으면 좋겠다

1696
해변의 파도

해변의 파도가

바다의 치마를

펼치고 있다

1697
강가의 배

강가의 배

흐르는 강물과

친구가 되어 떠난다

1698
매화

봄바람 불어오니

매화 가지에서

다투듯 피어난다

1699
달빛의 그림자

어둠 속 밤길

달빛에 생긴 그림자

나를 따라온다

1700
바람의 세기

바람 소리 따라서

바람의 세기가

전혀 다르다

1701
가을 모습

낙엽이 지는 것은

슬프고 아름다운

가을 모습이다

1702
눈물 한 잔

이별의 술잔은

술이 아니라

눈물 한 잔이다

1703
석고 인형

석고 인형

고행자처럼

말없이 침묵한다

1704
박물관 종

박물관 종

울음 잃은 시간이

오래되었다

1705
소라껍질에

소라껍질에

한 잔 술 담아

바다를 보며 마신다

1706
사연

느티나무 한 그루

흘러간 세월만큼

사연을 담고 있다

1707

가랑비에도

땅과 풀과 나무의

목마름이

젖는다

1708

오솔길

아름다운 오솔길

너와 함께

걸었으면 좋겠다

1709

시계바늘이

시계바늘이

세월이 오자마자

과거로 던져 버린다

1710

어느 누구나

어느 누구나

꽃처럼 아름다운

인생을 살고 싶다

1711

숲속에 누워

숲속에 누워

속삭일 때

시간이 멈춰도 좋다

1712

가슴에 둔 사랑

남몰래

가슴에 둔 사랑

가끔씩 꺼내본다

1713

누구나 응원이

사람들이 살아감에는

누구나 응원이

절실하게 필요하다

1714

말 없는 시간

말 없는 시간이

길어지면

침묵이 두껍다

1715

봄꽃 피는데

봄꽃 피는데

꽃술 마시니

꽃향기에 취한다

1716

바다의 새

바다의 새

수평선 위를

날아간다

1717

추운 겨울

추운 겨울 있기에

햇살 따뜻한

봄이 좋다

1718

시간 여행

인생은

왔다 떠나는

시간 여행이다

1719

저녁 강물

저녁 강물에

하루의 이야기

담고 흐른다

1720
짧고 짧은 삶

짧고 짧은 삶

눈물을 멈추고

행복하게 살겠다

1721
파도가 반기네

바다가 그리워

찾아갔더니

파도가 반겨준다

1722
갈대의 노래

가을에는

갈대의 노래

들판에 퍼진다

1723
하늘

하늘이 푸른 옷

벗어버리자

검은 밤이 왔다

1724
발을 씻을 때

발을 씻을 때

내가 걸어온

발자국도 씻겼다

1725
가을에 나무들이

고독을

참지 못해

단풍으로 물든다

1726
하루에

하루에 얼마나 많은

이야기가 만들어질까

참으로 놀랍다

1727
저녁 풍경

어둠이 오기 전

가로등이 켜질 때

저녁 풍경이 아름답다

1728
숲속의 마술사

숲속의 마술사가

나뭇잎을

단풍으로 물들였다

1729
새벽을 깨우는

새벽을 깨우는

장사꾼은

잠드는 밤이 짧다

1730
컴퓨터에

컴퓨터에

나의 과거를

저장해 두었다

1731
바위의 풀꽃

절벽 바위 틈새

피어난 풀꽃

신기하고 놀랍다

1732
혼자 피는 들꽃

들꽃은

혼자 피었다 져도

외로워하지 않는다

1733
사랑의 시간

세상에 머무는 동안

사랑의 시간이

길었으면 좋겠다

1734
시인의 푸념

시 속에는

시인의 푸념과

넋두리도 들어있다

땅 1

땅은 가꾸는

사람들에게

열매로 보답한다

땅 2

땅은

그대로 두면

황무지가 된다

감옥

틀 안에

갇혀 살면

감옥과 똑같다

순간

순간순간마다

아름다워야

인생이 아름답다

하늘의 힘

하늘의 힘은

보이지 않지만

천하를 다스린다

초록 숲길

초록 숲길 걸으며

자연의 이야기를

가슴에 담는다

늦가을 강물에

늦가을 강물에

낙엽이 떠내려가며

가을도 떠난다

마중

가을이 찾아오는 길

들국화와 코스모스가

마중 나왔다

내 사랑이

내 사랑이

네 마음에 한 송이

꽃으로 피었다

젖어드는 봄

봄비가

내리는 곳마다

봄이 젖어들고 있다

풍등

풍등 날아오른 만큼

꿈이 이루어졌으면

좋겠다

그 일을

아무도 몰라도

그 일을

당신은 알고 있다

정겨운 밤

한 가족이 모인

정겨운 밤 깊을수록

이야기꽃이 핀다

가을 밤

달마저

쓸쓸하니

홀로 고독하다

비 젖은 겨울밤

우산이 없어

비 젖은 겨울 밤

마음이 추웠다

1750

고독이 가득

가을밤

달마저 쓸쓸하니

고독이 가득하다

1751

빛의 놀이터

태양이 뜨면

온 땅은

빛의 놀이터다

1752

인생 공사

인생 공사는

일생동안 해야 하는

건축물이다

1753

인생의 끝

멀어진다

잊혀진다

사라진다

1754

혼자 섬이

고독할 때

사람들 속에

혼자 섬이 된다

1755

새로운 빛

별빛은

시간이 흘러도

새 빛으로 빛난다

1756

가을 억새

가을 하늘 아래

하얀 억새

가을 춤을 춘다

1757

떠도는 구름

떠도는 구름 같은

인생살이 무슨

욕심을 부일까

1758

열쇠를 잃으면

열쇠를 잃으면

집 밖에

갇혀 버린다

1759

서러운 심정

겨울 찬바람

불어오니

서러운 심정이 된다

1760

성찰

자기 성찰 속에

깨달음이 없으면

경건은 사라진다

1761

인생길이란

인생길이란

앞서거니 뒤서가니

죽음으로 들어간다

1762

춤

나무들은

바람 불 때만

춤을 춘다

1763

검은 커피

한밤중에

검은 커피 마시니

고독이 어둡다

1764

세월아

세월아 가지 마라

네가 가면

늙음뿐이다

1765
나를 알아야

나를 알아야

내 안의 소중한 것을

찾아낼 수 있다

1766
겨울 수채화

눈이 내려 그려놓은

겨울 수채화

하얀색이 아름답다

1767
수평선

수평선을 바라보니

내 마음의 바다에도

수평선이 그려진다

1768
행복의 굴레

행복의 굴레 속에

빠져들어 마음껏

행복을 누리며 살자

1769
술 한 잔

밤에 달을 보다

고독해서

술 한 잔을 걸쳤다

1770
세월 보내고

나이가 드니

지난 세월 생각하면

눈물이 흐른다

1771
촛불 하나

촛불 하나

켜 놓으면

마음이 경건해진다

1772
이른 아침

이른 아침

어둠에서 일어선

산이 고요하다

1773
등산하는 맛

산 길 따라

정상에 오르면

등산하는 맛을 안다

1774
정원사

정원사가 나무를

조각품으로

단장해 놓는다

1775
햇빛

시냇물 위에서

햇빛이

춤을 추고 있다

1776
호숫가의 나무

호숫가의 나무들이

아름답게 그림을

그려 놓는다

1777
모래시계

인생의

모래시계는

지금도 떨어지고 있다

1778
혼자 있으니

달밤에

혼자 있으니

서글픔뿐이다

1779
외딴섬의 배

외딴섬

오가는 배들이

소식 전해준다

1780

한

한이 원망이 되면

찾아오는 것은

병이다

1781

꽃 피는 아침

꽃 피는 아침

희망도

피어난다

1782

내가 걸어온 길

내가 걸어온 길도

기억 속에서

사라진다

1783

그네

그네 타고

올라가면

그대 보일까

1784

오늘 밤은

오늘 밤은

잊지 못할 아름다운

밤이 되었으면 좋겠다

1785

갈매기는

갈매기는 외로움에

바다 떠나지 못하고

오락가락 날고 있다

1786

가을 숲

가을 숲속에서는

풀벌레들이

가을 연주를 한다

1787

겨울 달빛

겨울 달빛 아래

고독은

더 쓸쓸하다

1788

주막에서

꿈속에 주막에서

너를 만나 반갑게

술 한 잔했다

1789

컵에 담긴 바다

바다는 바다만큼

커다란 컵에

아주 잘 담겨있다

1790

동트는 태양

동 트는 태양이

내 마음에

희망으로 떠오른다

1791

봄의 걸음걸이

봄의 걸음걸이는

부드럽고 사뿐하고

가볍다

1792

오솔길 걸으며

네가 올 듯한

오솔길을 걸어가

너를 만나고 싶다

1793

항아리

항아리 속마음

잘 드러내지 않아도

장이 잘 익어간다

1794

벌써하는

벌써하는 사이에

시간이

다 흘러간다

1795

박수

남에게

박수를 쳐야

나에게 돌아온다

1796

미움

남이 잘 되는 것을

싫어하는

세상이 되었다

1797

뼈 있는 말

뼈 있는 말은

마음의 찔러

상처를 남긴다

1798

멀리 있어야

멀리 있어야

가까이 있을 때

좋은 줄 안다

1799

첫 입맞춤

첫 입맞춤

오랫동안

멈췄으면 좋겠다

1800

막막했던 시절

막막했던 시절

모든 것이

눈물이었다

1801

혼자다

인생은 결국 혼자다

자신을 위로하고

격려하라

1802

떠날 때

떠날 때 마지막

인사도 못하고

애가 타다

1803

보리밭 길

보리밭 길 걸으면

봄기운 가득해

기분이 상쾌하다

1804

술 취하니

술 취하니

세상도 취해

흔들리고 있다

1805

은은한 차향

차향이 은은하게

가슴에 찾아오면

마음이 편하다

1806

명작품

나무 한 그루마다

자연의 아름다운

명작품이다

1807

먹구름 떠나듯

먹구름 떠나듯

가슴 아픈 일

소리 없이 사라진다

1808

초승달

보름달

심보가 고약해

초승달이 되었다

1809

난간

난간에

기대고 있으니

내 삶이 난간이다

1810

여기까지

"여기까지!"

어쩌면 가장

슬픈 말이다

1811

앉은뱅이 꽃

앉은뱅이 꽃은

어깨를 낮추고

피어난다

1812

한 편의 여백

마음의 여백에

시 한 편

적어놓고 싶다

1813

밤하늘 목장

밤하늘 목장에

빛나는 별이 양처럼

방목이 되고 있다

1814

신발 방향

신발의 방향이

가고 싶은

길이다

1815

다른 사연

사람마다 다른

사연을 만들며

살아간다

1816

하늘의 태양

하늘의 태양을

끌어내릴

손은 없다

1817

고향 그리움

세상 어디를 가도

고향이 그리운

향수를 잊지 못한다

1818

처음 가는 길

처음 가는 길

익숙하게 느껴지니

전생에 온 것 아닐까

1819

어둠이 모든 걸

어둠이 모든 걸

꽁꽁 숨겨놓기

시작했다

1820

싹트는 사랑

비 오는 날

우산 속에

사랑이 싹튼다

1821

억척

풀이 한겨울에

억척 떨더니

봄꽃 피워 놓는다

1822

사랑을 줄 때

너에게

사랑을 줄 때마다

행복이 커졌다

1823

행복꽃

행복을

숨길 수 없어

얼굴에 피는 꽃

1824

가을 문안

가을바람이

가을이 왔다고

문안 인사를 한다

1825

기억의 길

추억은

기억의 길에서

만날 수 있다

1826

부끄러움

사랑하는 마음

감출 수 없어

부끄럽다

1827

그리움의 둥지

사랑 있던 자리에

그리움 찾아와

둥지를 틀었다

1828

산길의 시작

누군가 맨 처음

산에 올라갈 때부터

시작되었다

1829

정다운 사람

짧게 만나도

오래 만나도

언제나 정다운 사람

1830

삶의 디딤돌

칭찬과 격려는

지치고 힘들 때

삶의 디딤돌이다

1831

저녁별

저녁별 서로

외로움 달래며

빛나고 있다

1832

잠자던 봄

눈 속에 잠자던 봄

눈이 녹자

새싹으로 돋아난다

1833

보리피리

보리피리

불었더니

봄소식 퍼져 나간다

1834

언어의 화가

시인은 언어로

시의 그림을 그리는

언어의 화가다

1835

행복의 활주로

너를 위하여

행복의 활주로에

내리고 싶다

1836

비 내리는 강

하늘에서 떨어지는

빗방울들이

강과 하나가 된다

1837

나무는 얼마나

나무는 얼마나

하늘을 만져보고 싶어

손을 하늘에 뻗칠까

1838

떠나면서

떠나면서

잘 지내라는 말

가슴이 아프다

1839

겨울 철새

한 시절 보내기 위해

참 멀리서

날아왔다

1840

남의 행복

남의 행복을

나의 행복처럼

축하해주자

1841

추억이 살아난다

초등학교

친구를 만나면

추억이 살아난다

1842

내 그림자

내 그림자는

항상 내 옷을

입고 다닌다

1843

피곤한 자전거

멀리 갔다 온

자전거가 피곤하지

벽에 기대어 있다

1844

비 뿌린 구름

비를 뿌린 구름이

햇살에

몸을 말린다

1845

연필 속

연필 속에

글씨와 그림이

많이 들어있다

1846

큰 산

큰 산을

가까이 하고 살면

마음도 커진다

1847

인생 담긴 한 잔

차 한 잔에도

인생이

담겨있다

1848

낙엽 속에

낙엽 속에

떠나지 못한

가을이 남아 있다

1849

자연의 색깔

자연의 색깔은

풍경 속에서

선명하게 살아난다

1850

글자의 힘

글자가 말을 만들고

삶을 만들고

문학을 만든다

1851

꿈길

꿈에서는 선명하던

꿈길이 눈뜨면

보이지 않는다

1852

고적한 산사

고적한 산사에

내리는 비가

사람 목소리처럼 반갑다

1853

빗자루

빗자루가

땅 쓴 줄 알았더니

제 몸을 쓸었다

1854

하늘이 넓다

들판에 누워

하늘을 바라보니

하늘이 넓다

1855

꿈속에서 가끔

꿈속에서 가끔씩

꿈인지 생시인지

헤맬 때가 있다

1856

물속 산책

아침에 호수 물고기가

물속 산책을

즐기고 있다

1857

너를 만난 계절

너를 만난

계절은

행복한 계절이다

1858

그리운 섬

여행에서 만난 섬이

아름다워

그리운 섬이 되었다

1859

그대를 기다리며

그대가 온다면

모든 걸 젖혀놓고

달려 나가겠다

1860

볼수록 그리움

추억의 사진

보면 볼수록

그리움이다

1861

조각한 시 한 편

시인의 연상 속에

언어로 조각한

시 한 편이 써진다

1862

사막에도

사막에도

물기가 있으면

꽃이 핀다

1863

생각나는 사람

잊으려고

지우고 지워도

생각나는 사람

1864

가난한 시절

잘 살고 보니

가난한 시절

옛말이 되다

1865

추억 한 숟갈

외로울 때

추억 한 숟갈씩

먹는다

1866

향수

보고픈 것

그리운 것에

향수를 느낀다

1867

한바탕 꿈

인생을 살다 보니

모든 것이

한바탕 꿈이다

1868

꿀잠

여행의 노독은

꿀잠을

선물한다

1869

시름

강가에 앉아서

흐르는 강물에

시름을 떠나보낸다

1870

살아있기에

살아있기에

사랑하고 노래하며

살아간다

1871

그대 목소리

그대 목소리

내 마음에

사랑이 된다

1872

젊은 날

헛것

쫓아다니다

세월 보내지 마라

1873

오래될수록

오래될수록 낡음을

멈출 수 있는

방법은 없다

1874

머리카락 벌목꾼

이발소에는

머리카락

벌목꾼이 있다

1875

칼

칼의 눈빛은

자를 곳과

찌를 곳 찾는다

1876

다시 만날 때

다시 만날 때

부끄럽지 않게

살아가자

1877

겨울 그림

눈이 내려

겨울 그림을

그려 놓았다

1878

겨울나무

밤에

달이 없었으면

얼마나 외로웠을까

1879

안타깝다

푸른 하늘 아래

죄짓고 사는 것이

참으로 안타깝다

1880

용기만 있어도

용기만 있어도

삶을 살아갈

큰 힘이 생긴다

1881

가면

가면이 없어도

얼굴에 가면 쓴

사람도 있다

1882

간밤에

혹시나 만날까

기대했는데

눈뜨니 없다

1883

손

손은 말 없지만

손길로 마음을

고백한다

1884

옷깃

아름답게 살다가

떠났기에

옷깃을 여민다

1885

떠나가는 사람

떠나가는 사람

옷소매에 매달려도

떠난다

1886

한겨울밤에

한겨울밤에

달빛이 마당에

쌓여가고 있다

1887

동짓날

동지 팥죽 먹으니

한 겨울 추위도

도망친다

1888

소중한 것

아끼고 싶은 것은

그만큼 귀하고

소중한 것이다

1889

일거리

일거리가

있는 것만으로도

힘이 생긴다

1890

한마디의 말이

힘이 되기도 하고

포기하게도

만든다

1891

떠나간 발자국

사랑하는 이들이

떠나간 발자국들이

아픔으로 남아 있다

1892

그리움의 끝

그리움의 끝에는

보고픔이

살고 있다

1893

눈속임

마술사의

눈속임이

참으로 교묘하다

1894

보상

떠나간 시간은

어떤 것으로도

보상받을 수 없다

1895

방

방이 어두우면

쓸쓸해

불을 켜고 잔다

1896

슬픈 얼굴은

슬픈 얼굴은

항상 눈물에

젖는다

1897

낯선 풍경

낯선 풍경이

익숙해질 때면

황혼이 찾아온다

1898

입 벌린 항아리

항아리가

원하는 것을 달라고

입을 크게 벌렸다

1899

더 빛나는 달

고향의 달

더 빛나고

아름답게 보인다

1900

야생화 만나는 길

숲길

야생화를

만나는 길이다

1901

쓰지 못한 시

내 마음의 다락에

쓰지 못한 시

한 편이 남아 있다

1902

영롱한 빛깔

가을 단풍

화끈하게 물드니

영롱한 빛깔이다

1903

내 마음 초점

내 마음 초점은

너의 사랑에

맞춰져 있다

1904

흙의 눈동자

흙의 눈동자가

새싹으로

돋아난다

1905

나비 한 마리

나비 한 마리

바위가 심심할까 봐

입맞춤하고 있다

1906

생업

생업을 야무지게

하지 않으면

험한 세상 살 수 없다

1907

마음의 준비

내일을 살기 위해

마음의 준비가

꼭 필요하다

1908

피곤한 시계

시계도 피곤한지

잠들어 바늘이

돌아가지 않는다

1909

허공

허공에

못 박을 수 없어

걸어놓을 수 없다

1910

가슴에 남는 사람

따뜻한 정을

나누어 주는

가슴에 남는 사람

1911

도시의 불빛

도시의 불빛을

가득 담은

밤 호수는 화려하다

1912

이슬 먹은 풀잎

풀잎이 이슬 먹고

아름다운 꽃을

피워 놓는다

1913

멸치

멸치도

고래가 되는

헛꿈을 꾸고 있을까

1914

혼잣말

혼잣말이

늘어가는 것은

홀로 고독한 것이다

1915

시가 걸어간

시가 걸어간 발자국이

시대마다 수많은

시를 남겨 놓았다

1916

쓰라린 과거

쓰라린 과거

아프고 이 갈려도

잊어버리자

1917

쓸쓸할까 봐

벌판이 너무 외롭고

쓸쓸할까 봐

바람이 흔든다

1918

외롭게 떠도는

사랑에 정박하지

못한 사람들이

외롭게 떠돈다

1919

목마른 바다

바닷물이 목마름

견디지 못해

소금이 되었다

1920

갈등

하늘도 갈등해

겨울에

비가 내린다

1921

현주소는

나의 현주소는

내가 지금 살고

머무는 곳이다

1922

고독한 방랑자

고독한 방랑자는

외로운 발걸음으로

고독을 찾아나선다

1923

봄날 아지랑이

봄날 아지랑이가

춘곤증으로

노곤하게 흔들린다

1924

가장 큰 소리를

산은 묵언 속에

가장 큰 소리를

하고 있다

1925

볼펜이

볼펜이

걸어간 길에

시가 써져 있다

1926

강물 위의 달빛

저녁 강가 달빛이

흘러가는

강물 위에 빛난다

1927

숲의 명상

가만히 살펴보라

나무들이 숲 속에서

명상하고 있다

1928

노송

소나무는

나이 든 만큼

아름답다

1929

기다리는 소식

기쁘고 반가운

소식이 찾아오기

기다린다

1930

산책로의 풀꽃

산책길에 핀 풀꽃

오가는 눈길 받으며

밝게 웃고 있다

1931

따뜻함이 모인 곳

겨울밤 모닥불

추위 속에

따뜻함이 모여 있다

1932

세월이 무섭다

떠나가는 세월을

붙잡아 둘 수 없어서

세월이 무섭다

1933

나무 한 그루

나무 한 그루

그림처럼

아름답다

1934

고갯길

고갯길 너머

무엇이 있는지

궁금하다

1935

내가 갈 길

내가 갈 갈

찾아가야

행복도 따라온다

1936

가슴에 한

가슴에 한이

서렸는지

눈물이 쏟아진다

1937

돌아오지 않는 사랑

떠나간 사랑은

물처럼 흘러가

돌아오자 않는다

1938

이야기꽃

이야기꽃을 피워야

정이 들고

사랑을 한다

1939

낙엽 소리

낙엽 발자국 소리

멀어진 후

겨울이 찾아왔다

1940

가을 들녘

벼 익은 가을 들녘

농부의 땀이 만든

풍경이다

1941

즐거운 마음

삶이란 수레를

즐거운 마음으로

끌고 가자

1942

풀잎의 눈물

아침은 이슬은

밤새 흘린

풀잎의 눈물이다

1943

눈 오는 밤

눈 오는 밤

눈이 쌓이듯

그리움이 쌓인다

1944

행복한 시간은

행복한 시간은

더 빠르게

흘러간다

1945

호주머니

사람의 마음에

호주머니가 많으면

욕심쟁이가 된다

1946

수석

수석에는 돌이

살아온 삶이

표현되어 있다

1947

별과 은하수

별들도 외로워서

모여 사는

은하수가 되었다

1948

폭로

용서 없는

폭로만의 세상은

불행한 일이다

1949

마음의 벽

마음의 벽이

사람들을

떠나게 만든다

1950

바로 인생이다

자기가 애쓴 만큼

누리고 사는 것이

바로 인생이다

1951

새벽 어선

새벽 어선

한 가지 소원은

만선이다

1952

고귀한 생명

어느 누구도

함부로 대하지 마라

고귀한 생명이다

1953

크게 보라

작은 마음보다

큰마음으로

크고 바라보라

만나지 못하는 길

임종은

만날 수 없는 길

떠나는 것이다

1955

눈썹도

세월이 흐르면

눈썹도 단풍들 듯

하얗게 변한다

1956

안녕

너의 행복을 위하여

늘 하고 싶은 말

'안녕'

1957

목련이 필 때

화창한 봄날

목련이 필 때

내 사랑도 핀다

1958

매화 피어나고

봄이 눈을 뜨니

매화 피어나고

향기가 날린다

1959

섭섭하다

술 익어 가는데

친구 떠나갔으니

섭섭하다

1960

외로움만

한밤중 달빛에

외로움만

하얗게 드러난다

1961

봄비가

봄비가

나무를 애무하자

꽃이 피어났다

1962

열매

꽃이 사랑하더니

열매가

주렁주렁 열렸다

1963

손잡는 외로움

외로움이

손을 잡으면

마음이 고독하다

1964

순수한 진심

순수한 진심은

닫혔던 마음도

활짝 열리게 한다

1965

찾아온 봄

추운 겨울 넘어서

찾아온 봄

꽃들이 아름답다

1966

숨은 산

안개 낀 날

산들이 숨어서

숨바꼭질한다

1967

저녁 강

강물도

지쳤는지

검게 물들어 간다

1968

노인의 등

노인의 등이

세월이 흘러간

흔적으로 굽었다

1969

어릴 때

어릴 때 아버지

손잡고 걸으면

마음이 든든했다

1970

물고기들은

물고기들은

물을 먹고

물방울을 만든다

1971

이해는

따지지 않고

받아들이는

것이다

1972

생각

생각이

지나치면

괴로움이다

1973

발자국과 길

사람들이 걸어간

발자국들이

길을 만든다

1974

갖가지 사연

바람은 불어가며

갖가지 사연을

만들어 놓는다

1975

여행길에

한잔의

커피의 추억은

낭만이다

1976

풀꽃이 웃으며

산길을 걷는데

풀꽃이 웃으며

인사를 한다

1977

톱

남을 자르고

붙일 수 없으니

독한 마음이다

1978

갈림길이다

떠나는 사람

찾아오는 사람

갈림길이다

1979

초록 숲길

초록 숲길 걸으면

내 마음도

초록에 물든다

1980

나 위한 빈자리

세상에 나 위한

빈자리가 있다면

행복한 일이다

1981

쓰라린 시간

지나온 세월

가난과 시련을 이겨낸

쓰라린 시간이었다

1982

실패

노력하지 않은

시간이 모여

실패를 만든다

1983

강물의 흐름

강물은 흐름을

막아도 언젠가는

다시 흘러간다

1984

넘실대는 파도

파도는

누굴 유혹하려고

넘실거릴까

1985

만년필

만년필이

지나간 자리에

이야기가 쓰여 있다

1986

채송화

채송화

키가 작아도

똑같은 하늘 본다

1987

작은 새가

작은 새가

하늘을 비상하는 것

축복이다

1988

겨울 풍경

흰 눈 흰 구름

하얀색으로

스케치하였다

1989

침묵의 소리

밤은 깊은데

침묵의 소리는

들리지 않는다

1990

한움큼 낙엽

떨어진 낙엽

한 움큼 쥐어보며

떠나는 가을 느낀다

1991

해변을 깨물어도

파도의 하얀 이빨이

해변을 깨물어도

피 한 방울 없다

1992

기쁨 만들기

기쁨은 손님처럼

찾아오기도 하지만

대부분 만들어 낸다

1993

꽃 피기 경쟁

들판에 봄 찾아와

여기저기 꽃 피기

경쟁을 한다

1994

영혼

영혼이 병들면

몸도 마음도

피폐하고 상한다

1995

하늘과 이야기

산과 나무처럼

키가 크면 하늘과

이야기할 수 있을까

1996

배고픔은

배고픔은

가난에 지친

서글픔이다

1997
연주가
피아노 건반을

자유롭게 반죽하며

리듬을 타고 있다

1998
봄잠
양지 앉아 있으니

봄 햇살이

봄잠이 몰려온다

1999
아침 햇살이
아침 햇살이

지난밤 어둠을

깨끗하게 청소하였다

2000
가을의 시
가을의 시는

단풍이 물들어

써놓았다

2001
산책
산책하며

풀과 나무의

이야기를 듣는다

2002
시작하라
시간은 흘러가면

돌아오지 않으니

늦기 전에 시작하라

2003
그늘의 무게
어둠이 짙을수록

쌓인 그늘의

무게가 무겁다

2004
햇살을 튕기며
시냇물이

햇살을 튕기며

반짝거리며 흘러간다

2005
술 한 잔하자
못다 한 이야기가

가슴에 남아 있다

술 한 잔하자

2006
아름답게 살자
더불어 서로

함께 어울리며

아름답게 살자

2007
새벽시장
어둠을 깨고

나온 사람들

열기 가득하다

2008
살면서
살면서 시시때때로

좋아서 슬퍼서

우는 일 많았다

2009
흘러간 시간
이슬 한 방울에도

흘러간 시간이

담겨 있다

2010
풀들은
풀들은 한밤에도

누워서

잠들지 않는다

2011
새벽거리
새벽거리

하루 시작의 어설픈

걸음이 걸어간다

2012

행방불명

살다 보면

내 기억 속에

행방불명된 것 많다

2013

허공의 주인

허공의 주인은

따로 없다

누구나 들어간다

2014

울지 않는 꽃

꽃은 시들어도

떨어져도

울지 않는다

2015

얼마나 좋을까

꿈길에서

날 찾아온다면

얼마나 좋을까

2016

입동

추위가 날 세우고

겨울이 찾아오는

입동이다

2017

가을이 떠날 때

가을이 떠날 때

낙엽이 비처럼

떨어졌다

2018

태양은 언제나

구름 끼지 않으면

태양이 언제나

밝게 웃는다

2019

물의 집

거대한 바다는

물들이 모여 만든

물의 집이다

2020

자기 색깔

세상의

모든 것은

자기 색깔이 있다

2021

골목 구경

여행하는 나라

골목 구경이

아주 재미있다

2022

지나고 나면

늦으나 빠르나

지나고 나면

모두 과거다

2023

정겨운 만남

정겹게 만나는

사람들이 있는 것

행복한 일이다

2024

역사의 외침

꼭 들어야 할 소리

양심의 소리

역사의 외침 들어라

2025

하늘의 배

구름은 돛대도 없이

하늘을 떠다니는

하늘의 배다

온 세상이 시다

2034

가을 기차

가을 기차를 타고

여행을 떠나면

기분이 더 좋다

2026

웃는 구두

구두도

닦아 놓으면

반짝반짝 웃는다

2030

뜨거운 불꽃

뜨거운 불꽃

향기도 없이

한순간 불타오른다

2035

팔을 펼치며

풀잎들이 마음껏

팔을 펼치며

들판의 자유 누린다

2027

숲속에

숲속에

침묵이 깊이

쌓여 있다

2031

떠나는 겨울바람

겨울 나그네는

잰 걸음으로

떠나는 겨울바람이다

2036

무심히

한밤중에 도둑이

담을 넘어도 달이

무심히 보고 있다

2028

세상의 음계

세상의 음계를

불협화음으로

만들어 가지 마라

2032

사슬

내가 만든 사슬에

스스로

묶이지 마라

2037

이슬방울

아침 풀잎 끝에

맺힌 이슬방울

진주처럼 아름답다

2029

내일이 희망

세상의 어둠을 밝히는

사람들이 있어서

내일이 희망이 있다

2033

골목 이야기

골목마다

소문나지 않은

이야기가 숨어 있다

2038

악의 혓바닥

악의 혓바닥이

세상을 삼키려고

오늘도 넘실거린다

깊은 명상

숲속의 나무들은

깊은 명상에 빠져

고요하게 서 있다

생각의 깊이

고독 속에

생각의 깊이가

더 깊어진다

네 설움에

슬픈 까닭은

네 설움에

내가 울고 있다

피워야 할 꽃

행복은 삶 속에

아름답게

피워야 할 꽃이다

바위의 침묵

바위의

침묵 속에

큰 말이 있다

물길

물길은

길 따라 강 따라

만들어진다

봄날 양지에

봄날 양지에

햇살이 종알거리더니

새싹이 돋아난다

낡은 배

갈 곳 없는 낡은 배

항구에서

녹슬어 간다

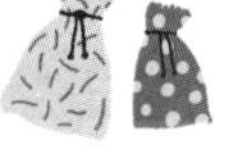

빛나는 촛불

별들은

밤하늘에

빛나는 촛불이다

오래된 길

오래된 길은

익숙한 정이

듬뿍 들어 있다

낭만만 있어도

내 마음에 한 줌

낭만만 있어도

살 만하다

폭풍우 속에서

섬은

사라지지 않으려고

고개를 들고 서 있다

동상

동상은 날마다

표정이

변하지 않는다

2052

찻잔 속에

찻잔 속에

내 마음 담아

너에게 준다

2053

고개 내민 들국화

가을이 보고 싶어

고개 내민

들국화 아름답다

2054

막힘없이 흐르면

물 흐르듯이 인생이

막힘없이 흘러가면

얼마나 좋을까

2055

홀로 있을 때

홀로 있을 때

고독 속에서

가을을 느꼈다

2056

목탁 소리

산사 목탁 소리

개울물에

흘러가고 있다

2057

하늘 햇살

하늘 햇살이

바다 위에 반짝이며

꽃 피워놓는다

2058

지게

짐이 없는

지게는 아주

심심하다

2059

파도의 상처

파도가

바다를 찢어도 상처가

금방 아문다

2060

고통의 농도

고통의 농도가

진한 눈물은

남몰래 흐른다

2061

여운이 남는 시

시를 읽으면

읽을수록

여운이 남아야 좋다

2062

뭉게구름

하늘에 뭉게구름

떠오르면

그리움도 떠오른다

2063

떠난 빈 잔

누군가 머물다

떠난 빈 잔은

허무하다

2064

낡은 문짝

낡은 문짝

얼마나 많은 걸

보고 들었을까

2065

낚시

낚시는 고기가

잘 잡히면

구경해도 신난다

2066

절정의 순간

꿈을 이루는

절정이 순간을 위해

땀 흘려 노력한다

2067

나무 손가락

나무 손가락이

하늘을 만지면

비가 내린다

2068

파도의 혀

바다도 허기가 져서

파도의 혀를

내밀고 있다

2069

과꽃

가을에 애절하게

피는 꽃이

과꽃이다

2070

어서 와라 가을

무더운 여름

지쳐서 그리워했다

어서 와라 가을

2071

빈손 인생

빈손 인생

욕심을 내어

무엇할까

2072

조각달

조각달에 외로움을

걸어놓았더니

고독이 심각하다

2073

갯벌은

갯벌은 목마르고

허기가 가득한지

파도를 먹고 산다

2074

빛나는 불빛은

캄캄한 어둠 속의

빛나는 불빛은

길을 찾게 해준다

2075

다시 젖는다

바다는

비가 내릴 때마다

다시 젖는다

2076

어둠만큼 깊다

어둠 속의

적막은

어둠만큼 깊다

2077

모래밭에서

모래밭에서

땅콩이 제집처럼

아주 잘 자란다

2078

인생의 한 장면

시인은

인생의 한 장명을

시로 써 내린다

2079

묵상하는 가로등

가로등 밤마다

불을 켜고

밤새 묵상한다

2080

단골집

어느 곳에서나

단골집이 있어야

음식 먹는 재미있다

2081

풍경 속에는

풍경 속에는

자연의 이야기가

살아 있다

날개 단 듯

시간은

날개를 단 듯

빨리 떠난다

봄꽃이 피었다

겨우내 나무들이

햇살과 연애하더니

봄꽃이 피었다

들꽃을 보면

외로울 때

들꽃을 보면

더 아름답다

풀씨 하나하나가

풀씨 하나하나가

빈 들판을

초록으로 물들인다

그리움이란 섬

내 마음속

그리움이란 섬에

네가 살고 있다

풀꽃 한 송이

풀꽃 한 송이

들판의 희망이

들어 있다

막차

막차는

시간에 쫓겨

힘들어 보인다

아침 출근

기분 좋게

아침 출근하면

일도 잘한다

기대감

기대감 지니고

오솔길 걸으면

너를 만날 것 같다

강변에 서면

강변에 서면

늘 물 흐르는 소리

정겹고 즐겁다

바람의 얼굴

바람의 얼굴을

본 사람은

아무도 없다

인생도

인생도

결국 하루살이

연속이다

날아가는 새

새들은

날아가며

뒤돌아보지 않는다

2095

제자리

별들은

헤어지지 않고

제자리를 지킨다

2096

산장

산장에서는

낯선 사람도

가까워진다

2097

나만 외롭다

모든 것이

제자리에 있는데

나만 외롭다

2098

달빛 소리

한밤중에

달빛 떨어지는

소리가 들린다

2099

사랑할 때

사랑을 할 때

빗소리도

들기가 좋다

2100

꽃 흔들림

바람결에

꽃 흔들림이

간사스럽다

2101

단 하나 외길

길이 많아도

가야 할 길은

단 하나 외길이다

2102

밤이 오면

밤이 오면

시끄럽던 세상도

잠이 든다

2103

하늘 그림판

하늘 그림판에

구름이 떠돌며

그림을 그린다

2104

늦가을

단풍이 한창 물든

늦가을 거리는

탄성 지르도록 아름답다

2105

시인의 마음에

시인의 마음에

파문이 일어나면

시가 살아난다

2106

혹한의 날

나무 가지가

"추워요!" 외치며

떨고 있다

2107

별의 독백

밤하늘에

별도 외로워

독백하고 있다

2108

투명한 잠

잠이 달아난

투명한 잠은

불면이다

109

구름은

구름은

비 쏟고 떠나도

아무 말이 없다

2110

바다의 시간

바다의 시간

파도치기 위해

만들어졌다

2111

그리운 눈빛

그리운 눈빛에

사랑하는 마음

읽히고 싶다

2112

그리움을 싣고

새들은 날개에

그리움을 싣고

날아간다

2113

종달새

봄소식 전하려고

쫑알쫑알

떠들고 있다

2114

벌레들의 한맺힘

풀벌레 울음소리에

벌레들의 한 맺힘이

들어 있다

2115

짐꾼이다

구름은

눈비 날라주는

짐꾼이다

2116

기대

나를 언젠가

찾아줄 것 같아

기대하고 있다

2117

겨울 바다는

매서운 추위 속에

겨울 바다는

살아서 파도친다

2118

자연을 읽는

산책하는 것은

자연을 읽는

시간이다

2119

추운 겨울에

겨울나무 무슨 형벌로

추운 겨울에

빈 가지로 서 있을까

2120

아름다운 카페

아름다운 풍경이

있는 곳에는

아름다운 카페가 있다

2121

바람 한 자락

바람 한 자락이

세월 한 자락 안고

훌쩍 떠난다

2122

첫 고백

첫 고백하기까지

마음이

가장 많이 떨렸다

2123

짧은 하루

인생도

끝나고 나면

짧은 하루의 삶이다

2124

기쁨의 선물

나의 아이들이

삶을 사는 기쁨을

선물해 주었다

2125

잠든 자물통

열쇠를 잃어버린

자물통이 잠들어

열리지 않는다

2126

사랑의 꽃

내 마음의 뜰 안에

사랑의 꽃이

피어나고 있다

2127

하늘 정원

하늘 정원 곳곳에

구름 꽃이

피어나고 있다

2128

고단한 삶

고단한 삶에도

희망이 있다면

내일은 있다

2129

들풀의 어깨춤

풀피리 소리에

들판의 풀들이 신나

어깨춤을 춘다

2130

꽃이 질 때

꽃이 질 때

떠난 이별이

다시 생각난다

2131

떠오른 생각

길모퉁이 서 있어도

갖가지 생각이

떠오른다

2132

한 줄의 시

한 줄의 시에

시인의 마음을

가득 담았다

2133

어둠 들추고

아침 햇살이

어둠을 들춰내고

생명의 빛 비춘다

2134

벼루

먹을 갈수록

그림이 그려지고

글씨가 써진다

2135

바다는 누구나

바다는 누구나

어서 찾아오라고

파도치고 있다

2136

동물들은

동물들은 재산보다

사냥한 고기를

좋아한다

2137

새들은 홀로

새들은 홀로

날아가도

외롭다 말하지 않는다

2138

나의 무대

혼자 있을 때

나의 무대

관객이 나뿐이다

2139

바위섬

천년만년

파도가 쳐도

외롭게 서 있다

2140

꽃비가 내려

봄마다

꽃비가 내려

가지마다 꽃 핀다

2141

마음 걸어놓고

초승달에

내 마음을

걸어놓고 싶다

2142

푸르고 맑아

가을 하늘

푸르고 맑아

풍덩 빠지고 싶다

2143

별 밭

별 밭에 누워

별들과 이야기

하고 싶다

2144

골목 어귀

골목 어귀에는

누군가의 기다림이

항상 있을 것 같다

2145

가을이 남긴

가을이 남기고 간

고독이 내 마음에

남아 있다

2146

시치미

달은 세상을

속속들이 알면서

시치미 뗀다

2147

달빛 산책

달빛 따라

산책하면

달이 동행해 준다

2148

봄 오는 소리

겨우내 얼었던

얼음장 깨지는 소리

봄 오는 소리다

2149

꽃 피는 봄

텅 빈 나뭇가지에

봄꽃을

피워 놓는다

2150

봄 아지랑이

봄 아지랑이

그리움으로

피어난다

2151

밤의 색

밤의 색은

온통 검은 어둠

검은색 단하나다

2152

정

함께 나누지

못한 정

늘 아쉬움이 만든다

2153
삶의 순간순간

삶의 순간순간

떠오르는 생각을

시로 쓴다

2154
어둠을 깨는 새

새벽을 나는 새가

어둠을 깨고

아침을 알린다

2155
넉넉한 마음

나무의 마음

모든 것을 다 주는

넉넉한 마음이다

2156
수북한 그리움만

떠나간 자리

그리움만

수북하게 남았다

2157
겨울 풀씨

겨울 풀씨

혹한에도 살아

봄이면 싹튼다

2158
기다림의 행복

너를 만나기 위해

기다리는 것도

기다림의 행복이다

2159
구름이 허공에

구름이 허공에

시 한 편으로

하늘에 떠 있다

2160
여름밤에

여름밤에 누워

하늘을 보니

보름달이 외롭다

2161
유년 시절

나의 기억 속의

유년 시절에서

어린 내가 웃는다

2162
누구 없나요

이 외로움을

달래줄 사람이

누가 없나요

2163
액자

매일 똑같은 곳에

갈려있는

액자는 지루하다

2164
다슬기

다슬기 어디 가려고

물속을 슬금슬금

다니고 있을까

2165
소통은

소통은

마음이 서로

오고 가는 다리다

2166
봄 길목

봄이 오는 길목

꽃이 피고

새싹이 돋아난다

2167
야간 산행

달빛 따라

길 찾아가며

야간 산행을 한다

2168

어머니의 눈물

어머니의 눈물은

자식을 위한

간절한 기도다

2169

독자

독자들을

행복하게 만드는

시를 쓰고 싶다

2170

초록으로

봄날에

내 마음은

초록으로 물든다

2171

국화 술

국화꽃 피니

친구 생각나

국화 술을 담는다

2172

지는 꽃

지는 꽃

다시 꽃 피어

돌아온다

2173

봄볕에

봄볕에

개나리꽃

간지럼 타 웃는다

2174

숨은그림찾기

꿈 이루는 것은

미래 속에

숨은그림찾기다

2175

노승

울창한 숲속

절 찾아 숲길 따라

노승이 걸어간다

2176

서운한 마음

서운한 마음이

가슴에 구멍을

뚫어놓았다

2177

사랑에 홀딱

봄날 꽃들이

사랑에 홀딱

빠져 버렸다

2178

희망의 꽃

가시밭 속에서도

희망의 꽃은

피어난다

2179

탈춤

탈춤을 추다

탈을 벗으니

전혀 딴 사람이다

2180

글씨는

글씨는

쓴 사람의

마음의 표현이다

2181

은하수 합창

하늘의 별들이

노래할 때

은하수는 합창한다

2182

새 한 마리

새 한 마리

하늘을 날아가도

허공을 열어준다

2183
일몰

해가 하루살이

꽃처럼

피었다 진다

2184
녹슨 쇠창살

흘러간 세월이

쇠창살마저

녹슬게 했다

2185
새벽 불빛

새벽 불빛은

한밤의 불빛보다

약해 보인다

2186
궁금한 것

궁금한 것들은

해답을 듣고

싶어 한다

2187
이슬의 꿈

이슬의 꿈

풀속에 들어가

꽃으로 피어난다

2188
남은 박물관

추억은 나의

지난 시절이

남아 있는 박물관이다

2189
시 쓸 때마다

시를 쓸 때마다

내 인생을

새롭게 만든다

2190
들국화로

가을 소식이 모여

들국화로

피어났다

2191
놓쳐버린 세월

놓쳐버린 세월을

아쉬워하지 말고

제몫하며 살자

2192
세월의 시간

세월의 시간은

멈추지도 않고

떠나만 간다

2193
잠자리 비상

잠자리가

하늘로 비상하더니

짝을 찾는다

2194
고독 속에서

고독 속에서

시 한 편

꽃 피었다

2195
모란꽃 피니

모란꽃 피니

행복한 마음에

웃음 자꾸 나온다

2196
즐거운 한때

즐거운 한때

언제든 생각해도

기분 좋게 웃는다

2197
구름 치마

하늘이 자꾸만

구름 치마 펼치니

비가 곧 오려나 보다

2198
행복이

행복이

내 마음에 닻을

내렸으면 좋겠다

2199
사람의 향기

인간적이어야

삶 속에서

사람 냄새가 난다

2200
여행하며

여행하며

새로운 풍경 속의

시간을 걷는다

2201
꽃 피어라

살아가는 날 동안

행복아 활짝

꽃 피어라

2202
구름도

구름도 피곤한지

산 중턱에

걸터 앉아 있다

2203
시 쓰는 기쁨

새로운 시가

연상될 때마다

시 쓰는 기쁨 느낀다

2204
부모님 마음

세월 흘러가도

부모님 마음

잊을 수 없다

2205
그리움의 바다

그리움의 바다에

너를 그리워하는

배 한 척 떠 있다

2206
수평선에

수평선에 내려앉은

저녁노을

태양이 아름답다

2207
시인의 감성

시인의 감성이

살아나야

시도 살아난다

2208
슬픈 밤

밤새도록

비가 내려

슬픈 밤이 되었다

2209
대금 소리

밤하늘 달빛 따라

대금 소리가

퍼져 나간다

2210
눈 내린 달빛

오밤중 달빛

밝고 밝아

눈 내린 듯 하얗다

2211
별빛 고운 밤

별빛 고운 밤

별빛 사랑 이야기가

가득하다

2212
마음의 길

마음의 길

사랑과 행복 찾아

걸어가고 싶다

2213

즐거운 시간

시인에게는

시를 쓰는

즐거운 시간이 있다

2214

가슴 앓기보다

그리움에

가슴 앓기보다

사랑하고 싶다

2215

은행잎

단풍 든 은행잎도

가을을 멈추고

낙엽으로 떨어진다

2216

고요

고요 속에서

깨어나는 시간

빛이 찾아온다

2217

강촌 일기

강물소리 바람소리

새소리 빗소리가

강촌 일기 써놓았다

2218

즐거운 상상

즐거운 상상이

현실이 될 때

행복한 삶이다

2219

가을 기러기

가을 기러기

한 폭 그림 그리며

날아간다

2220

풀잎 하나마다

풀잎 하나마다

이슬이 맺히니

아름답다

2221

치솟는 분수

여름에 음악에 따라

치솟는 분수가

인기가 좋다

2222

오랜 기다림

오랜 기다림에

지치고 힘들면

다 잊고 싶다

2223

정들면

정들면

떠나기 싫어

그냥 살고 싶다

2224

남긴 것들

네가 떠나며

남긴 것들이

그리움이 되었다

2225

안개의 말

안개의 말은

가리는 게 많아서

솔직하지 못하다

2226

방랑의 세월

방랑의 세월

무엇을 할까

고민하다 떠난다

2227

희망의 길

실패에 굴하지 말고

일어나

희망의 길을 가라

2228

그림자 동행

혼자 가는 길

외로웠는데

그림자가 동행했다

2229

강변 풍경

강변 풍경은

어느 예술가 작품인지

완벽하게 아름답다

2230

검은 시간

밤은 어둠이

만들어 놓은

검은 시간이다

2231

궁금

소식이 궁금한데

어디서

들을 수 있을까

2232

시인 연보

시인이 살아온

이력서가

쓰여져 있다

2233

추억의 낙엽

가을이 떠나도

낙엽이 추억으로

남아 있다

2234

서글픈 시름

시름에 지친

서글픔에

애간장이 끊어진다

2235

조개

조개는 바닷물을

먹고 뱉으며

커가는 법을 배운다

2236

가장 먼저

봄을 알리고 싶어

가장 먼저 피어

봄을 노래한다

2237

지난날이

지난날이

아픔이 될 수 있고

추억이 될 수 있다

2238

새와 죽음

새도 하늘에서

떨어져 죽으면

날아갈 수 없다

2239

살아나는 풍경

시를 읽으면

풍경이 살아나

눈앞에 펼쳐진다

2240

비의 힘

비의 힘이

새싹을 돋아내고

꽃 피워 열매 맺는다

2241

그 사람의 마음

목소리에는

그 사람의 마음이

담겨 있다

2242

꽃 피는 봄에

꽃 피는 봄에

꽃들과 함께

꽃잠을 자고 싶다

2243

깊은 깨달음

마음속에 깊은

깨달음 위하여

고요에 빠져든다

2244

가을 서곡

가을이 오면

들국화가

가을 서곡을 부른다

2245

관객

세상에는

나를 보고 있는

관객도 있다

2246

황혼의 연주자

노련한 경험이

살아있는 리듬 속에

강한 울림을 준다

2247

문 앞의 신발

문 앞의 신발들이

서로 걷고 온 길을

이야기하고 있다

2248

뭐가 궁금해

달은 뭐가 궁금해

잠 안 자고

낮에도 떴을까

2249

오늘은

오늘은 이만큼만

행복해도

감사하다

2250

증명사진

증명사진

한 장에서

내 인생이 보인다

2251

혼자 남는 삶

혼자 남는 삶

쓸쓸하고 외롭고

나무나 서글프다

2252

오늘 지나면

오늘도 지나가면

지난 일 되는 걸

사람답게 살지 못한다

2253

내 삶이

내 삶이 이토록

아름다울 줄은

나도 몰랐다

2254

마음 다스리기

숲길을 걸으며

세파에 시들고 찌든

마음 다스린다

2255

막걸리

수많은 사람의

목을 축여주고

애환을 만든다

2556
심술 난 바람

바람의 손

심술이 가득해

흔들고 떠난다

2257
빛과 그림자

빛이 강할수록

그림자도 선명하게

살아난다

2258
인생 시 한 편

사람의 얼굴에서

인생 시 한 편

보인다

2259
가을 산책

낙엽이 녹아내린

커피를 마시며

가을 산책을 하자

2260
악의 손

악의 손이

손 내밀면

악수하지 마라

2261
사진 한 장마다

사진 한 장마다

옛 추억이

그대로 남아 있다

2262
태양이 빛나서

검은 밤하늘보다

푸른 하늘이 좋은 건

태양이 빛나고 있다

2263
그림 속 인물

그림 속 인물은

아무 말이 없어도

전해주는 말이 있다

2264
살아감 속에

고통과

아픔이 없는

사람은 없다

2265
항구에서 떠난 배

항구에서 떠난 배는

다시 돌아오는데

기다리는 사람 소식 없다

2266
가을의 손짓

산기슭 들국화

가을을 손짓하며

부르고 있다

2267
뒷모습

불행한 사람은

뒷모습도 안쓰럽고

처량하다

2268
가면무도회

세상은

눈에 보이지 않는

가면무도회다

2269
영원한 작별

황혼이 깃들면

영원한 작별이

시작한다

2270
겨울 대숲

한겨울에도

대나무는

꼿꼿한 마음이다

2271

그리움의 키

외로우면

그리움의 키가

쑥쑥 자란다

2272

어려움

어려움 당할 때

깊은 생각에

마음이 심각하다

2273

호수는

넓이와

깊이만큼

이야기를 담고 있다

2274

석양에 누워

황혼의 삶

생각하니

아름답게 살고 싶다

2275

외로움이

외면할 때

머리끝까지

외로움이 몰려왔다

2276

겨울옷

눈이 내리자

하얀 눈

겨울옷 입었다

2277

간절함

손과 마음을

하나로 모으는 것은

간절함의 표현이다

2278

새벽 산길

어둠이 떠나는

산길을 새벽에 걸으면

산의 모습이 드러난다

2279

밤의 눈이 되어

어둠 속의 달이

밤의 눈이 되어

세상을 보고 있다

2280

약속이란

약속이란 언제나

서로 지켜야

가치가 소중해진다

2281

밤 기차

밤 기차 타고 떠나면

창밖의

불빛이 반갑다

2282

사랑하며 산다는 것

사랑하며 산다는 것

인생의 이유와

의미를 아는 것이다

2283

흙내를 맡다

흙내를 맡으며

거두는 기쁨은

농사꾼의 기쁨이다

2284

찻잔의 그리움

홀로 있으면

찻잔에도

그리움이 쌓인다

2285

시

너를 사랑했던

모든 순간을

시 쓰며 살고 싶다

2286

생명이 살아나

흙이 살아나면

생명이 살아나

새싹이 돋는다

2287

석공

돌덩어리 깨어서

작품 나올 때

얼마나 좋을까

2288

세월의 입

세월의 입속으로

모든 것이

사라지고 만다

2289

슬픈 그림자

내가 살아온 길

슬픈 그림자

지우고 싶다

2290

기회

오늘 이후는

멋진 인생을 만드는

기회의 날이다

2291

자화상

내가 좋아하는

자화상이

그려질 때 행복하다

2292

숲길에서

나무와 풀들의

이야기가

들려온다

2293

가을 소리

낙엽 지는 소리

벌레 우는 소리

열매 떨어지는 소리

2294

시간 흐를 때

시간 흐를 때

인생도 흐르고

역사도 흐른다

2295

삶의 포인트

삶의 가장 좋은

중심 포인트는

꿈과 사랑이다

2296

새벽 기도

자전거를 타고

새벽 기도 갔더니

자전거도 기도하고 있다

2297

행복한 사람

매일 매일

할 일이 있는 것은

행복한 사람이다

2298

벼랑길

힘들고 괴로웠던

인생의 벼랑길

고통 속에 걸었다

2299

데굴데굴

동그라미는 어디론가

데굴데굴

굴러가고 싶다

2300

파도와 사는 모래

해변의 모래는

날마다

파도와 함께 산다

2301

좋은 선물

희망을 이루어가면

밝고 기분 좋은

내일을 선물한다

2302

어느 사이에

세월이 빨리 흘러

어느 사이에

오늘이 찾아왔다

2303

풀은 죽어도

풀은 죽어도

장례식도 없이

풍장이 시작된다

2304

떠난 후에

떠난 후에

좋은 사람인 줄

알았다

2305

고민이 버티고

생각의 골목길에

고민이 버티고

앉아 있다

2306

바다의 말

바다는 파도치며

수많은 혀가

말하고 있다

2307

섬과 섬 사이

섬과 섬 사이에

배들이 오가며

소식을 전해 준다

2308

달빛이

달빛이 어둠을 쓸면

어둠 속에서도

길이 보인다

2309

행복의 주인공

행복의 주인공이

된다는 것은

아주 즐거운 일이다

2310

고개 내민 해

구름 속에서

고개 내민 해가

밝게 웃는다

2311

삶의 여백

삶의

여백이 있어야

시를 쓸 있다

2312

겨울 별

겨울 별들은

추운 날씨가 될수록

눈을 더 반짝거린다

2313

대답이 없다

빈 배에 앉아

갈 길을 물으니

아무 대답이 없다

2314

겨울 나들이

겨울 나들이

찬바람에 몸과

마음만 꽁꽁 얼었다

2315

반가운 소식

갑자기 전해온

반가운 소식에

가슴이 더 뛴다

2316

낚시 판매점

아직 한 번도

고기를 못 낚은

낚싯대가 즐비하다

2317

비 개인 아침

비 개인 아침

목욕한 듯

마음이 상쾌하다

2318

이별 없는 사랑

사랑이 소중해

이별 없는

사랑을 하고 싶다

2319

하얀 겨울

눈 한 번 내리자

온 세상이

하얀 겨울이다

2320

불행의 씨앗

불행의 씨앗은

의심에서

시작한다

2321

들판의 봄

풀들이

꽃 피우면

꽃 웃음소리 들린다

2322

세월은 떠나가도

세월은 떠나가도

사랑은 싹이 나

열매 맺기를 원한다

2323

추위

추위가 강해지자

물이 겨울옷 입으려고

꽁꽁 얼었다

2324

꽃잎 하나에

책에 끼워 놓은

꽃잎 하나에

그리움이 찾아온다

2325

왜 작아질까

세상 속에서

당당하게 살지

왜 자꾸만 작아질까

2326

봄 나비

봄 나비 떼가

날고 있는 것을

꽃잎인 줄 알았다

2327

거친 소나기

거친 소나기

쏟아지는 소리에

벌레들이 놀랐다

2328

돌담

단단한 돌담도

세월을 못 이겨

무너져 내린다

미래로 가는 길

미래로 가는 길은

가보지 않는 길을

가는 것이다

풀씨

풀씨는 다시

꽃 피기 위하여

날아간다

깊은 숲속

깊은 숲속에서

흐르는 물이

음악 한 곡이다

인형

내가 없는 집

인형이 혼자

외롭게 놀고 있다

고독한 한밤

한밤에 고독하여

서재를 혼자

여행하고 있다

서랍

서랍에는

나의 지난날이

들어 있다

바다는

바다는 파도를

다스릴 줄 알아

잔잔함을 선물한다

이른 봄 새싹

이른 봄 새싹이

아기 얼굴처럼

예쁘다

나무뿌리

나무뿌리의 힘이

지구를

움켜쥐고 있다

찾아드는 산

산이 찾아오라고

산길을

만들어 놓았다

시를 쓰면

시를 쓰면

글자가 생명력 있게

살아난다

꽃핀 세월

꽃핀 세월이 좋아

꽃이 지는 아픔도

받아들인다

꽃에는

꽃에는

보이지 않는

열매가 달려 있다

슬펐던 시절

슬펐던 시절

항상 눈물에 젖어

축축했다

2343
소나기

거친 소나기

쏟아지는 소리에

세상이 우산을 쓴다

2344
어둠의 긴 밤

기다리는 밤

어둠 속에

너무나 긴밤이었다

2345
봄 새싹

봄 새싹 돋아나

떠드는 소리

온 세상 가득하다

2346
쫓기는 사람

쫓기는 사람은

외진 벼랑길에서

고통스럽다

2347
숲속 오솔길

숲속 오솔길

바라보고 있으면

그대 올 것만 같다

2348
밤의 별빛

밤의 별빛이

온 세상을

잠들게 한다

2349
기억의 강물

기억의 강물엔

그리움이

지금도 흐르고 있다

2350
꽃이 떨어져야

꽃이 떨어져야

열매 열릴 자리를

만들어 준다

2351
겨울 들녘

겨울 들녘에

봄 그리워하는 소리

들린다

2352
냉정

차가운 눈빛

정 떨어지는 말

냉정해서 멀어진다

2353
날이 맑으면

날이 맑으면

보이는 것이

깨끗하고 선명하다

2354
사소한 행복

일상의 행복은

사소한 것에서도

찾을 수 있다

2355
인생의 터널

인생의 터널에

사랑과 행복이

달려오게 하라

2356
편안한 마음

쉼과 휴식은

쉬는 날에

편안한 마음을 만든다

2357
가을 산

가을 산 나무들의

단풍 사랑이

한창이다

2358

몽당연필

몽당연필

걸어온 길에

글씨가 남았다

2359

멈춘 가을풍경

이리도 아름다운

가을 풍경이라면

멈춰 있어도 좋다

2360

기쁨 주는 사람

행복하고 싶다면

기쁨을 주는

사람이 되라

2361

맑은 호수

호수가 유리창을

닦아 놓은 것처럼

맑고 잔잔하다

2362

해후

다시 만나는

기쁨에

마음이 파도친다

2363

마음의 빈터

훌쩍 떠나면

마음의 빈터에

여백만 남는다

2364

추억의 세월

나이가 들수록

지나온 세월이

추억으로 쌓인다

2365

새야

새야 네가 부럽다

하늘을 날아가니

얼마나 좋으냐

2366

다양한 시

시인은 다양하게

체험해야

다양한 시를 쓴다

2367

치맛자락 슬쩍

장난기 많은 바람

치맛자락 슬쩍

들추고 지나간다

2368

안타까운 비극

용서할 줄

모르는 것은

안타까운 비극이다

2369

봄꽃 소식

봄꽃 소식이

봄바람 타고

소문이 퍼진다

2370

자동차

고장 나 멈춘

자동차는

장례식을 기다린다

2371

한밤에 달이

한밤에 달이

달빛으로

산을 안고 서 있다

2372

솔직한 시

시인의

투명한 마음이

솔직한 시를 쓴다

2373
재수 좋은 날

살면서 정말

신나도록

재수 좋은 날 있다

2374
작은 새

작은 새가 하늘을

날 수 있는 것은

하늘이 품어준다

2375
섬들이 모여

섬들이 옹기종기

모여들어

정담을 나눈다

2376
바다의 설움

파도칠

때마다

바다는 운다

2377
하얀 눈밭

눈 내리는

하얀 눈밭

보기가 참 좋다

2378
살아있는 조각

나무 한 그루씩

살아있는 조각처럼

당당하게 서 있다

2379
바램

이 세상 그 누구도

슬프지

않았으면 좋겠다

2380
봄밤 술잔에

떨어진

꽃잎도

술에 취했다

2381
꿈의 키

아이들의

마음속에서

꿈의 키가 자란다

2382
마음의 방

내 마음의 방에

너의 이야기가

가득하다

2383
하지 못한 말

차마 하지 못한 말

마음에 남아

지워지지 않는다

2384
철새는

계절 따라

떠도는

나그네다

2385
엄마의 자리

자식 사랑이

무한한

엄마의 자리다

2386

태양

온 세상을

밝혀주는

우주의 눈동자다

2387

새들이

새들이 하늘 쪼아

길을 만들어

날아간다

2388

꽃을 보는 나비

나비가 꽃에 앉아

꽃을 보며

시 한 편 읽고 있다

2389

불타는 사랑

불타는 사랑

붉게 단풍으로 물들다

낙엽되어 이별한다

2390

꿈속의 길

꿈속의 길

눈 뜨면

사라진다

2391

별들의 이야기

겨울밤 하늘에는

별들의 이야기가

끝없이 펼쳐진다

2392

생명의 빛

생명의 빛

초록이 살아야

날로 새롭다

2393

반가운 사람

반가운 사람

전화 한 통에도

잠시 행복해진다

2394

행복 흐름으로

인생의 흐름이

행복으로

흘러가면 좋겠다

2395

날씨도 성질나면

폭풍우 속에

칼날 선

바람이 분다

2396

방파제

거친 파도

방파제 달려들어도

받아준다

2397

푸른 마음

세상이 복잡해도

하늘은 푸른 마음

늘 변치 않고 산다

2398

하늘 가득

호수가 잔잔하면

푸른 하늘 한 가득

담아준다

2399

겨울의 문안

가을이 떠나면

겨울이 찾아와

문안 인사를 한다

2400

목련

하얀 옷 풀어 헤치고

목련이 진다

꽃이 떨어진다

2401
숲속을 걷다가

맑은 하늘 보면

막힌 속

뻥 뚫린다

2402
놀라운 신비

텅 빈 하늘 푸르게

가득 차 보이는 건

놀라운 신비다

2403
소문

이야기하다가

떨어뜨린 말

소문으로 퍼진다

2404
봄이 오듯이

봄이 오듯이

그리운 사람들이

찾아왔으면 좋겠다

2405
밤 강물

둥근 달이 뜨니

강물도 외로움

잊고 흐른다

2406
공터는

누군가

찾아오기를

기다리고 있다

2407
초승달도

초승달도

잘 익어 가면

보름달이 된다

2408
과거

흘러가는 시간 속으로

내 과거가

흘러가고 있다

2409
넓은 바다

넓은 바다에도

배가 다니는

뱃길이 따로 있다

2410
시 한 편 꺼내어

생각의 창고에서

시 한 편 꺼내어

쓰고 있다

2411
주전자 물소리

추운 겨울

난로 위에 끓는

주전자 물소리 정겹다

2412
파도가

파도가 밤새 해안을

깨물었지만

피가 나지 않았다

2413
작은 개울도

강과 바다가

되기 위해

흘러간다

2414
강

강은 목숨이

다할 때까지

바다로 흘러간다

2415
붉은 홍시

단풍으로 물든

가을이 몰려들어

홍시가 붉게 익었다

2416
우울한 스케치

외로운 사람이

혼술을 하며

우울한 스케치를 한다

2417
끝맺는 사람

시작은

누구나 하지만

끝맺는 사람 적다

2418
진달래꽃

진달래꽃이

봄 산에 붉게 피어

불 질러 놓았다

2419
흐르는 강물

흐르는 강물은

목숨 줄 끊지 않고

흘러간다

2420
아침마다

아침마다

햇살 빗질 소리에

어둠이 쓸려간다

2421
다시 입은 옷

낡은 옷을 보면

내 인생 허물 같아

다시 입어 본다

2422
갯마을 길

갯마을 길 걸으면

바람에 실려 오는

바다 냄새가 좋다

2423
눈물겨운 날

오늘도 떠나는

날이기에

눈물겨운 날이다

2424
깨달음

자신을 바라볼

시간이 있어야

깨달음을 얻는다

2425
진흙

진흙은

도자기가 되는

꿈을 꾸며 산다

2426
떠나는 것들

멈추지

않고

흘러간다

2427
붉은 단풍

붉은 단풍이 물들어

가을 색깔을

돋보이게 만든다

2428
사람은

사람은 생각보다

외롭게

살아간다

2429
눈을 털어 준다

한겨울

눈 내리고 난 후에

햇살이 눈을 털어 준다

2430
하늘을 나는 새

하늘을 나는 새도

땅에 다리를 놓아야

안전하다

2431
난 깨달았다

인생은 언제나

즐겁게 살아야 함을

난 깨달았다

2432
고운 네 얼굴

고운 네 얼굴이

언제나

보고 싶다

2433
눈짓

봄 햇살 눈짓

봄바람 눈짓에

새싹이 돋는다

2434
행복 보관

행복한 일은

내 마음에

보관하고 싶다

2435
삶

참 잘 살았다

이 말을 할 수 있는

삶을 살고 싶다

2436
얼음이 녹아

겨울을 붙잡고 있던

얼음이 녹아 흐르면

봄 오는 소리가 들린다

2437
넓은 하늘은

세상 소리

듣고도

아무 말도 없다

2438
허수아비는

허수아비는

볼 때마다 말없이

모른 척한다

2439
착한 마음

맑은 눈에는

착한 마음이

살고 있다

2440
단풍

단풍이 떠나려고

옷을 훌훌 벗어 던져

낙엽이 되어 떨어진다

2441
새벽이 온다

밤의 어둠을

두려워 마라

새벽이 온다

2442
토마토는

토마토는

수줍음이 많아

얼굴이 발갛다

2443
꼴찌

꼴찌라고

걱정하지 마라

올라가면 된다

2445
한밤중 달빛이

한밤중 달빛이

잔잔한 호수에

가득하다

2445
나무들은

나무들은 마음껏

손을 뻗치고

자랄 수 있어 행복하다

2446

바다의 자궁

바다의 자궁 속에

물고기들이

자라고 있다

2447

정박한 빈 배

빈 배가 바닷물에

엉덩이가 다 젖어

정박해 있다

2448

산책하며

천천히

산책하며

산을 읽었다

2449

강물은

강물은 누워서

바다까지

흘러간다

2450

고층 아파트

고층 아파트는

감성도 없이

딱딱하고 무표정이다

2451

흔들리는 갈대

갈대가

바람 불 때마다

가을 인사한다

2452

사랑의 뿌리

정이 깊을수록

사랑의 뿌리는

깊게 내린다

2453

빈들에는

빈들의

고요 속에서노

풀이 꽃 피운다

2454

저수지

흐르던 물이

쉬었다 가려고

저수지에 모였다

2455

어둠의 밤바다

밤바다

어둠 속에서

살아있다 파도친다

2456

고요

고요 속에서도

생명의 움직임은

살아 있다

2457

붉은 철쭉

사랑하는 마음

어쩔 수 없어

붉게 피어났다

2458

옥수수

옥수수는

열매 맺기 힘든지

수염이 많이 자랐다

2459

코스모스

그리움이

길어져

목이 길어졌다

2460

쑥 향기

쑥이 고개 내밀 때

코끝에

쑥 향기가 찾아온다

2461

음식이 맛있으면

음식이 맛있으면

입이 마중을

쑥 나온다

2462

돌담길에서

돌담길에서

너를 만나면

시를 쓰고 싶다

2463

눈물에 젖는다

괴롭고 슬플 때는

밤마다 베개가

눈물에 젖는다

2464

하얀 웃음꽃

봄날 가지마다

피어나는 매화꽃

하얀 웃음꽃이다

2465

열린 길

숲속 길

머리 가르마처럼

열린 길이다

2466

삶이란 긴 편지

인생이란

삶이란 긴 편지

읽어가는 것이다

2467

지난 세월 풍경

추억이란

마음속에 남은

지난 세월 풍경이다

2468

신세만 져서

살면서 이 세상에

신세만 져서

미안하다

2469

약초

산길 따라 가면

약초 향기가

나를 반긴다

2470

돌

걸어가다 발끝에

채인 돌 나 때문에

사는 곳 달라졌다

2471

멋진 비행

철새는 철 따라

여행하며 살아가니

멋진 비행이다

2472

모정

모정은 영원히

가슴에 담아 두고픈

어머니의 사랑이다

2473

바람꽃

바람이 좋아

바람 부는 곳에서

바람 타고 피어난다

2474
공사 중

어떤 날 내 마음도

공사 중이라

써 붙이고 싶다

2475
내 마음을 들켰나

내 마음을 들켰나

양 볼이

빨개졌다

2476
조각한 얼굴

흘러가는 시간이

내 얼굴을

조각하고 있다

2477
바퀴 없는 인생

세월 따라

시간 따라

잘 굴러간다

2478
빈자리에

푸른 하늘

빈자리에

그리움 살고 있다

2479
망초꽃

망초꽃 아침마다

이슬로 세수하며

예쁘게 피어난다

2480
시인으로 산다

시인의 삶의

가지마다

시가 열린다

2481
모퉁이 길

내 인생의

모퉁이 길에

시가 꽃 피어 있다

2482
빈 몸

홀가분하게

훌쩍 떠날 수 있게

빈 몸이어도 좋다

2483
꾸겨진 마음

꾸겨진 마음을

잘 다림질하여

쫙 펴놓고 싶다

2484
오래된 찻집

오래된 찻집에 앉아

차를 마시면

옛 친구 올 것 같다

2485
시간의 장면

시간의 장면

하나하나가 모여

세월을 만든다

2486
용서

용서는

아름다운 세상을

만들어 놓는다

2487
바다로 간 강

바다로 간 강은

비가 되어 다시

강으로 돌아온다

2488
멀고 먼 미래

멀고 먼 미래도

세월이 흐르면

과거가 된다

2489

수수께끼

삶이란 수수께끼

우리 둘이 같이

풀어 갑시다

2490

별의 수정

밤하늘의 별이

궤도 수정했나

별똥별로 떨어진다

2491

가뭄에는

가뭄에는

비 내리는 소리가

그리운 소리다

2492

눈 내리는 저녁 1

눈 내리는 저녁

커피를 마시며

시 한 편 쓰고 싶다

2493

눈 내리는 저녁 2

눈 내리는 저녁

커피를 마시며

너를 그리워한다

2494

어려운 고비

힘들고

어려운 고비도

지나고 나면 추억이다

2495

흐린 날

비가 올 것 같은

흐린 날 내 마음에

눈물비가 내렸다

2496

삶의 리듬

즐거운 날은

리듬을 타고

시간이 흘러간다

2497

태양이 뜨면

태양이 뜨면

산그림자는

낮은 곳으로 하산한다

2498

인생의 아픔

인생의 아픔을

겪고 나야

삶의 가치를 안다

2499

문단속

불행이 함부로

찾아오지 않게

문단속 잘해야 한다

2500

삶이란 이름으로

이 지상에 나는

삶이란 이름으로

배달되었다

2501

가을과 시인

가을에 시가

잘 떠올라 시인은

가을을 좋아한다

2502

신발 끈

신발 끈을 매면

어디론가

떠나고 싶다

2503

단풍 들면

내 마음이 단풍 들면

시 쓰고 싶은

마음이 쌓인다

2504

미련

미련은

못다 한 사연이

남아 있는 것이다

2505

눈물의 집

슬픔 속에 살다 보니

눈이 눈물의 집이

되었다

2506

흘러가는 물

흘러가는 물처럼

자유롭게

살고 싶다

2507

세상 떠돌이

사람들은

인생이란 이름의

세상 떠돌이다

2508

너의 마음을

너의 마음을

사막으로 만들면

사랑이 싹트지 못한다

2509

빗물의 겸손

빗물은 낮은 곳을

찾아서 흘러가

크나큰 바다가 된다

2510

모래알

인생은 모래시계

모래알이 얼마나

남았을까

2511

내 인생에서

내 인생에서

지우고 싶은

시간이 있다

2512

강물

지구의 핏줄 강물이

땅을 적시며

유유히 흘러간다

2513

손끝이

손끝이

어디로 향하는가

당신이 갈 곳이다

2514

저녁 강에

저녁 강에

하루의 피곤이

흘러간다

2515

구름의 집

푸른 하늘은

어디나

구름의 집이다

2516

장화는

비 오는 날이

소풍 가는

날이다

2517

열매는

열매는 동그라미 속에

알차게 열리기를

좋아한다

2518

손은

손은 모든 것을

잘 만들어내는

최고의 기술자다

2519
낮잠

밤잠이

낮에 찾아와

낮잠이 들었다

2520
구름의 산책

빗소리 위에서

구름이

산책하고 있다

2521
공중 정원

하늘 공중 정원에

별꽃들이

피어난다

2522
체념한 바위

바위는 세상만사

체념한 듯

아무 말이 없다

2523
아름다운 장면

오늘도

삶의 아름다운 장면

추억으로 넘기자

2524
오늘

오늘을 기억해

다시 오지 않을

날이야

2525
구멍 난 양말

구두 속 양말이

세상 구경하려고

구멍을 뚫었다

2526
허공의 바람

바람은 허공에

소리를 만들며

불어왔다 떠난다

2527
흉년 든 마음

마음에 흉년 들어

옹졸해져서

신경질이 난다

2528
달과 감기

한겨울에 달이

감기에 걸려도

마스크 쓰지 않는다

2529
바람 잡다

인생이

바람을 잡는 듯

허무를 느낀다

2530
마음

보고 싶은 마음

강물처럼

쉴 새 없이 흐른다

2531
미련의 바람

미련의 바람이

불기 시작하면

기다림이 시작된다

2532
나무는 죽어도

나무는 죽어도

쓰러지기 전에는

눕지 않는다

2533
아름다운 방울

잠시 아름다운

물방울 되었다가

한순간 사라진다

2534
한 마리 나비

한 마리 나비

될 수 있다면

하늘 날고 싶다

2535
봄소식 가득

봄 그리워

매화 피니

봄소식 가득하다

2536
여행 떠나자고

여행 가방이

여행 떠나자고

나를 부른다

2537
나비 되어

봄 꿈에 내가

꽃으로 피어

나비 되어 날아간다

2538
나룻배에 올라

나룻배에 올라

강 따라 흘러가니

풍경이 마음 빼앗네

2539
두메산골

두메산골

마을 이야기가

풍경 속에 펼쳐진다

2540
커피 향기

어느 날

커피 향기만으로도

기분이 좋다

2541
추억 속에는

추억 속에는

참을 수 없는

그리움이 있다

2542
삶의 단편

삶의 단편들이

행복해야

인생이 행복하다

2543
푸르른 청춘

한순간 떠나는

푸르른 청춘

소중한 시절이다

2544
달맞이꽃

어둠 속에서도

달을 임처럼 반기는

달맞이꽃이다

2545
목마른 새벽 비

누가 목마르다

외쳤나 보다

새벽 비가 내린다

2546
단골

오랫동안 계속된

발길이

단골을 만든다

2547
성난 파도

바닷가 절벽

갈 수 없는데

성난 파도 부딪친다

2548
문득문득

문득문득

생각날 때마다

그리움이 꽃 핀다

2549
최고로 악한 말

최고로 악한 말

나는 너만

없으면 좋겠다

2550
고난 속 이룬 꿈

달빛이 아름답듯이

고난 속 이룬 꿈

아름답다

2551
잔상

너를 만나 순간이

아름다운

잔상을 만든다

2552
구절초

구절초 피었다

꽃이 지면

가을이 떠난다

2553
고궁

고궁을 걸으면

어디선가 옛이야기가

들릴 것 같다

2554
밤에 나는 철새

철새가 밤에

날아가면

달빛 받아 아름답다

2555
가장자리

내 마음의

가장자리에도

그리움이 가득하다

2556
사랑의 숨결

사랑의 숨결이

부드럽고

잔잔하기를 원한다

2557
거북이

땅에서 느린 거북이

바다에서 유유히

오대양을 돌아다닌다

2558
나의 시가

나의 시가 희망과

용기를 준다면

행복한 시인이다

2559
별빛처럼

별빛처럼 빛나는

인생을 살 수 있다면

얼마나 좋을까

2560
해 질 무렵

해 질 무렵

외로움 속에

그리움이 밀려온다

2561
짧은 여행

짧은 여행은

짐 없이 떠나야

몸과 마음이 편하다

2562

창을 닦으며

세월에 더럽혀진

창을 닦으며

내 마음도 닦는다

2563

왜 파도는

하늘은 푸른데

왜 파도는

계속 울고 있을까

2564

불평

불평은

행복과 기쁨을

통째로 빼앗아 간다

2565

풀잎의 이슬

산책 나온

새벽이슬이

풀잎에 남아 있다

2566

별들의 밤

밤이 캄캄할수록

밤하늘 별들의

눈빛 초롱초롱하다

2567

일출

아침마다

하루의 얼굴

일출이 솟아오른다

2568

나비 여행

꽃 따라 꽃 찾아

나비는 여행을

떠난다

2569

담장

누가 궁금해

담 넘어 보고싶었나

담장이 허물어졌다

2570

무언극

삶을 혼자 살며

무언극으로 만드는

사람들이 많아졌다

2571

외로운 여인

해당화

외로운 여인처럼

누구를 기다릴까

2572

삶의 추억

삶의 추억이

인연으로 아름답게

물들었으면 좋겠다

2573

가을 엽서

가을 엽서 낙엽이

주소도 없이

배달된다

2574

나무의 수행

나무가 추위와

싸운 수행으로

봄꽃을 피워놓았다

2575

세탁소

세월의 묵은 때를

깨끗이 빨아

새 옷을 만든다

2576

홍시

잘 익은 홍시처럼

농익은 사랑한다면

환장하도록 좋겠다

2577

말하지 않아도

꽃이 아름답다

말하지 않아도

예쁘고 아름답다

2578

고난의 강

고난의 강을

눈물로라도 건너야

희망을 찾는다

2579

지금 행복하니

나를 떠난 너는

지금 행복하니

나는 온통 쓸쓸하다

2580

시인의 갈증

시인의 갈증에

목마른 세월이

시를 부른다

2581

새 울음소리

아침에 듣는

새 울음소리

반가운 소식이다

2582

새벽 강

물안개 피는

새벽 강을 보면

행복이 흐른다

2583

별로 뜨면

밤하늘에

별로 뜨면

외로울 것 같다

2584

간밤에 비

간밤 비가 내려

풀잎은 촉촉한데

내 마음 퍼석거린다

2585

하늘과 바다

하늘과 바다는

멀리 떨어져 있어도

푸른 한 마음이다

2586

나도 너처럼

나도 너처럼

항상 웃으며

행복하고 싶다

2587

여행 이야기

여행 이야기는

시간이 지날수록

추억으로 남는다

2588

봄의 문

봄의 문을 열고

나뭇가지마다

꽃이 피어난다

2589

꿀에는

꿀에는

세상의 달콤함이

몽땅 모여들었다

2590

사진 찍은 날

사진 찍은 날

시간이

정지되어 있다

2591

따뜻함

햇살이

앉은 자리에

따뜻함이 살아 있다

2592

최고의 축복

너로 인해

내가 행복한 것은

최고의 축복이다

2593

아름다운 꽃

아름다운 꽃도

몰락의 시간에

꽃이 떨어진다

2594

들판에 핀 꽃

들꽃은

늘판에 피었을 때

가장 아름답다

2595

그림 하나

그림 하나

그리라고 하면

너를 그리고 싶다

2596

나무 새

나무로 만든 새

박제되어

날아가지 못한다

2597

허공의 잠자리

잠자리가 하늘을

어깨에 지고

허공을 비행한다

2598

빛나는 별

짙은 어둠 속에서

찬란히 빛나는 별

얼마나 아름다운가

2599

가치가 있는 삶

인생은 고귀하고

이름다워야

가치가 있는 삶이다

2600

마음속 지우개

마음속 지우개로

고통과 아픔을

지우며 살자

2601

추억의 창

추억의 창을 열면

그리운 사람이

서 있다

2602

비 내린 후에

비 내린 후에

풀잎 하나하나

춤사위가 아름답다

3603

서예가

붓끝에서

글자가 선명하게

살아난다

2604

강가의 나무

강가의 나무는

사시사철

아름다운 풍경을 만든다

2605

어머니에게

어머니에게

영원히 갚을 수 없는

출생의 빚이 있다

2606

기다림 속에

오래된 그리움이

미련으로

남아 있다

2607

세상의 등불

풀꽃 하나마다

세상을 밝히는

등불이다

2608

눈 덮인 의자

한겨울

눈 덮인 의자에

추억이 앉아 있다

2609

하루종일 햇살

햇살 좋은 날

하루 종일

햇살이 주인이다

2610

다도해

파도가 쳐도

작은 섬들이

잘 어울려 놀고 있다

2611

백합꽃

아름다운 여인이

전설처럼

꽃 피었다

2612

순박하다

숲이 아름다운 마을

사람들은 마음이

순박하다

2613

꽃아

꽃아 웃지 마라

너를 꺾어 가면

어쩌냐

2614

봄 새벽

봄 새벽에

들판에서

쑥 향기가 달려온다

2615

네 사랑이

네 사랑이

한순간에 내 마음

사로잡았다

2616

가슴 아픈 날

가슴 아픈 날도

세월 지나가면

잊혀진다

2617

폐차장

목숨을 다한

온갖 차가 모여

장례식 하고 있다

2618

산길을 걸으면

산길을 걸으면

계곡 물소리 들으면

귀가 밝아진다

2619

계절의 표정은

계절마다

피어나는

꽃들이 표현한다

2620

공백

사랑이 떠난 공백

견딜 수 없는

고독이 찾아온다

2621

잊을 수 없는 일

살다 보면

잊을 수 없는 일

일어나 그리움 생긴다

2622

슬플 때

내 마음이 슬플 때

슬픔이란 비가

눈물처럼 내린다

2623

기다림 끝에

기다림 끝에

만남이 찾아올 때

무척 행복하다

2624

추억의 집

추억의 집에서

좋아하는 사람들을

만날 수 있다

2625

하얀 보름달

하얀 보름달

누가 하늘에

걸어 놓았을까

2626

영영 모를

짝사랑

고백하지 않으면

영영 모를 것이다

2627

마지막 노래

삶의 마지막

노래도 행복하게

부르고 싶다

2628

네가 오는 길

기다리는 마음

끝에서

네가 걸어오고 있다

2629

하늘 문

하늘 문을 열면

눈이 오고

비가 내린다

2630

홀로 선 나무

들판에

홀로 선 나무

외로워하지 않는다

2631

비극

이 세상에

모든 비극은

사라져도 좋다

2632

사람 없는 세상

정 부치고 살

사람 없는 세상이

사막이다

2633

고요한 나무

나무가 고요하게

말없이 수행을

하고 있다

2634

침묵의 언어

침묵의 언어도

말 없는 말로

모든 것을 표현한다

2635
낡은 가방

낡은 가방 속에
나와 함께 다녔던
추억이 들어 있다

2636
야생화가

야생화가
숲속에서
기도드리고 있다

2637
산비탈

산비탈에 앉아보니
벼랑에서 자라는
나무가 위대하다

2638
인생사는 맛

인생사는 맛
느낄 때
모든 것이 감사하다

2639
꽃 소식

꽃 소식이
소문이 나면
봄이 한창이다

2640
새벽 청소부

새벽 청소부가
간밤에 쌓인
고요를 쓸어내고 있다

2641
황톳길

황톳길 걷다 보면
머릿속에
고향 마을 그려진다

2642
친구 되는 술잔

외로울 때
고독할 때
술잔이 친구가 된다

2643
가을 그리움

가을 오색단풍에
내 마음도 가을
그리움으로 물든다

2644
지나온 길

지나온 길
추억 속에
아주 선명하다

2645
아내의 웃음

아내의
아침 웃음에
하루가 편안하다

2646
시냇물 크기

비 많이 내리면
시냇물 크기가
더 넓어진다

2637
깊은 밤 버스

깊은 밤 달리는
어둠을 버스 속
피곤이 가득하다

2648

외등

외진 곳에서

빛나는 외등에게

인내를 배운다

2649

따뜻한 눈빛에

따뜻한 눈빛에

고독한 쓸쓸함이

녹는다

2650

탐스러운 열매

탐스러운 열매는

흙 햇볕 비바람이

만든 선물이다

2651

보리밭

한겨울에도

보리밭에서 싹들이

봄을 키운다

2652

가뭄의 비

가뭄의 비는

메마른 땅에

반가운 소식이다

2653

비 내린 아침

비 내린 아침

내 마음도

한결 맑아졌다

2654

철길

늘 떨어져 동행하는

철길은 어디서

하나 되어 만날까

2655

혼자 걸으면

혼자 걸으면

깊은 생각에

빠져든다

2656

촛불 켜놓고

촛불 켜놓고

차 한 잔에

외로움을 달랜다

2657

봄나들이

끝없이

한없이

들판 걸어가고 싶다

2658

등불을

등불을 밤새

켜놓았더니

새벽에 졸고 있다

2659

마음의 창문

갑갑할 때

마음에 창문 하나

만들자

2660

마음 쓸쓸한데

내 마음 쓸쓸한데

얼굴은 명랑하게

웃고 있다

2661

언제나 웃음

좋은 기억은

언제나

웃음을 선물한다

2662

봄소식 가득

초록 새싹

두 눈에

봄소식이 가득하다

2663

예쁜 돌

강가의 예쁜 돌

집에 가져왔더니

외로워 말문 닫았다

2664

나무의 그늘

나무는 누구나

와서 쉬라고

그늘을 만들어 준다

2665

마음의 문턱

마음의 문턱에

그리움 걸려 앉아

너를 기다린다

2666

행복 일기

행복을 잊기 싫어서

행복 일기로

적어 두었다

2667

뱃노래

나룻배 오가면

강물이

뱃노래를 부른다

2668

그리움의 강물

내 마음에

그리움의 강물이

한없이 흐른다

2669

꽃 피는 힘

나무들은

봄을 위해 추운 겨울

꽃 피는 힘 만들었다

2670

꿈 이루는 날

꿈 이루는 날

새벽하늘처럼

내 마음 밝아진다

2671

낡은 집에는

낡은 집에는

지난 이야기가

먼지로 쌓였다

2672

속삭임

밤하늘에는

별들의 속삭임이

가득하다

2673

해학극

해학극 속에는

웃음과 즐거움이

꽉 차 있다

2674

꿈에 그리던 일

꿈에 그리던 일

현실이 될 때

감동이 대단하다

2675

하얀 눈길

하얀 눈길

아름다워서

걷고 또 걸었다

2676

벽에 그린 강

벽에 그려놓은

강물은

흐르지 않는다

2677

가을에는 왠지

가을에는 왠지

고독하고 외로운

사람이 된다

2678

마음의 가뭄

마음이 메말라

쩍 쩍 갈라지는

가뭄이 들었다

2679

자물통

자물통도

흘러간 세월이

녹슬어 열리지 않는다

2680

몽돌

돌이 파도에

날마다 몸 씻더니

몽돌이 되었다

2681

시련의 가시

시련의 가시가

마음을 깊이 찔러

아프게 한다

2682

평생 교훈

아버지 말씀을

새겨들으니

평생 교훈이다

2683

시인에게는

시인에게는

언어가 시를 쓰는

연장이다

2684

시간의 발자국

추억이란

시간의 발자국이

만든 이야기다

2685

황혼

황혼에 즐거움은 없고

흰머리만

늘어만 간다

2686

겨울 해돋이

겨울에는 해도

아침에 뜰 때

추워하지 않을까

2687

사랑 꽃은

사랑 꽃은

사람들의 마음에

피어나는 꽃이다

2688

가을 산마을

가을 산마을

산 아래

그림처럼 모여 있다

2689

겨울밤 시 한 편

겨울밤에 별 하나씩

바라보며

겨울 시 한 편 읽는다

2690

풍물시장

지난 세월의 흔적이

가득한 물건들이

풍물시장에 나왔다

2691

언어의 샘에서

시를

길어 올리는 것이

시인이다

2692

하룻밤에

하룻밤에

얼마나 많이

기뻐하고 실망할까

2693
눈동자

눈동자는

본 것을 기억하고

알고 있다

2694
유채꽃

유채꽃 피면

노란 봄이

온 세상에 한창이다

2695
남해 금산

남해 금산

풍경이 아름다워

값으로 칠 수 없다

2696
골몰

외로움에

골몰하면

더욱 그립다

2697
고독이 주인

오늘 밤도

홀로 있으면

고독이 주인이다

2698
나는

나는

남겨진 삶인가

떠나는 삶인가

2699
시의 숲

시의 숲에는

시 꽃들이

곳곳에서 피어난다

2700
기척

어느 시인

기척 없다 했더니

세상 떠났다

2701
후회

후회는 마음만

고달프고

힘들게 만든다

2702
마음의 끈

각오하고

다짐해도

마음 끈이 풀린다

2703
한세월이 긴데

한세월이 긴데

시간의 쪽배 타고

허둥지둥 대며 산다

2704
잠

잠은 고민과

피로를 풀어주는

휴식 시간이다

2705
고독이 들어와

내 마음 비웠더니

고독이 들어와

탁 앉아 있다

2706
강가에

강가에 사는 나무

스며드는 강물에

발을 적시며 산다

2707
하루해가

하루해가

일몰에 기대어

저물어 간다

2708
행복 예약

내일도

행복을 예약하고

즐겁게 살아가자

2709
인생의 메아리

인생의 메아리는

당신이 행한 대로

되돌아온다

2710
나뭇잎의 노래

계절 따라

색깔이 다르게

부른다

2711
하늘

하늘은 가만있어도

해 달 별 구름

찾아와 놀다 간다

2712
이야기

우리는 날마다

크고 작은 이야기를

만들며 살아간다

2713
동트기 전

동트기 전

어둠이 떠나려고

발을 들고 있다

2714
절망

벼랑에 매달린 듯

절망을 느낄 때

하늘 보고 기도하라

2715
미운 오리

사람들은 모이면

꼭 한 사람

미운 오리 만든다

2716
힘들 때는

힘들 때는

가슴이 활짝 열리는

바다로 떠나고 싶다

2717
입

입에 자물통 없어서

불평과 비난을

함부로 내뱉는다

2718
행복한 날

나의 행복한 날이

오늘부터

시작했으면 좋겠다

2719
밤마다 어둠이

밤마다 어둠이

찾아오는 것은

숨고 싶은 것 많다

2720
나무의 명상

밤마다 나무는

어둠 속에서

명상에 빠진다

고마울 때

고마울 때 흘릴

눈물이 있는 것도

행복하다

순례

홀로 걷는 것은

순례의 길을

걷는 시간이다

들킬까 봐

남몰래 한 일

들킬까 봐

몸살이 난다

화석의 추억

화석에는

흘러간 세월이

추억으로 남아 있다

목숨

꽃이 떨어지듯

목숨도 한순간에

떠나간다

완성된 커피

커피 한 잔의

완성된 커피 맛에

행복을 느낀다

담벼락

마음에

담벼락을 만들면

외롭다

지나간 추억

지나간 추억이

깨닫게 하고

교육한다

떠난 배

떠난 배들도

깊은 밤 쉬기 위해

부두로 돌아온다

운 없는 날

운 없는 날

만지는 것마다

고장이 났다

약병

약병이 자꾸만

늘어 가면

늙었다는 것이다

겨울 연못

겨울 연못

꽁꽁 얼었는데

물고기 어디서 잘까

진심

진심 보여주면

사람들도

진심으로 다가온다

꽃들의 모임터

정원은 가꿀수록

아름다운 풍경을

만들어 놓는다

초라한 마음

초라함을 느낄 때

마음의 그늘이

생긴다

2736

가물 때는

나무도

물이 그립고

배가 고프다

2737

여름 바다

여름 바다

더위를 식히려고

파도를 친다

2738

물고기 마을

바닷속에는

물고기들이 사는

마을이 있다

2739

지난 고통

옛 그늘에는

지난 고통이

남아 있다

2740

발길 따라

내가 살아온 길

발길을 따라

추억이 길이 있다

2741

나의 길

이 세상에는

내가 가야만 하는

나의 길이 있다

2742

소외된 사람

소외된 사람

남몰래 흘리는

눈물이 있다

2743

새벽 한파

새벽 한파 몰아쳐

몸살을

불러일으켰다

2744

하늘이 가까이

산길을 올라가면

하늘이 가까이

다가온다

2745

나룻배

해 저문 강가

나룻배 잠들려고

머물고 있다

2746

타인

나 외에는

모두가 타인

얼마나 외로운가

2747

근심 걱정

근심 걱정이

다 사라지면

금방 행복할 거야

2748

나비는

나비는

날개만 있으면

옷 걱정이 없다

2749

우리라는 말은

우리라는 말은

마음이 따뜻해지고

든든해진다

2750

봄의 나라

봄의 나라에

꽃들이 찾아와

만발하게 피었다

2751

봄의 서곡

새싹들의 노래와

꽃들의 합창이

봄의 서곡이다

2752

수평선을 달리며

수평선을

달리며

마라톤하고 싶다

2753

따뜻한 집

거친 세상에서

일하다 지치면

따뜻한 집이 좋다

2754

난타 연주

소나기처럼

난타 연주를

잘하는 것이 있을까

2755

가을의 주인공

가을의 주인공은

오색으로 물든

단풍이다

2756

삶의 그늘

삶의 그늘 속에

힘들고 괴로운

사람들이 있다

2757

악인의 혓바닥

악인의 혓바닥들이

춤추는 세상은

괴롭다

2758

남은 시

지난 추억이

시가 되어

남아 있다

2759

초저녁별

초저녁 뜨는 별

밤이 온다는 것을

알려준다

2760

지나간 시간

책상 위에

지나간 시간이

먼지로 남아 있다

2761

삶의 지평선

네가 삶의 지평선에

그리움으로

남아 있다

2762

검게 물든 고독

커피잔 속에

깊은 고독이

검게 물들어 있다

2763

허풍

허풍은

꺼져버리는

거품일 뿐이다

2764

들꽃의 삶

척박한 땅에서도

아름답게 꽃 피는

들꽃이 아름답다

2765

별은 자리를

어둠 속에서도

별은 자리를

떠나지 않고 빛난다

2766
고운 마음

거친 마음보다

고운 마음이

가슴에 남는다

2767
못난 호박

못난 호박이

뒤웅스럽게 못생겨도

제맛은 낼 줄 안다

2768
빈방

빈방에

홀로 있으면

고독하다

2769
용기 있는 시작

새로운 시작

용기가 있어야

출발한다

2770
홀로 있으니

홀로 있으니

고독이

창자 속까지 흐른다

2771
유리잔

유리잔도

목이 마른가

따르면 다 마신다

2772
행복을 알면서

왜 행복을 얼마나

좋은지 알면서

불행하게 사는가

2773
누가 오려나

누가 오려나

사꾸만

문으로 눈이 간다

2774
미행

나의 그림자는

평생

나를 미행하고 있다

2775
어부

강에서 어부가

고기를 못 잡아

표정이 어둡다

2776
소식

봄이 다시 찾아와

꽃도 피는데

돌아온단 소식 없다

2777
인생이란 산

인생이란 산

누구나 올렸다가

하산한다

2778
커피 여행

시간을 내어

커피 향 따라

커피 여행해도 좋다

2779
날씨가 좋은 날

날씨가 좋은 날은

산들도 일어나서

덩실덩실 춤춘다

2780
커피숍에는

커피숍에는

거피가 살고 있는

공간이 있다

2781
울음의 뿌리

절망과 고통이

울음의 뿌리를

만들어 놓는다

2782
오월 유채꽃

오월 유채꽃

피어난 길 걸어가면

사랑도 꽃이 핀다

2783
작가의 마음

소설 속에

작가의 마음이

녹아 있다

2784
쓸쓸한 바다

배 하나 섬 하나

없는 바다는

외로운 바다다

2785
자전거

자전거를 타고

하늘나라 여행을

떠나고 싶다

2786
가을꽃

가을에만 물드는

가을꽃은

아름다운 단풍이다

2787
외로움 찾아온다

아름다운 풍경도

혼자 보고 있으면

외로움 찾아온다

2788
구름아

한겨울

햇살도 연한데

구름아 가리지 마라

2789
옷장의 옷

옷장의 옷들은

외출하지 않을 때

왼 종일 잠 잔다

2790
고독한 산장

고독한 산장에

찾아오는 것은

바람뿐이다

2791
절벽

너의 눈빛에서

절벽을 느낄 때

이별하고 싶다

2792
시 속에

시 속에

너를 담으면

고독으로 물든다

2793
사랑하는 동안

사랑하는 동안

내 마음은

그리움의 연속이다

2794

시간의 손길

시간의 손길이

지나가면

세월이 흘러간다

2795

나무의 신비

허공을 헤치고

높이 자라는

나무가 신비롭다

2796

덕담 한마디

힘들고 어려울 때

덕담 한마디

힘 되고 용기 준다

2797

바다에서

어두운 밤

갈매기 한 마리

외롭게 날아간다

2798

다정한 별

사랑할 때는

하늘에 별도

다정하게 떠 있다

2799

따뜻한 별

밤하늘의 별 중에서

나를 바라보는

따뜻한 별이 있다

2800

돌고래

돌고래 바다에서

춤추며

행복한 여행을 떠난다

2801

삼월의 눈

눈이 시간표를

살못 보았나

삼월에 눈 내린다

2802

좋은 사람

좋은 사람과

함께 있으면

모든 것이 좋다

2803

사람 향기

사람마다

그 사람만의

사람 향기가 있다

2804

공감

서로 공감할 수

있다면

마음이 통한다

2805

내 마음이 흐른다

내가 쓴 시 속에

내 마음이

흐른다

2806

진실한 사람

마음의 소리가

맑아야

진실한 사람이다

2807

매화 그리다

붓으로

매화를 그렸더니

언제나 꽃 피어 있다

2808

누리는 행복

차 한 잔의 행복을

누릴 수 있는 것도

마음의 여유다

고요한 달밤

달빛이 내려오는

고요한 달밤

풀잎도 잠들어 있다

세월 떠나니

세월 떠나니

모든 것이 떠나고

홀로 남는다

직감

시인이 세상을

바라보는 직감이

시를 써놓는다

외로워서

너무나도 외로워서

누구라도

만나고 싶다

부끄러운 마음

마음의

부끄러움은

옷으로 가릴 수 없다

하늘 끝

하늘은 끝이 있을까

끝에는

무엇이 있을까

홀로 떠나면

늦은 밤 기차를 타고

홀로 떠나면

무척이나 슬프다

잊어버린 날들

잊어버린 날들

나는

무엇을 했을까

정직한 사람

정직한 사람은

어디서나

당당하다

이해하면

이해하면 할수록

마음이

넓어진다

주머니

주머니가 비면

친구도

만날 수 없다

사랑

멈춘 시간에도

너만을

사랑하고 싶다

한 조각 인생

누구나 한 조각

인생을 살다

떠나간다

2822
잠자리

잠자리 하늘 날다

지쳤는지

그늘에 앉았다

2823
봄날에는

봄날에는

너를 만나면

사랑을 하고 싶다

2824
수줍은지

보름달

수줍은지

구름 속에 숨었다

2825
눈물은

눈물은

마음의 아픔을

쏟아놓는 것이다

2826
책 읽기

책의 글자들의

초대를 받아

방문하고 있다

2827
깊은 산

깊은 산

침묵 속에도

나무가 자란다

2828
일하는 것

일을 한다는 것은

행복하고

기쁜 일이다

2829
별은 어디에

별은 어디에

숨어 있다

밤에 몰래 나올까

2830
고귀한 사람들

고귀한 사람들

살며 걸어간 길

신선의 발자국이다

2831
설국

하얀 눈

내리더니

온 세상 설국이다

2832
바위의 시간

바위의 시간은

모래를 만들기 위한

기간이다

2834
일한 보람

일한 보람 있으면

마음이 뿌듯하고

기분이 좋다

2834
고독의 커피

고독한 날은

진한 커피로

외로움을 채운다

2835
우리는

만나고

헤어짐 속에

우리는 잘 만났다

2836
나루터 빈 배

나루터 빈 배

손님도 없고

갈 곳도 없다

2837
산꼭대기

산꼭대기에 서면

세상이

발아래 보인다

2838
울타리 꽃

고운 보랏빛

울타리 꽃

넝쿨 따라 피어난다

2839
너의 생각

한밤에 잠들어도

너의 생각

놓지 않았다

2840
나무는 시인

나무는 계절마다

꽃 초록 잎 열매로

시를 표현한다

2841
무명의 풀

들판에는

무명의 풀들이

힘차게 자라고 있다

2842
새벽마다

새벽마다

닭 울음소리가

어둠을 지우고 있다

2843
시간

시간이 과거를 만들고

추억을 만들고

그리움을 만든다

2844
겨울 저수지

저수지는 꽁꽁

얼어붙었는데

물고기들 어디에 있을까

2845
따뜻한 손

차가운 세상에서

따뜻한 손

만나기도 힘들다

2846
물가에

물가에

자갈돌이 모여

노래를 만든다

2847
말의 가시

말의 가시에 찔려

아파도 말 못 하는

사람들이 많다

2848
벼랑의 꽃

벼랑의 꽃도

향기를 날려

벌들이 찾아간다

2849
고독의 길

고독의 길 걸으면서

시 쓰는 것도

멋진 낭만이다

2850
긴 밤

밤이 이리도 길까

창밖을 보아도

어둠만 가득하다

2851
자기만의 그림

인생은

자기만의 그림을

그리다가 떠난다

2852
근심거리
빈 생각의 가지를

근심거리가 흔들어

고민을 만든다

2853
열정
열정은

가슴이 살아서 뛰는

뜨거운 정신이다

2854
빛이 움직이면
빛이 움직이면

그림자도 따라서

춤을 춘다

2855
그냥 상처
슬픔을 벗기면

기쁨인 줄 알았더니

상처뿐이다

2856
겨울 명상
겨울 명상에

빠져든

나무들이 대견하다

2857
창문에는
세상의

모든 소리가

찾아와 달라붙는다

2858
작은 겨울 새
맹추위에 작은 겨울새

심장이 얼어버릴까

걱정이다

2859
칭찬의 말
칭찬의 말

들을수록

행복하다

2860
쑥
한겨울

날선 바람 이겨낸

쑥은 싱싱하다

2861
은하수
별들도 외로운가

은하수에

모여 살고 있다

2862
출발
출발은 같지만

끝나는 곳은

각자 각각 다른다

2863
하늘의 얼굴
호수는 항상

하늘의 얼굴을

비춰주는 거울이다

2864
가을이라서 좋다
가을은

가을만의

가을이라서 좋다

2865
겨울 꿈에는
겨울 꿈에는

따뜻한 봄을 기다림이

가득하다

2866
달빛이 밝아
달빛이 밝아

내 마음 들킬까 봐

잠들지 못했다

2867

옥수수밭

수염 많은 옥수수밭

노인들의

이야기가 들린다

2868

비가 내린 후

비가 내린 후

외롭지 않게

무지개가 떴다

2869

가을바람

가을바람 불 때

갈대는 춤추기 위해

봄부터 준비했다

2870

우리 다시

우리 다시

만날 수 있다면

멋진 사랑을 하자

2871

오라는 손

오라는 손은

반갑고

떠나라는 손은 서럽다

2872

잠의 깊이

잠의 깊이가

얇으면

몹시 피곤하다

2873

너의 울음소리

밤비 내리는 소리

너의 울음소리처럼

들린다

2874

관심 없어

같이 있어도

핸드폰만

보고 있다

2875

작은 희망

아주 작은 희망

있어도

포기하지 않는다

2876

갈 길 잃어

허수아비는

갈 길 잃어

오도 가도 못한다

2877

누가 두려워

누가 두려워

누가 무서워서

풀벌레 숨어 울까

2878

어려울 때도

어려울 때도

한순간 한순간

희망을 지니고 살자

2879

고독의 주인

외로울 때는

고독이 내 마음의

주인이 된다

2880

희망의 눈

세상을

희망으로 바라보는

눈을 가져야 한다

2881

아름다운 풍경

아름다운 풍경에

뛰어들어 나도

풍경이 되고 싶다

블랙커피

아침에

핸드 드립 블랙커피

한 잔에 행복하다

시인의 여행

시인은 여행을 떠나면

풍경 속에서

시를 찾고 만난다

굴렁쇠

내 마음은

굴렁쇠가 되어

굴러가고 싶다

슬기롭다

삶을 순리대로

잘 사는 사람은

슬기롭다

꽃도 단풍도

꽃도 단풍도 사랑도

절정의 순간이

가장 아름답다

팽이는

팽이는

어지러울수록

잘 돈다

몽돌 해변

세월이 파도쳐서

몽돌 해변이

만들어졌다

기쁨의 표현

얼굴에

기쁨의 표현이

많을수록 행복하다

봄의 리듬

봄의 리듬은

부드럽고

상쾌하다

찢어지는 바다

파도칠 때마다

찢어지는 바다를

누가 꿰매 줄까

절망

절망은 힘들지만

희망을 찾아가면

기쁨이 온다

내 손은

내 손은

내 인생을 만드는

연장이다

물방울이 만든

이슬방울은

물방울이 만든

아름다운 보석이다

2895

모자 벗기고

바람도 심술 나면

모자 벗기고

도망친다

2896

저울

눈들이 다른 사람을

달아보는 저울이

될 때가 많다

2897

고독한 날에

고독한 날은

혼자 세상 바다에

무인도가 되었다

2898

추억 만들기

살면서 아름다운

추억들을 한 묶음씩

만들며 살아가자

2899

민들레 웃음

민들레

노란 웃음

봄 들판에 퍼진다

2900

봄꽃 길

봄꽃 길 따라가면

너를 만날 수

있을까

2901

빈 가방

빈 가방

담고 싶은 마음

가방만 하다

2902

눈 속의 봄소식

차디찬 한 겨울

눈 속에서도

봄소식이 자란다

2903

백지 앞에서

백지 앞에서

예술가마다

다른 상상을 한다

2904

별의 마음

별의 마음이

얼마나 단단하면

하늘 허공에 박혔을까

2905

억울함

억울함에

터져 나오는 건

탄식과 한숨이다

2906

밤바다

푸른 바다가

검은 바다가

되었다

2907

가을 일기

단풍이 써 내린

가을 일기

낙엽 지면 끝난다

2908

산수유

산수유 꽃 피면

봄꽃이 피는

봄의 시작이다

2909

벽에 기대어

벽에 기대어

너에게 기댄 듯

너를 느껴 본다

2910
봄날에

봄날에

민들레

봄 편지로 피었다

2911
주민등록 번호

주민등록 번호는

인생이란 감옥의

수인 번호다

2912
천둥의 끝

하늘이 천둥

번개에 놀라서

소낙비가 내린다

2913
철쭉꽃

철쭉꽃 붉은 입술

봄 햇살과

입맞춤하고 있다

2914
강가에 앉아

강가에 앉아

낚시를 던졌는데

고독만 낚는다

2915
강가

해 저무는 강가에

시간이 지날수록

어둠만 쌓인다

2916
미련이

미련이 남아 있어

그날이 다시 올까

기다려 본다

2917
바다

우리가 강이 된다면

하나가 되는

바다에서 만나자

2918
타인에게

타인에게

몹쓸 추억

만들어 주지 마라

2919
고독

고독해서

하루 종일

핸드폰만 보고 있다

2920
한 편의 동화

하늘이 높고 푸르니

가을 풍경이

동화 한 편이 된다

2921
농담

사랑할 때는

농담해도 웃더니

떠날 때는 화를 낸다

2922
보고픔의 꽃

꽃술 먹고 취하니

내 마음에

보고픔이 꽃 핀다

2923
수선화

수선화 핀 길

따라가면

첫사랑 보고 싶다

2924
적막 속에서도

적막 속에서도

생명은

살아 있다

2925

달아나는 바람

바람은

공간을 찾아

쏜살같이 떠난다

2926

한여름에도

한여름에도

열매 속에

가을이 숨어 있다

2927

추억 찾기

한가한 날

추억 찾기

시간 여행 떠난다

2928

어부의 새벽

어부의 새벽

고기잡이 부푼 꿈이

가득하다

2929

눈 쌓인 길

눈 쌓인 길을

발목이 빠지도록

너와 함께 걷고 싶다

2930

바위의 고독

바위의 고독이

단단하게

굳어 있다

2931

큰 감동

작은 감동이

이어지면

큰 감동이 된다

2932

매화 향기

겨울 이겨내고

꽃이 피니

매화 향기 좋다

2933

풀잎

풀잎들이

하늘을 들고

자란다

2934

바위

발이 묶였나

꼼짝 못 하고

주저앉았다

2935

잔칫날

손님들 대접에

힘들지만

만남이 반갑다

2936

빗방울 노래

비 오는 날

빗방울 노래가

살아난다

2937

야생화

비바람도

야생화 피는 걸

막지 못한다

2938

텅 빈 마음

텅 빈 마음에

고독이 찾아와

앉아 있다

2939

외딴섬

외딴섬도

외로울 때면

파도와 춤을 춘다

2940

사소한 것

삶 속에서

사소한 것도

모두 다 소중하다

2941

무엇을 남기나

사람은 삶에서

빛과 그림자를

남기며 살아간다

2942

추억의 길

추억의 길이

누구나 찾아오라고

활짝 열려 있다

2943

사람마다

사람마다

자기만의

삶의 틀이 있다

2944

꿈의 완성

나도 너처럼

꿈을 이루어가는

삶을 살고 싶다

2945

뚝심

바위는

흔들림 없이

뚝심으로 서 있다

2946

가을은

가을은 단풍을

정말 사랑했나 보다

낙엽 따라 떠났다

2947

가을 수확

곶감 매달고

대청마루에 앉아

웃고 있다

2948

벌초

무덤의

머리카락 잘라

벌초를 한다

2949

울지 않는다

나무는 하루 종일

벌레가 갈아먹어도

울지 않는다

2950

별이 되었을까

누구의 그리움이

하늘에 떠올라

별이 되었을까

2951

들판에 서서

미루나무

들판에 서서

합창을 한다

2952

고요 속에

말 없는

고요 속에도

들려오는 말이 있다

2953
살다 보면

가끔씩

낯선 나를

만날 때가 있다

2954
넓은 들판

넓은 들판은

온갖 풀들의

정겨운 고향이다

2955
빈 둥지에

빈 둥지에

한동안 행복한

새 가족 살았다

2956
봄의 얼굴

여린 초록

새싹이

봄의 얼굴이다

2957
발이 없어도

구름은

발이 없어도

어디든지 달려간다

2958
빗방울 만들어

빗방울

하나하나

구름의 눈물이다

2959
약속 없이

약속도 없이

기다리니

고독만 가득하다

2960
동트는 하늘

통트는 하늘 보며

희망 속에

살고 싶다

2961
살짝 쿵

새벽 눈이

아무도 모르게

살짝 쿵 내렸다

2962
비

오늘 내리는 비가

내 설움 대신

울어 주었다

2963
첫눈

첫눈 내리면

가장 먼저

발자국 남기고 싶다

2964
행복을 심어라

행복하고 싶다면

마음의 광장에

행복을 심어라

2965
불 타는 강 노을

붉은 노을에 물든

강 노을도

불타고 있다

2966
인생 시간

인생 시간이

썰물처럼 떠날 때

이별할 시간 온다

2967
숨 돌리다

눈 돌아가기 바빠도

쉼표 찍으며

숨 돌리며 살자

겨울 뼈

날씨가 추울수록

겨울의 뼈 얼음이

강하고 단단해진다

새벽이 오면

새벽이 오면

어둠이 지워지고

가로등 불빛 약하다

이별 바람

이별 바람 불 때

떠나는 모습

아주 슬프다

낯선 봄

낯선 봄이 찾아와

싹 돋기 힘든데

바람 뺨을 때린다

멋진 순간들

기억에 남는

멋진 순간들은

땀 흘려야 만들어진다

찔레꽃 향기

찔레꽃 꽃향기

퍼져나가면

네가 보고 싶다

아버지

꼭두새벽

일 가시는 아버지

뒷모습이 힘겹다

비워진 술병

빈 술병엔

술꾼들의 넋두리

가득하게 담겼다

유혹

깜박 속았다

사랑이 아니라

유혹이다

겨울 산

맹추위에 겨울 산

꼼짝않더니

꽁꽁 얼어 버렸다

돌아가는 시계

뒤로

돌아가는

시계는 없다

내 몫 인생

내 몫 인생

가치 있게 살아야

기쁨이 찾아온다

밤 그늘

달이 밝아도

벽 뒤에는

밤 그늘이 생긴다

2981

파도는

파도는 얼마나

허기지면

큰 입으로 삼킬까

2982

가을비 젖어

가을비에 젖은

나무는 외롭고

춥고 쓸쓸하다

2983

폭설이 내린다

하늘에 눈 둘 곳이

없나 보다

폭설이 내린다

2984

세상

세상을 마음대로

했다면

나는 벌써 망했다

2985

새벽밥

새벽밥

하루 노동을 위한

먹거리다

2986

빈 의자

빈 의자는

늘 자리 내주는

넉넉함이 있다

2987

고독의 깊이

혼자 사는 여자

고독의 깊이는

가슴 속에 있다

2988

살 내음

얼음 녹은

봄 땅의 살 내음이

싱그럽다

2989

가을 몸살

가을 몸살 앓더니

나무들이

단풍 들었다

2990

이겼을 때

경기에 이겼을 때

기뻐하는 모습

정말 멋지다

2991

한여름 숲

한여름 숲

초록을 뽐내며

마음껏 자란다

2992

혼자 남았다

홀로 외면당한 듯

혼자 남았다

아무도 찾지 않았다

2993

세상 모든 소식

세상의 모든 소식

뚝하고 무음으로

끊겨 버렸다

2994

봄꽃 여행

매화꽃 피면

봄꽃 여행

떠나자

2995

까만 겨울밤

어둠이 모여든

까만 겨울밤

별의 눈빛이 밝다

2996

바람의 기억

바람 불 때

내 마음 흔든 것을

나는 기억하고 있다

2997

봄맞이

추위 속에 나무들이

햇살 받아

봄맞이 기지개 켠다

2998

새는

새는 하늘을

날아가는 동안

날개를 접지 않는다

2999

기분 좋은 일

기분 좋은 일은

언제 생각해도

웃음이 나온다

3000

지나버린 꿈

젊어서는 꿈을

말하더니

늙으니 추억 말한다

3001

겨울 설악산

겨울 설악산

눈보라가 풍경을

살려 놓았다

3002

채석강

누가 바닷가에서

책을 보다

쌓아 놓았을까

3003

풍장

풀들은 무덤 없이

불어오는 바람에

풍장으로 돌아간다

3004

타향

내 마음이

떠난 곳은 어디나

낯선 타향이다

3005

산길에서

산길을 걸으며

풀과 나무의

이야기를 듣는다

3006

탈춤을 출 때

탈춤을 출 때

탈속에

진짜 얼굴이 있다

3007

슬퍼서 외로워

눈물이 쏟아지는

슬픈 날

비바람도 같이 울었다

3008

푸른 하늘처럼

내 마음이

푸른 하늘처럼

맑으면 얼마나 좋을까

온 세상이 시다

3009
이슬의 마중

이른 아침

초록 들판에

이슬이 마중 나왔다

3013
복수초

눈보라 몰아쳐도

복수초 눈 속에서

피어나 봄을 부른다

3018
즐거움

삶 속에서

사람을 만나면 사는

즐거움이 있다

3010
말린 꽃

향기도 없고

생기 없이 말린 꽃

꽃이 괴롭다

3014
굴뚝

굴뚝이 혼자

심심해 연기를 내며

담배를 핀다

3019
인생의 순례자

이 세상

모든 사람은

인생의 순례자다

3011
인생이란 배

나는 인생이란 배에

탑승객이다

어디로 가는 것일까

3015
무너질 때가

돌탑 단단하게

잘 쌓아도

무너질 때가 있다

3020
마음의 오지

마음의 오지에

고독이 쓸쓸하게

살고 있다

3012
외롭지 않게

넓은 바다

외롭지 않게

곳곳에 섬들이 있다

3016
커피만큼

커피잔에 담겼던

커피만큼

이야기가 담겨 있다

3021
기분 좋은 밤길

밤길도

달빛 따라 걸으면

기분이 좋다

3022

나의 늙은 모습

나의 늙은 모습이

삶에 단풍들듯

아름답기를 원한다

3023

기차역

오래된 기차역은

여행의

추억을 만든다

3024

바람이 불자

바람이 불자

풀들이 햇살과

함께 춤을 춘다

3025

썰렁하다

초록이 사라진

겨울 논은

썰렁하다

3026

혼자 있으면

혼자 있으면

고독이 친구 하자고

은근슬쩍 찾아온다

3027

꽁꽁 언 풍경

한겨울에

꽁꽁 언 풍경도

아름답다

3028

묶어둔 세월

시간 속에

묶어두어도

세월은 떠난다

3029

멋진 가을

창문을 여니

단풍색이 살아나는

멋진 가을이다

3030

달 없는 밤

달 없는 밤 어둠이

가득한 외진 밤길

간담 서늘하다

3031

지난 일들이

지난 일들이

잠 속까지 따라와서

악몽을 만든다

3032

붉은 노을 꽃

밤을 만들기 위하여

붉은 노을 꽃이

피었다가 진다

3033

어린 새

어린 새

날갯짓할 때마다

힘찬 비상이 있다

3034

나무의 힘

허공을 받쳐주는

나무의 힘이

참으로 위대하다

3035

너무 가난해서

너무 가난해서

호주머니에 넣을 것이

아무것도 없다

8036

공상

생각이 머릿속을 떠나

허공에 떠돌며

공상하고 있다

3037

출구

출구가

있다는 것은

희망 찾은 것이다

3038

마음 한구석

마음 한구석이

인간미가 있어야

만나고 싶다

3039

허탕

왔다 떠나는

삶이지만

허탕 치지 말자

3040

찾아봐

찾아봐

너의 행복은

꼭 있을 거야

3041

밤의 들판

동물들

먹이다툼이

시작되고 있다

3042

삶의 기록

나의 삶 기록은

모두 다

진실이기를 원한다

3043

흔적

몸은 받은

상처를 기억하고

흔적을 남긴다

3044

하늘의 집

떠다니는 구름

쉴 수 있는 집

집 어디 있을까

3045

가을 호수는

가을 호수는

하늘을 가득 담아

푸른색이다

3946

비 내리는 바다

비 내리는 바다

빗물에 촉촉하게

폭 젖어 들고 있다

3947

가을의 중심

가을 중심에

서 있으면 어디나

단풍이 아름답다

3048

작은 빗방울

작은 빗방울에

호수 전체가

흔들린다

3049

나팔꽃

여름날

나팔꽃 피워

아침을 깨운다

3050

봄이 참 좋다

꽃 피는 봄이

봄바람 부는

봄이 참 좋다

3051

바다의 푸른 살

파도칠 때마다

바다의 푸른 살이

찢어진다

3052

가을비

늦가을 저녁

가을을 떠나보내는

가을비가 내린다

3053

바람의 손이

바람의 손이

악수할 시간도 없이

달아난다

3054

바다에 떠 있는 배

바다에 떠 있는 배

고향에 가고 싶어

그리움이 쌓였다

3055

노을이 아름다워

섬과 섬 사이에

노을이 아름다워

눈길을 빼앗는다

3056

홍시

사랑에 빠졌는지

양 볼이 빨개져

수줍어한다

3057

가을이 왔다

가을이 왔다

고독도 함께

찾아왔다

3058

밤새 눈뜨고

가로등 불면이

아주 심해

밤새 눈뜨고 있다

3059

물고기의 항변

여부들이여!

나는 바다가 좋으니

잡아가지 마시오!

3060

눈물이 마르면

눈물이 마르면

슬픔도

떠난다

3061

빈주먹

빈주먹도

꽉 쥐면

힘이 생긴다

3062

어둠 속에 달

어둠 속에 달

빛나는 눈동자로

우리를 지켜 준다

3063

메밀 꽃 피면

메밀 꽃 피면

바람 불 때마다

하얀 웃음 퍼진다

3064

시간은

시간은

모든 것을

남기지 않고 쓸어간다

어둠 속 달빛

어둠 속에

달빛이 시처럼

밝게 비춘다

아름다운 인생

행복이 꽃 필 때

인생이

아름답다

길고 긴 삶도

길고 긴 삶도

지나고 나면

한순간 찰나이다

묵상하는 것은

묵상하는 것은

내가 나와

마주하는 시간이다

시인의 삶

시인이 써놓은

시 한 편에 시인의 삶이

그려져 있다

입술 뒤에는

입술 뒤에는

수많은 말들이

때를 기다리고 있다

집 떠난 타지

집 떠난

타지에서는

잠도 오지 않는다

빈 찻잔은

빈 찻잔은

사람들의 이야기

담고 있다

여행의 풍경

여행에서 본 풍경

마음에 그림처럼

걸려 있다

생생한 감동

붉은 가을 단풍이

가슴에 생생한

감동을 선물한다

나무는 숲에서

나무는 숲에서

서로 키 자랑하는

재미로 산다

거리의 악사

거리의 악사 바구니에

돈이 떨어질수록

연주가 힘차다

술 파는 가게

술 파는 가게

술병들이 사가라고

술 노래를 부른다

깨끗한 아침

밤새 내린 비

깨끗한 아침을

만들어 주었다

둘레길

자연 속 둘레길을

걸으면 걸을수록

행복이 찾아온다

3080

감회

난생처음 보거나

듣거나 가질 때

감회가 새롭다

3081

바람에 흔들리며

불과 나무들이

바람에 흔들리며

바람을 보여준다

3082

차 한 잔

향기로 마시는

차 한 잔에

마음이 편하다

3083

짝 잃은 양말

짝 잃은 양말

짝 찾아가라고

보냈다

3084

가을 단풍

가을 단풍 나뭇잎

한 잎마다

시 한 편 물들었다

3085

갈대들의 축제

가을바람에

춤추는 갈대들이

축제를 활짝 연다

3086

가을 발자국

단풍이 떠날 때

가을 발자국이

선명하게 남는다

3087

산속의 산

산속의 산을 만나면

산의 아름다움을

만날 수 있다

3088

가을과 이별

낙엽은 모였다가

떠나며

가을과 이별을 한다

3089

시 맛

시는 연상을 통하여

감성을 살리고

시 맛을 살린다

3090

격동하는 바다

파도가 몰아칠 때

격동하는

바다를 만난다

3091

저녁노을

저녁노을이

오후의 시 한 편

물들이고 있다

3092

시간은 흐른다

시간은 계속해서

흘러가지만

행복한 시간 만들자

3093

떠나는 사람은

떠나는 사람은

추억 속에서

만날 수 있다

3094

홀씨 하나

홀씨 하나

바람 곁에 날아가

민들레 피었다

여름의 끝

여름의 끝

고추잠자리가

가을을 환영한다

반겨주는 풍경

가을 길에는

반겨주는 아름다운

풍경이 많다

시의 명상

내 마음속에서

시가 명상에

빠져 있다

거친 세상

거친 세상에서

내 목소리 내고

살기 쉽지 않다

내가 만난 시간

내가 만난 시간은

소중하고 아름다운

시간이다

보고픈 얼굴

그리움이 깊어져

밤하늘 달을 보니

보고픈 얼굴이다

기쁨

시 한 편 쓸 때마다

살아있는

기쁨을 느낀다

세월 지난 후

세월이 지난 후

나이 들고 알았다

인생이 허무하다

고요 속 고독

고요 속

밝은 달빛 속에

고독이 찾아온다

참 좋은 일

나의 일생이

누군가의 행복이면

참 좋은 일이다

한순간 한순간

흘러가는 세월의

한순간 한순간이

역사를 만든다

그리워하며

그리운 사람

그리워하며 사는 것이

아름다운 삶이다

사람 냄새

정다운 사람이 있어야

사람 냄새나는

살기 좋은 세상이다

3108
마법처럼

삶을 마법처럼

신나게

살 수는 없을까

3109
멋진 길

인생에서

가장 멋진 길

걸어가고 싶다

3110
많은 아이들

놀이터에

아이들이 많아야

행복한 세상이다

3111
몸이 상했나

보름달이

몸이 상했나

그믐달이 되었다

3112
새벽하늘

새벽하늘

달과 별들이

퇴근 준비한다

3112
탑 그림자

탑 그림자는

탑의 높이만큼

그늘이 진다

3113
세월에게

세월에게 나 찾아와

고맙다고

말하고 싶다

3115
가을에 젖는다

가을 단풍에 물든

갈색 커피 마시면

가을에 젖어든다

3116
골짜기 물

골짜기 물

홀로 흘러가며

즐겁게 노래 부른다

3117
비

비는 키가 커서

하늘에서 땅까지

내리꽂는다

3118
질화로의 차

질화로에 차 끓이는

소리 들으며 나누는

차 한 잔 행복하다

3119
달빛이 내려

달빛이 내려

시 한 편

온 땅에 펼쳐 놓는다

3120
빈 그릇이

빈 그릇이

배고픔 가득해

텅 비어 있다

3121
바위의 세월

바위는 세월 속에

틈이 가고 깨어져

돌과 모래가 된다

3122
가을 편지

낙엽 한 장

시냇물에 떠내려간다

가을 편지다

3123

살다 보니

살다 보니

내 인생도

시 한 편이 되었다

3124

저녁 숲

저녁 숲에

어둠이 가득해

잠을 청하고 있다

3125

겨울 항구

맹추위에

파도도 떨고

배도 떨고 있다

3126

조촐한 모습

꾸미지 않은

조촐한 모습에

인간미를 느낀다

3127

가을에 쓴 시

가을에 쓴 시

낙엽이 되어

가을비에 떠난다

3128

잠들면

구름에 누워 잠들면

햇살이 이불 되어

덮어줄 것 같다

3129

외로울 때는

외로울 때는

너의 이름

부르며 살았다

3130

망망한 바다에

망망한 바다에

배 떠나가면 섬들이

반갑다고 손을 흔든다

3131

매미 소리

매미 소리가

무더위를 긁어대니

찌는 듯 덥다

3132

열린 겨울 길

서리가 내리고

눈발이 날리자

겨울 길이 열렸다

3133

작은 풀꽃

작은 풀꽃도

눈길이 머물면

행복해진다

3134

붉은 태양

아침을 밝히는

눈동자는

붉은 태양이다

3135

그림 한 폭

기러기 날아가는

하늘은 정겨운

그림 한 폭이다

3136

하늘 푸르니

봄날 날씨가 좋아

하늘 푸르니

꽃도 잘 핀다

3137

고요 속 명상

어두운 밤 모든 것이

고요 속에

명상에 빠진다

3138

인연

하나가 된

인연의 만남은

최고의 축복이다

3139

생명의 소리

세상의 수많은

소리 중에

생명의 소리 들어라

3140

아침에 풀

아침에 풀들이

새벽이슬로

세수를 한다

3141

동그라미

삶이 좋고 행복하여

동그라미

그려놓고 싶다

3142

봄 술잔

봄 술잔에

벚꽃 띄워

마시고 싶다

3142

여름 술잔

여름 술잔에

나팔꽃 띄워

마시고 싶다

3143

가을 술잔

가을 술잔에

국화꽃 띄워

마시고 싶다

3144

겨울 술잔

겨울 술잔에

눈꽃 띄워

마시고 싶다

3145

독후감

책을 읽고 나면

작가의 마음을

기록하고 싶다

3146

달빛

달은 누구를 보고

그리 좋아서

은근히 웃을까

3148

물망초

물망초

꽃을 보고

꽃의 마음 알았다

3149

가난할 때는

가난할 때는 나를

바라보는 시선이

냉기가 돌았다

3150

고개 내민 새싹

봄바람 한 자락에

새싹이

고개 쏙 내민다

3151

초상화

초상화를 보며

한 사람의

인생을 읽는다

3152

달의 미소

차가운 겨울밤

달의 미소가

아주 차갑다

3153
봄이다

동백꽃 지고

버들꽃 피니

봄이다

3154
늙은 어부

고기를 낚으며

강을 노래하던

어부도 늙어 떠났다

3155
어린나무의 꿈

어린나무의 꿈은

큰 나무가

되는 것이다

3156
아궁이는

아궁이는

뜨거운 불을

먹어야 살맛이 난다

3157
파도치기 위해

밤바다는

파도치기 위해

잠들지 못한다

3158
봄의 표정

이른 봄

봄의 얼굴이

자꾸만 보고 싶다

3159
벽

벽이 높아지면

대화가

끊어진다

3160
바쁜 세상

바쁜 세상이라도

산책할 때는

천천히 걷자

3161
가을 거리에는

가을 거리에는

낙엽과 함께

고독이 깔려 있다

3162
꽃의 간절함

꽃씨 안에는

꽃을 피우고 싶은

간절함이 있다

3163
네 마음의 숲

네 마음의 숲에

항상 네가

살고 싶다

3164
빛나는 햇살

아침 햇살

강물 위에서

보석처럼 빛난다

3165
꼬마 아이

심심하면

그림책과

이야기한다

3166
추운 아침

아침에 떠오른 해가

추울까 봐 따스한

햇살 옷을 입혀 준다

3167
물 이야기

강물이 흘러가며

물의 이야기를

만들어 놓는다

3168

강물은 뚝뚝

강물은 뚝뚝

끊어지지 않고

하나 되어 흐른다

3169

아껴온 말

내 마음에 두고

아껴온 말

"당신이 좋아!"

3170

시 전집

시 전집을 읽으며

시인의 일생을

만나고 있다

3171

시 속에는

시 속에는

시인의 삶과

시인의 마음이 산다

3172

추억 속에

추억 속에

너의 목소리가

듣고 싶다

3173

생명의 노래

자연은 살아있는

생명의 노래를

부르고 있다

3174

다정한 친구

별은 내려다보고

나는 올려다보는

다정한 친구 사이다

3175

바람 찬 겨울

겨울이 찾아오니

바람이 차갑고

쓸쓸하다

3176

가난한 행복

살아갈 수 있는

힘만 있다면

가난한 행복도 좋다

3177

좋은 아침

바람이

잔잔히 불어와

기분 좋은 아침이다

3178

고독한 여인

가을에 고독한 여인

누굴 기다릴까

고독해도 좋은 계절이다

3179

사랑할 시간

인생에 사랑할

시간이 있음은

축복이다

3180

목메는 밤

그리움으로

목메는 밤

밤비가 적셔 준다

3181

아침 노래

이슬이

아침 노래를 부를

시간이 짧다

3182

희망의 푯말

우뚝 서 있는

희망의 푯말

살 용기를 준다

3183

바위 주름

오랜 세월 흘러가면

바위도 주름이

새겨진다

3184

들꽃의 외침

온 들판에

들꽃이 피었어요

들꽃 보러 오세요

3185

종이비행기

아이가 꿈을

종이비행기로 접어서

날리고 있다

3186

가장 보고 싶다

사랑할 때는

사랑하는 사람 얼굴

가장 보고 싶다

3187

햇볕 찾기

한 겨울 아이들이

추위를 피하려고

햇볕 찾기를 한다

3188

한겨울 눈처럼

한겨울 고요히

쌓이는 눈처럼

축복이 있기를 바란다

3189

난파선

풍랑 속에

좌초된 난파선

돌아오지 않았다

3190

아침

해가 어둠을 뚫고

얼굴을 내밀면

아침이 된다

3191

빈 잔은

빈 잔은

목이 말라

술을 부른다

3192

은하수 밤하늘

고요한 밤하늘에

은하수 춤추듯

펼쳐져 있다

3193

정성

정성이 깊이 깃든

차 한 잔은

맛도 일품이다

3194

마음의 꽃

꽃차를 마시니

마음속에

꽃이 피어난다

3195

너울춤

바람이 불면

들판의 풀들이

너울춤을 춘다

3196
과거가 되고

지우개가 지운 것

과거가 되고

추억이 되었다

3197
장사꾼 얼굴

손님이 들어올수록

장사꾼 얼굴에

화색이 돈다

3198
보름달의 미소

맑은 하늘에

보름달 떠오르니

네 얼굴 본 듯하다

3199
달

달은 무슨 잘못을

저질렀기에

잠도 못 자고 떠 있을까

3200
하늘에 흔적

새들은 날아가도

하늘에 흔적을

남기지 않는다

3201
텅 빈 가슴에

텅 빈 가슴에

황홀한 사랑을

가득 채우고 싶다

3202
하얀 눈썹

흘러가는 세월

견디지 못해

눈썹도 하얗다

3203
누가 올까

누가 올까

발자국 소리에

귀가 커진다

3204
돈 한 푼 없이

돈 한 푼 없이

근근하게 살아도

희망을 품었다

3205
험상궂은 날씨

험상궂은 날씨는

변덕쟁이

마음을 가졌다

3206
자연 풍경

자연 풍경은

너무 아름다워

낙관 찍을 곳 없다

3207
쑥국 새

봄이 왔다고

쑥국 새

봄의 노래를 부른다

3208
적막한 시간

적막한 시간

고요 속에 자신을

들여다본다

3209
가고 없다

문득 생각나면

찾아오라더니

어디로 가고 없다

3210
들판 1

들판은 풀들이

살기 좋은

풀의 민박집이다

3211

밤의 노래는

밤의 노래는

어둠이 모여서

검은 노래를 부른다

3212

들판 2

버림받은 풀들도

들판에서는

씩씩하게 자란다

3213

음식

음식이 맛있으면

식욕과

수저를 부른다

3214

등

등은 눈 하나로도

어둠을

밝히고 있다

3215

아이는

아이는 꿈을

꿀 때마다

꿈나라 여행 떠났다

3216

우리라는 말

너와 나보다

우리라는 말이

더 따뜻하다

3217

찻잔 하나

찻잔 하나에도

수많은 이야기가

담겨 있다

3218

난롯가에서

난롯가에서

불을 쬐며

겨울의 행복을 느낀다

3219

산사의 밤

깊은 어둠 속에

산사의 밤

고요 속에 잠긴다

3220

눈을

눈을

감았다 뜨면

네가 보일 것 같다

3221

겨울 새

차가운 냇물에

발 담그고 있을 때

춥지 않을까

3222

한 줌의 흙

아수라장 같은

인생살이

한 줌의 흙이다

3223

주먹밥

주먹밥 먹으며

열심히 살기로

마음에 다짐한다

3224

나무를 보며

나무를 보며

계절을

읽을 수 있다

3225

흐르는 강은

흐르는 강은

강줄기가 길수록

강의 생명이 길다

3226

제값

세상의 모든 것은

제값을 치뤄야

얻을 수 있다

3227

등대

등대는 어둠 속에서

길 안내

눈빛을 보낸다

3228

창밖 풍경

창밖 풍경이

아름다우면

눈길이 찾아간다

3229

고단한 하루

고단한 하루가

피곤이 되고

잠이 된다

3230

허공 속에

해와 달이 허공 속에

해가 뜨고

달이 진다

3231

봄밤 숲

봄밤 숲

짐승들도 꽃향기

취해 잠이 든다

3232

생각을

생각을

걱정에 걸어두고

괴로워하지 말자

3233

추억이 꽃핀다

기억이

머무는 곳에서

추억이 꽃핀다

3234

겨울 노래

겨울 노래는

차가운 겨울바람이

가장 잘 부른다

3235

담

벽돌들이

힘을 모아 튼튼한

담벼락을 만들었다

3236

즐거운 편지

오늘 나에게 온

사랑의 메일은

즐거운 편지다

3237

행복은

행복은

누릴 줄 아는

사람에게 찾아온다

3238

언어 속에서

언어 속에서

문학이 꽃 피고

대화가 이루어진다

3239

숲길을 걸으며

숲길을 걸으며

감춰진 아름다운

풍경을 만난다

3240

지우개를

지우개를

많이 지울수록

잘못이 많다

3241

겨울 보름달

겨울 보름달

핏기 하나 없이

창백하다

3242

인생의 황혼

인생의 황혼을

친구들과 같이

즐겁게 보내라

3243

삶 속에서

삶 속에서

다가오는 수많은

장애물을 넘어가라

3244

겨울 눈

세상이 더러워서

겨울눈이 내려

하얗게 덮어주었다

3245

우리들의 삶

우리들의 삶

사랑을 연주하는

삶이 되게 하라

3246

희망의 온도

희망의 온도는

뜨겁고

열정적이다

3247

웃음은

웃음은

행복의 길을

열어준다

3248

붕어빵

내가 먹은 붕어빵

몸속에서

헤엄치고 있을까

3249

삶

너만 외롭지 않아

다 그렇게

살아가는 거야

3250

시간의 무늬

파도가 칠 때마다

시간의 무늬를

만들어 놓는다

3251

아우성

침묵은

아무 소리 없는

아우성이다

3252

찰나의 순간

찰나의 순간에

운명이

바뀔 때도 있다

3253

겸손의 세월

할미꽃

겸손의 세월에

늙어버렸다

3254
한 알의 씨앗

한 말의 씨앗이

마법을 부리면

큰 나무가 된다

3255
찻집

차를 마시며

나누고 싶은

이야기가 있다

3256
싱크홀을

고민이 마음에

싱크홀을

만들고 있다

3257
사랑은 떠나도

사랑은 떠나도

그리움이

자꾸 맴돌고 있다

3258
첫눈처럼

늘 기다리는

첫눈처럼

너를 사랑하고 싶다

3259
꽃 피는 소리가

풀잎에

햇살이 내릴 때

꽃 피는 소리 들린다

3260
음식 여행

길 따라 맛 따라

색다른 음식 찾아

여행을 떠난다

3261
모래

모래 위의 그림

바람에

사라지고 만다

3262
충혈된 노을

해가 술 한잔했나

충혈되어

노을이 진다

3263
빈 술잔

빈 술잔이

술을 부르는

노래 부르고 있다

3264
겨울 강가

겨울 강가에

나룻배

추위에 떨고 있다

3265
전화 한 통

외로울 때는

전화 한 통도

무척 반갑다

3266
사랑한다

너에게 사랑한다

말 한마디

전하고 싶다

3267
그리움의 물결

그리움의 물결은

추억 속으로

퍼져 나간다

3268
깊이 있는 시

커피를 음미하며

진한 맛 속에

깊이 있는 시를 쓴다

3269

봄 햇살이

봄 햇살이

온 세상에

봄을 펴놓고 있다

3270

사랑한다는 말

사랑한다는 말

내 가슴에

간직하고 싶다

3271

사랑 연가

너를 향한

사랑 연가를

부르고 싶다

3272

마음의 감옥

마음의 감옥에

갇혀 있지 말고

빨리 도망쳐라

3273

사랑 법

사랑 법은

사람마다

모양이 다르다

3274

유쾌한 아침

햇살에 풀들이

목욕하는

유쾌한 아침이다

3275

정이 들면

정이 들면

몸과 마음이

점점 더 가까워진다

3276

인생의 전개

인생의 전개가

한 편의 영화처럼

흥미롭다

3277

해 돋는 아침

해 돋는 아침

풀과 나무가 서서

환영하고 있다

3278

삶은 짧지만

삶은 짧지만

오래도록

추억하고 싶은 이야기다

3279

고맙다

내가 어려웠을 때

도와준 사람들

눈물 나게 고맙다

3280

수양버들

초록의 봄날

수양버들 가지들이

봄바람에 간드러지다

3281

내가 살아온

추억은 내가

살아온

삶의 발자국이다

3282

시 한 잔 마시자

삶에 갈증을

느낄 때

시 한 잔을 마시자

3283

풀꽃 피어

풀꽃이 피어

시가 되고

노래가 되었다

3284

즐거운 인생

즐거운 인생은

날마다

꽃 피는 봄이다

3285

꿈속의 꿈

아무도 모르는

꿈속의 꿈 들킬까 봐

가슴 졸였다

3286

삶의 모퉁이

삶의 모퉁이마다

만난 사람들이

너무나 좋았다

3287

호수에 뜬 달

호수에 떠 있는 달

언제쯤에

하늘에 올라갈까

3288

혹한의 겨울

혹한의 겨울

햇살 따뜻한

봄이 그립다

3289

향기를

꽃이 피지 않으면

향기를

날리지 못한다

3290

세모 산

산은 세모를

좋아하나 보다

산 모양이 세모다

3291

사랑도

사랑도 꽃처럼

활짝 피어야

정말 아름답다

3292

등대의 눈빛

파도마저 지쳐

바다가 잠자도

등대 눈빛은 살아 있다

3293

아름다운 편지

꽃은 하늘에서

보내준

아름다운 편지다

3294

망각

망각이란

지우개가 지위버려

생각나지 않는다

3295

파도의 거품

밤바다를 바라보며

술잔에 파도의

거품을 담아 마신다

3296

힘이 들 때

힘이 들 때

기대고 싶은

사람이 있다

3297
글 속에

글 속에

작가의 마음이

담겨 있다

3298
달빛 걷기

달빛 따라

걸어가면

달이 동행해 준다

3299
새는 하늘을

새는 하늘을

등에 지고 날아도

무겁지 않다

3300
나팔꽃 인사

여름날 아침

나팔 부는

나팔꽃 인사가 반갑다

3301
봄이 오는 길목

봄이 오는 길목

여인들이 봄나물을

캐고 있다

3302
내 마음의 방

내 마음의 방

문을 두드릴 사람은

바로 당신입니다

3303
나는 혼자다

나는 혼자다

고독이 찾아와

주인이 되었다

3304
우리는 날마다

우리는 날마다

인생이란 문장을

써가고 있다

3305
홍옥

잘 익은 붉은 홍옥

한 입 와짝 깨무니

가을 맛이다

3306
시작의 기대감

아침에는

새로운 시작의

기대감이 가득하다

3307
3월

꽃 피는 3월

초록의 노래

봄 목소리 가득하다

3308
좋은 들판

막히는 것들이

없어야

좋은 들판이다

3309
포기하는 삶

운명을 변명하며

포기하는 삶

처참하다

3310
그대 마음

내 사랑은 정박할

항구를 찾았다

그대 마음이다

3311
달은 밤새

달은 밤새

누가 보고 싶어

눈뜨고 있을까

3312

인생의 맛

먹는 맛이 좋으면

인생의 맛도

아주 좋다

3313

커피 자판기

커피 자판기

돈 먹고 커피를

토해 낸다

3314

막사발

막사발에

막걸리 한 잔도

행복하다

3315

시시때때로

너는 시시때때로

나에게

바람처럼 불어온다

3316

비 오는 날

비 오는 날

우산도 비에 젖어

눈물을 뚝뚝 흘린다

3317

꽃담

개나리꽃이

봄날에 피어

꽃담을 만들었다

3318

시간의 손

시간의 손은

아무도 붙잡지 않고

늘 사라진다

3319

빛나는 하루

태양이

빛나는 하루를

만들고 있다

3320

아이

아이가

키 크고 싶어

아빠 장화 신었다

3321

바람이 불어

바람이 불어

세월과 같이

지난날을 데려간다

3322

신비한 나비

나비는 얇은 날개로

하늘을 날아가니

보면 볼수록 신비롭다

3323

숨바꼭질

달은 구름만

나타나면

숨바꼭질을 한다

3324

흙냄새

타향에 살다가

고향을 찾으면

흙냄새가 파고든다

3325

혼자 남은 고독

혼자 남은 고독

서글픈 밤 어둠 속에

그리움만 쌓인다

3326

보고 싶을 때

보고 싶을 때

눈물이 돌고

그리움이 커간다

3327

절망으로 토막

삶을 절망으로

토막 내면

불행을 만든다

3328

꿈속에서

꿈속에서

너를 만나

사랑하고 싶다

3329

안개꽃

안개는 무엇을

가리고 싶어

안개꽃을 피울까

3330

꽃잎

꽃잎은 떨어져도

내 마음속에는

언제나 피어 있다

3331

내 마음에

내 마음에

너의 얼굴을

그려 놓았다

3332

호롱불 심지

호롱불

밝히려고

심지를 돋운다

3333

한탄

내 볼펜은

틀린 답만 골라

쓰고 있다

3334

문득

길을 가다가

문득 생각나면

보고 싶다

3335

긴 밤

긴 밤

밤이 너무 길어

어둠도 도망쳤다

3336

가을이 떠나는

낙엽이 질 때

가을이 떠나는

발자국 소리 들었다

3337

가랑비

잔잔한 가랑비

땅의 목마름을

흥건히 적셔준다

3338

노상 카페

커피 한 잔 놓인

노상 카페

고독이 앉아 있다

3339

가을 커피

나도 가을을 탄다

고독해서

가을 커피를 마신다

3340

미련 많아도

이 세상 떠나면

미련이 많아도

돌아오지 못한다

3341

시간의 한 부분

느림도 빠름도

흘러가는 시간의

한 부분이다

3342

마음의 고민

장마가 내려도

마음의 고민은

씻기지 않는다

3343

무희

음악에 따라

자신을 던져

몽환적 춤을 춘다

3344

질주

질주하고 싶은

욕망이

누구에게나 있다

3345

외출

내 마음이

외출하여

돌아오지 않는다

3346

길손

누구나 인생의

길손인 것을

왜 모르고 살까

3347

어둠을 거둬낸

파도가 밤새도록

아침을 만들기 위해

어둠을 거둬내었다

3348

민들레 외침

민들레가

외치고 있다

"봄이 왔어요!"

3349

이름에는

사랑하는 이

이름에는

사랑이 가득하다

3350

가을 저녁

가을 저녁 하늘의

달도 나무들도

왠지 쓸쓸하다

3351

가벼운 것들

가벼운 것들은

바람에 쉽게

날아간다

3352

처절한 실패

처절한 실패가

성공을 더

아름답게 만든다

3353

욕망

나이 들어보라

젊은 날의 욕망도

속절없이 흘러간다

3354

봄이 좋은가

봄이 좋은가

나비들이 춤추며

꽃 찾아 날아간다

3355

새로운 세상

너를 만나면

새로운 세상 만나듯

기분이 좋다

3356

네가 있던 자리

네가 있던 자리

아직도 사랑이

남아 있다

3357

슬픔은

슬픔은

내 마음에

눈물을 흐르게 한다

3358

여유

정신없이 바빠도

쉼을 만들면

여유가 생긴다

3359

필사

내 마음에 너를

사랑하는 마음을

시로 필사해 두고 싶다

3360

바람의 투정

거센 바람이

투정을 부리듯

나무를 흔든다

3361

내 신발

꽃신보다

내 신발이

편하고 좋다

3362

내가 가는 길

홀로

떠나기에

몹시 외롭다

3363

반딧불

반딧불이

무슨 짓을 하려고

오밤중에 싸다닐까

3364

되풀이

행복한 삶은

수없이 되풀이해도

나는 좋다

3365

처참한 비극

깨달음이 없으면

처참한 비극 속에

살 수밖에 없다

3366

눈사람 1

눈 내리는 밤

눈사람 만나

이야기하고 싶다

3367

눈사람 2

눈사람은 한 번도

걸어가지 못하고

녹아내렸다

3368

가을 무대

가을 무대 주인공이

낙엽으로 바뀔 때

가을이 떠난다

3369

오래된 사이

처음 본 사람이

오래된 사이처럼

곰살갑다

3370
흘러가는 세월

흘러가는 세월

만남의 세월

이별의 세월이 된다

3371
생각 속으로

생각 속으로 깊이

찾아오는 그리움에

애간장을 졸인다

3372
안목

당신을

만난 걸 보면

나는 안목이 좋다

3373
찬 서리

찬 서리 내렸는데

국화꽃은

왜 피어 있을까

3374
들판의 찬 바람

겨울 들판

찬바람과 추위가

기세를 펴고 있다

3375
야생화

얼마나 외로웠으면

산길까지 내려와

야생화가 피었을까

3376
검은 강물

어둠에 물든

검은 강물이

밤에 흘러간다

3377
알 수 없는 사랑

네 마음을

종잡을 수 없으니

알 수 없는 사랑이다

3378
콧대

콧대가 높을수록

교만의 층계가

높이 올라간다

3379
고독할 때는

고독할 때는

고독한 만큼

밤이 길어진다

3380
기억의 끝

기억의 끝에서

그리움이

꽃 피어난다

3381
한스러운 외침

한스러운 외침이

하늘 끝까지

올라가고 있다

3382
빛나는 희망

어둠 속에 빛나는

별이 주는 의미는

희망이다

3383
바로 나다

한밤중 갇힌 것은

어둠이 아니라

나다

3384
벽

벽이 높아지면

숨기고 있는 것이

많고 많다

3385

풀의 얼굴

풀의

얼굴은

바로 풀꽃이다

3386

너뿐이다

내 마음 편안히

기댈 사람은

너뿐이다

3387

우리네 삶

우리네 삶은

짧은 만남

긴 이별이다

3388

너를 떠난 이름

나를 떠난 이름이

그리움 속에

멀고 먼 이름 되었다

3389

무너진 세월

세월이 흘러가면

기억도 견디지 못해

무너져 내린다

3390

잔설

이별의 잔설이

내린 날은

몹시 춥다

3391

작은 물방울

이 작은

물방울이

풀들의 생명줄이다

3392

말씀

어머니 세상을

떠나갔어도

말씀 가슴에 새기다

3393

발목 잡는 근심

근심이

발목을 잡지

못하게 하라

3394

귀가 어둡다

세상 요란한 소리

듣기에는

귀가 어둡다

3395

겨울이 떠나야

겨울이 떠나야

봄이 다시

찾아온다

3396

너의 갈 길을

희망이

너의 갈 길을

인도하게 하라

3397

자맥질

내 인생 자맥질하여

다시 살고

싶을 때가 있다

3398

어둡던 시절

어둡던 시절도

희망을 불로

밝아졌다

3399

세월에 녹다

차 한 잔에도

세월이

녹아 있다

허기

허기가 가득한

내 삶은

무엇이 부족할까

행복이라는 차

너와 함께

행복이라는 차를

마시고 싶다

한적한 오솔길

한적한 오솔길

누가 살고 있나

야생화 피었다

슬픔을 이기고

살아있다는 것은

슬픔을 이겨내는

힘이 있다

수놓는 재미

별들은 밤하늘을

수놓는 재미에

날마다 놀러 나온다

부탁하는 일

사람과 사람 사이

가장 힘든 일이

부탁하는 일이다

세월의 얼굴

내가 살아온

세월이 만든

내 얼굴이다

기다림

기다림이 꽃으로

피어나 끝없이

향기가 퍼진다

기분 좋은 밤

기분 좋은 밤

내 마음에도

보름달이 떴다

가을의 뜰

가을의 뜰에는

낙엽들의 이야기가

한창이다

날마다 해만

날마다 해만

바라보더니 얼굴이

해를 닮았다

비 그치니

비 그치니 바람도

잦아드는데

그리움은 끝이 없다

장사꾼

장사꾼은

사막에서도

길을 만든다

3413

수평선 배 하나

수평선 위에

배 한 척

수평선 위로 떠나간다

3414

늦가을 풍경

하얀 갈대와 달빛이

늦가을 풍경을

아름답게 만든다

3415

겨울 강 얼어

겨울 강 꽁꽁

얼었던 마음 풀리면

봄소식이 흘러간다

3416

시간 지나면

대단한 일도

시간이 지나면

잊힌다

3417

홍당무

홍당무 땅속에서

무슨 생각하다

얼굴이 붉어졌을까

3418

겨울 아이들

겨울 아이들

햇볕과 놀며

즐거워하고 있다

3419

삶이란 이야기

삶이란 이야기

다시 읽어도 좋을

이야기로 만들자

3420

시름 하나 없는

이 세상 살아가면서

시름이 하나 없는

사람은 없다

3421

고독의 기억

고독한 날 기억 속의

길을 걸어서

너를 만나러 간다

3422

모과

못생긴 얼굴도

향기가 좋아

곁에 두고 싶다

3423

넉넉한 마음

비움의 비결은

넉넉한 마음의

편안함과 나눔이다

3424

숲길

숲길 걷다가

아름다운 풍경 보다가

길을 잃을 뻔했다

3425

빈 항아리

빈 항아리 안에

보이지 않는

세월이 쌓여 있다

3426

시간의 얼굴

시간의 얼굴은

언제나 똑같은데

우리만 늙는다

3427

한 줌의 햇살

추위 속에 느끼는

한 줌의 햇살이

따뜻하다

3428

가장 소중하다

지난 일보다

지금 시간이

가장 소중하다

3429

꽃이 다투어

봄비 개인 후

꽃이 다투어

피어난다

3430

고요함

고요함에 정지된 듯

공기미저

숨을 죽이고 있다

3431

구름은 언제

구름은 언제

하늘에 승천하여

떠돌고 있을까

3432

깊은 상처

말이 바늘이 되면

마음에

깊은 상처를 준다

3433

보고 싶은 것

그리움은 언제나

보고 싶은 것을

가까이 당겨놓는다

3434

생명 있는 것

생명 있는 것

하늘을 향하여

꿋꿋하게 자란다

3435

공허 속에서도

나무들은 텅 빈

공허 속에서도

잘 자란다

3436

위대한 힘

나무의 힘은

꽃과 열매를 맺는

위대한 힘이다

3437

행복은 늘

행복은 늘

가까운 데서

반겨주기를 원한다

3438

도전

인생에서 도전은

가장 아름다운

순간 중의 하나다

3439

외롭다

누가 찾아줄까

아무도 찾지 않을 때

몹시 외롭다

3440

그때는

그때는 대단했는데

지금 보면

아무것도 아니다

3441

혼자 있을 때

혼자 있을 때

자기 모습을

솔직하게 볼 수 있다

3442

신발 하나

잃어버린 신발 하나

지금쯤 어디를

걷고 있을까

3443

푸른 하늘 호수

푸른 하늘 호수에서

구름이 헤엄치며

놀고 있다

3444

서재

서재에

오래 묵은 책

볼수록 정이 든다

3445

악기

악기는

연주자에게

온몸을 맡긴다

3446

비가 올 때

비 올 때 다정하면

우산 하나만 써도

서로 정겹다

3447

재미

흘러가는 세월에

장단 맞춰 사는

재미가 쏠쏠하다

3448

아름다운 재산

아름다운 재산은

행복한 마음

사랑하는 마음이다

3449

인생은

인생은 왔으니

반드시

떠날 날 찾아온다

3450

또 다른 그늘

한시름 놓으면

또 다른

그늘이 찾아온다

3451

탈

사람들은 때에 따라

갖가지 안 보이는

탈을 쓴다

3452

그리움의 울타리

그리움의

울타리 안에

내가 살고 있다

3453

나의 인생

나를 위하여

나의 인생을

살고 싶다

3454

외로움의 길목

외로움의

골목에는

고독이 살고 있다

3455

인생 재미

인생사는 재미를

느끼는 것은

행복한 일이다

3456

여행의 즐거움

커피 한 잔에도

여행의 즐거움이

가득하다

3457

태풍

혼 빠진 바람이

정신 나간 듯

태풍이 몰아친다

3458

야행 중 식사

여행 중

식사 한 그릇이

행복 한 그릇이다

3459

오선지

오선지가

새로운 음악을

부르고 있다

3460

언 마음

꽁꽁 언

차디찬 마음을

누가 녹여줄까

3461

시간의 몸짓

시간의 몸짓 속에

새로운 작품이

세상에 나온다

3462

진실한 눈물

진실한 눈물은

참회 속에

솔직하게 말한다

3463

과수원길

과수원길은

꽃 피고 열매가 열릴 때

걸으면 아름답다

3464

안개 속에

안개 속에

산들이 꽁꽁

숨어버렸다

3465

맨발

맨발로 걸으면

마음이 편하고

여유롭다

3466

이른 새벽

이른 새벽에

어둠도 아직

머뭇거리고 있다

3467

우뚝 서 있다

나무는

세월이 흐른 만큼

우뚝 서 있다

3468

짧은 삶

풀꽃을 보면

짧은 삶에도

꽃 피고 씨를 맺는다

3469

흐르는 강물처럼

말없이

흐르는 강물처럼

인생도 흘러간다

3470

버려진 길

버려진 길은

아무런

희망이 없다

3471

오랜 세월

녹슨 창살 사이로

오랜 세월이

흘러갔다

3472

수호천사

보름달 옆에서

유난히 빛나는 별

수호천사다

3473

한 겨울 추위

한 겨울 추위가

흘러가는 강물에

얼음장 깔아놓았다

3474

언제 숲에서

들판에 홀로 선 나무

언제 숲에서

도망쳐 나왔을까

3475

우리 동네

우리 동네

골목길은

눈 감아도 보인다

3476

동화 같은 사랑

너와 함께

동화 같은 사랑을

하고 싶다

3477

수많은 기적

우리는 날마다

수많은 기적을

보고 느끼며 산다

3478

쓸쓸함

이별 후에는

만날 수 없는

쓸쓸함만 남는다

3479

인생의 순례길

인생의 순례길은

대를 이어가며

계속된다

3480

하늘 맑은 날

하늘 맑은 날

내 마음도

맑아진다

3481

보리

추운 겨울 지내고

잘 자란 보리가

참 고맙다

3482

보고프면

너무나

보고프면

아무 때나 보인다

3483

시선

시선이

가는 곳에

마음도 따라간다

3484

신나는 날은

신나는 날은

발걸음도

가볍게 리듬을 탄다

3485

삶이란 연주곡

삶이란 연주곡

가장 아름답게

멋지게 연주하자

3486
거미줄

허공에 쳐진

거미줄은

거미의 밥상이다

3487
아침 해도

아침 해도 아름답지만

노을 지는 저녁 해도

아름답다

3488
마른 우물

마른 우물이

목이 말라

물을 부른다

3489
고서점

고서점에서

만난 옛 시집

시인을 만난 듯 반갑다

3490
생일 축하

당신이 이 땅에

태어난 날

축복받은 날이다

3491
파도 소리

해변을 걸으면

파도 소리가

친구가 된다

3492
문고리는

문고리는

누가 당겨주기만

하루 종일 기다린다

3493
떠나지 않는 섬

파도가 아무리

몰아쳐도 섬은

떠나지 않는다

3494
배꽃이

봄 햇살 너무 좋아

배꽃이

자꾸만 웃는다

3495
하나가 시작

고독 하나

생각 하나가

모든 것의 시작이다

3496
인생의 열매

황혼은

인생의 열매를

나누어야 할 때다

3497
비난의 입

비난의 입은

깨물고 물어뜯고

큰 상처를 준다

3498
쓰임에 따라

손의 쓰임에 따라

깨끗한 손

더러운 손이 된다

3499
속눈물

얼마나 가슴이

저리고 아프면

속눈물이 쏟아질까

3450
먼 길로 떠난 세월

먼 길로 떠난 세월

구겨졌으나

펼쳐보고 싶다

생각과 마음

생각과 마음을

잘 경작해야

시를 수확한다

심심하던 날

심심하던 날

달밤에 달빛과

한참 동안 놀았다

주막

주막에는

술꾼들의 이야기가

가득하다

어리석은 사람

어리석은 사람은

아주 쉽게

포기를 잘한다

책들의 마당

지난 이야기들이

책이 되어

칸칸이 꽂혀 있다

둘레길

둘레길을 걸으면

자연과 마음이

하나가 된다

별들이 불안한지

한밤중에

별들이 불안한지

눈을 깜빡인다

고독한 오늘밤

고독한 오늘 밤

시가

찾아올 것 같다

다람쥐가

다람쥐가 곡예사처럼

나뭇가지에서

뛰놀고 있다

삶이란

인생이란

이름의

아름다운 꽃이다

가을 합창

가을 합창은

가을산마다 단풍 든

나무들이 부른다

달아난 사랑

이별은

사랑이 달아나고

떠난 것이다

갇힌 고독

고독이

층층이 쌓여

고독에 갇혀 있다

생존의 경쟁

잔잔한 호수 속에도

치열한 생존의 경쟁

암투가 있다

집념

나비가 먼 길을

날아갈 수 있는 것은

하나의 집념이다

3516

슬픈 꿈

슬픈 꿈

베개를 눈물로

적셔 놓았다

3517

비는

목마른 대지를

적셔주는

반가운 소식이다

3518

숨어버린 밤길

그림자조차

숨어버린

밤길을 걷는다

3519

등불

등불 홀로 밝혀도

주변이 환하게

밝아진다

3520

어둠 속에서는

어둠 속에서는

자꾸만

별을 찾고 싶다

3521

바다의 사랑

바다는 누구를

사랑하기에

해변을 기웃거릴까

3522

바위의 기다림

바위의 길고 긴

기다림은

언제쯤 끝날까

3523

삶의 여정

사람이 살고 있으면

삶의 여정은

끝나지 않는다

3524

우울한 삶

먹구름 끼듯

우울한 삶은

눈물을 부른다

3525

피아노 건반

피아노 건반 위에서

노래가

춤추고 있다

3526

새벽이 쓴 시

새벽에 쓴 시는

어제의 남은

이야기다

3527

갯마을 파도

갯마을 파도 소리

뱃고동 소리 들으며

외로움을 달랜다

3528

천국에 온 것

아름다운 풍경 보면

천국에 온 것 같다는

느낌이 들 때가 있다

3529

하늘의 마음

하늘의 마음은

구김이 하나 없이

한없이 넓다

3530

혼자 자는 밤

혼자 자는 밤

무서움 몰려와

불을 켜면 도망친다

3531

꿈의 성취

밤하늘에 풍등을

띄우는 것은 꿈을

이루고 싶은 마음이다

3532

촛불의 힘

촛불은 혼자서도

어둠을 밝히는

힘이 있다

3533

너의 이름

너의 이름

잊지 않으려고

마음에 적어놓았다

3534

외로울까 봐

들판에 서 있는 나무

홀로 외로울까 봐

바람이 흔들어 준다

3535

푸른 하늘은

푸른 하늘은

깨지지 않는

푸른 유리창이다

3536

밤의 눈

밤의 어둠이

얼마나 깊고 깊으면

별이 빛날까

3537

가을 하늘 위로

새파랗게 펼쳐진

가을 하늘을 보면

어디론가 떠나고 싶다

3538

인연의 끈

인연의 끈에

묶여있을수록

더 가까워진다

3539

벽이 되어버린 돌

벽이 되어버린 돌은

오도 가도 못하고

답답하고 외롭다

3540

저녁 들길에서

저녁 들길에서

하루가 떠나는

발자국 소리가 들린다

3541

깊은 숲에서는

깊은 숲에서는

새들의 울음소리가

애절하게 들린다

3542

온 세상 하늘

하늘은 온 세상을

끌어안고서도

마음이 넉넉하다

3543

낙엽의 계절

낙엽의 계절에

고독이 찾아와

친구가 그립다

3544
달

달이 높이 뜨는 것은

세상을 골고루

밝혀주기 때문이다

3545
스승

인생살이에서

나 외에는

모두 다 스승이다

3546
희망의 창

겨울이 떠나가고

봄꽃이 피어나니

희망의 창이 열린다

3547
꽃이 핀다

봄날 나뭇가지에

물이 오르면

꽃이 핀다

3548
망대

망대는 먼 곳을

보느라고

시선이 고정되었다

3549
기록

기록하지 않으면

어떤 시도

남아 있지 못한다

3550
폭포

떨어지는 물방울이

아찔하여

소리를 지른다

3551
간절한 소원

얼마나 많은 사람들의

간절한 소원이

별이 되었을까

3552
꿈이 만든 세상

꿈이 만든 세상

기쁨 속에

행복이 가득하다

3553
흙 한 줌

흙 한 줌만 있어도

초록 생명은

싹이 튼다

3554
숲속의 나무들

숲속이 나무들

창작 노래 교실

주인공은 바람이다

3555
사람들은 떠나도

사람들은 떠나도

별은 항상

하늘에 떠 있다

3556
옛길을 걷다 보면

옛길을 걷다 보면

잊었던 추억이

어느새 같이 걷고 있다

3557
제비 연미복

제비 연미복은

어느 양복점에서

맞추었을까 잘 맞는다

3558
바람의 길

눈에는 보이지 않아도

바람도 불어왔다가는

바람의 길이 있다

3559

봄 산책

본 산책하다가

새싹 밟을까

참 미안하다

3560

외로움이 쌓이고

외로움이 쌓이고

불면이 쌓이고

어둠마저 쌓였다

3561

참 모를 일이다

내일은

알 수 없는 세상

참 모를 일이다

3562

결핍

한 구석이 빈

결핍을 느껴야

채우고 싶다

3563

희망

너의

희망이 빛날 때

아름답게 보인다

3564

조용한 합창

나무들이 조용히

꽃잎을 열어

꽃을 피운다

3565

고소공포증

새들은

고소공포증도 없나

하늘 높이 날아간다

3566

괜찮은 사람

사람들은 자기는

괜찮은 사람이라고

착각을 한다

3567

주인공

누구나

아름다운 사랑의

주인공이 되고 싶다

3568

겨울 들풀

들풀은 추운 날씨에

몸을 웅크리고

봄을 기다린다

3569

뜨거운 햇살

복더위 뜨거운 햇살에

초록도

견디기 힘들다

3570

술자리

사람들의 술자리가

무르익으면

사투리가 살아난다

3571

가난했을 때도

가난했을 때도

꿈이 있어서

마음만은 풍성했다

3572
산촌 숲속에서

산촌 숲속에서

새 소리가 들려

평화롭다

3573
사랑의 음계

사랑의 음계를

하나씩 올려가며

아름다운 사랑을 하자

3574
새 생명

새싹이 돋는 것은

봄에 살아나는

새 생명의 눈빛이다

3575
시간은 떠난다

시간을 좇으며

사는 줄 알았는데

시간은 떠나고 말았다

3576
절망의 계곡

절망의 계곡에는

아픔과 고통이

뼈아프게 깃들어 있다

3577
그리움의 길

그리워지면

그리움의 길 따라

너를 만나고 싶다

3578
그리움이란 배

추억의 강에

그리움이란 배가

떠나간다

3579
포근한 겨울

창밖은 싸늘한데

햇살이 찾아와

포근한 겨울이다

3580
한나절 동안

한나절 동안

얼마나 많은

희비가 바뀔까

3581
꽃밭

꽃들이 서로

예쁘다 뽐내려고

꽃밭에 모여들었다

3582
겨울 바다의 빛

눈 내리는 겨울 바다

추위를 이겨내려고

파도가 몰아친다

3583
먼바다에서

먼바다에서

파도가 그리움으로

밀려오고 있다

3584
사랑의 등불

내 마음의

사랑의 등불이

꺼지지 않는다

3585
고통

고통을

겪으면서

인생을 배운다

3586
살길

사람들은

살길을 찾아다니다가

죽는 길로 걸어간다

3587

소소한 희망

작은 희망이라도

있다면

절망하지 마라

3588

화석

영원히 남고 싶어

돌 속으로 들어가

화석이 되었다

3589

근심 비

내 마음이 울적해

근심 비가

내려 슬프다

3590

외로움이다

떠난 후에

쓸쓸히 남는 것은

외로움뿐이다

3591

달이 뜨면

달이 뜨면 허전하게

빈 곳을

달빛으로 채워준다

3592

욕심의 무게

도시 사람들

욕심에 마음이

콘크리트처럼 딱딱하다

3593

초겨울 들판에

초겨울 들판에

홀로 남은 허수아비

무지 외롭다

3594

가로등

가로등

맑은 눈동자가

세상을 밝혀준다

3595

세상의 빛깔

세상의 빛깔은

내 마음이

만든다

3596

생각의 계단

생각의 계단을

바르게 오르내리면

성숙한 인간이 된다

3597

눈망울에 어린

눈망울에

슬픔이 가득하면

눈물비가 내린다

3598

뼈 울음소리

고통 속에 들리는

뼈 울음소리

가슴이 저리다

3599

겨울 밤 한겨울

한겨울 추운 밤

초승달을 보니

온몸이 시리다

3600

비가 내려

비가 내려

먼지를 씻어내면

세상이 깨끗하다

3601

삶은 날마다

삶은 날마다

그림 한 장씩

그리며 살아간다

3602

눈을 감으면

보고 싶을 때

눈을 감으면

너의 얼굴이 보인다

3603

숨어 있던 말

마음속에 꼭꼭

숨어 있던 말을

고백하고 싶다

3604

만월

밤하늘에 둥근 달

만월을 자랑하며

어둠을 밝힌다

3605

풀밭에 누워

풀밭에 누워

하늘 보아도 좋은데

무슨 욕심을 낼까

3606

술잔의 눈동자

외로운 사람

눈동자에

늘 술잔이 보인다

3607

인연의 줄

인연의 줄은

보이지 않지만

마음으로 이어져 있다

3608

깨진 꿈

꿈이 깨지고

무너지고 부서질 때

좌절한다

3609

마음의 말

숨겨 놓았던

마음속 말

편지로 쓰고 싶다

3610

잠은 단잠

잠은 단잠을

푹 자야

피로가 풀린다

3611

강촌 마을

큰 산이 병풍처럼

마을을 감싸고

그림처럼 흐른다

3612

고맙습니다

나와 함께

나와 같이 해주어서

고맙습니다

3613

달이 떴다

어두운 밤 달이 뜨니

그리운 이

본 듯하다

3614

마음의 창

마음의 창이

닫혀 있으면

소통할 수 없다

3615

약속

마음의 고리를

이어주는 약속을

서로 지켜야 아름답다

3616

인생 골목길

인생 골목길 걸어가다

어느 골목에서

너를 만날 것 같다

3617
내 마음의 갈피

내 마음의 갈피에

그리움이 가득해

네가 보고 싶다

3618
노래하는 갈대

갈대는 산자락에서

가을을 노래하고

춤춘다

3619
너를 만남이

너를 만남이

행복의

시작이다

3620
느림의 꽃

빠른 것 좋지만

느림 속에

여유가 좋다

3621
화살나무

어느 표적을

맞추고 싶어

화살나무 되었을까

3622
고통

슬픔의 부스러기가

자꾸 쌓이면

고통을 만든다

3623
가을이 젖으면

가을비에

가을이 젖으면

단풍빛이 선명하다

3624
메뚜기

메뚜기가 아무리

뛰어도

새가 되지 못한다

3625
노인의 손등

노인의 손등에는

살아온 세월이

주름으로 남아 있다

3626
선택에 따라

인생의 골목길

선택에 따라

행복과 불행이 갈린다

3627
삶의 기쁨이

삶의 기쁨이 입가에

웃음으로 살짝

꽃 피었다

3628
사랑받은 만큼

사랑을 받은 만큼

더 많이

사랑을 주고 싶다

3629
나비

나비는 한결

가벼운 차림으로

봄나들이 떠난다

3630

화음

자연은 때마다

화음을 맞추어

노래를 부른다

3631

봄

뻐꾸기 울음소리가

선명하다

봄이다

3632

여름

매미가 우는 소리가

들리기 시작하면

여름이다

3633

가을

코스모스꽃 흔들림이

예사롭지 않으면

가을이다

3644

겨울

눈이 만든 세상

겨울 동화처럼

아름답고 신비하다

3635

성난 파도

새우와 멸치는

성난 파도 속에

잘 살아간다

3636

행복의 자동문

행복하고 싶다면

웃음 가득한

행복의 자동문이 되자

3637

일몰의 노을은

일몰의 노을은

가장 아름다운

풍경 중의 하나다

3638

사랑 노래

나의 삶 동안에

사랑 노래 부르며

살고 싶다

3639

단풍 든 가을

아름답고 곱게

단풍 든 가을 세상을

다 가진 듯 아름답다

3640

깊은 고독

벽의 고독에

기대어

깊은 고독에 빠진다

3641

가는 곳마다

겨울의 손이

가는 곳마다

얼음이 꽁꽁 언다

3642

독서

책이 만든 길로 들어가

글자 속으로

여행을 떠난다

3643

치욕적인 일

조롱 속에

사는 것은

치욕적인 일이다

3644

고요한 공백

죽음은 아무것도

할 수 없는

고요한 공백이다

3645

물안개

흐르는 강은

물안개 피어

행복하다

3646

안도감

문고리 닫아 놓으면

마음에

안도감이 생긴다

3647

지쳐 있을 때

심신이

지쳐 있을 때

아무 소리도 듣기 싫다

3648

안개 낀 날

안개 낀 날

갈 길을 잃어버린

사람들의 모습 같다

3649

동굴 속에는

흘러간 세월이

만든 조각품이

가득하다

3650

해돋이

해돋이를

찾는 사람들은

희망을 찾는다

3651

괜찮은 삶

자기가 생각하고

자기가 보기에도

괜찮은 삶을 살자

3652

삶은

다양한 모양

다양한 방법으로

찾아온다

3653

문득 생각나면

문득 생각나면

찾아오게

반갑게 맞겠네

3654

절망의 강

누구의 삶에도

절망의 강이

흐르지 말아야 한다

3655

산도라지

산도라지는

향기로 찾아오라

있는 곳 알려 준다

3656

똑같은 인생

누구를 탓하랴

뒤집고 까보면

똑같은 인생이다

3657

낯선 거리

싸늘하고 낯선 거리에서

정겨운 너를

만나고 싶다

3658

시냇물 소리

시냇물 소리가

아름다운 것은

물속에서 돌들이 춤춘다

3659

위험천만

어둠 속에서 행한

악한 일은

위험천만하다

3660

거짓 풍문

거짓 풍문이

계속되면

진짜처럼 들린다

3661

그리움의 길

그리움의 길

따라 걸어가서

너를 만나고 싶다

3662

그림 호수

그림 호수에는

낚시를 던져도

고기가 잡히지 않는다

3663

인생 도둑

유혹은 내 인생을

빼앗아 가는

도둑이다

3664

빗소리 세찰 때

홀로 고독할 때

빗소리가 세찰 때

눈물이 쏟아진다

3665

방이 감옥

외로워서

문을 잠갔더니

방이 감옥이 되었다

3666

형벌

무서워하지 않고

죄짓는 사람

악인 중의 악인이다

3667

고독의 강

밤하늘에

별빛이 흐르는 밤

고독의 강이 흐른다

3668

문자

목소리 듣지 못하고

문자로 주고받으니

감성도 정도 없다

3669

인생 스케치

사람들은 자기 인생을

스케치하듯 알고

살아간다

3670

고마움

너무 좋아서

자꾸 좋아서

고마움에 눈물난다

3671

바람 끝 봄소식

늦겨울 바람 끝에

봄소식이

매달려 있다

3672

질그릇

흙이 질그릇이

되는 것은

새로운 삶이다

3673

쓸쓸한 암자

세상이 괴로워

쓸쓸한 암자에서

마음을 수련한다

3674

나의 밤을

베개는 나의 밤을

보고 듣고

다 알고 있다

3675

날아가는 나비

창밖을

날아가는 나비

한없이 부럽다

3676

인생 살다 보면

인생 살다 보면

서로 처지가

뒤바뀌는 것을 본다

3677

강이 풀리면

꽁꽁 얼었던

강이 풀리면

봄소식이 찾아온다

3678

매미의 합창

매미의 합창곡은

누가 작곡했는지

시끄럽기만 하다

3679

하늘의 등불

밤마다 달이

하늘의 등불이

되어 떠 있다

3680

마지막 연가

내 마지막

사랑 노래의

주인공은 바로 너다

3681

살아있는 시계

살아있는

시계는

잠들지 않는다

3682

풀벌레

풀벌레 울음소리가

밤새도록

이슬을 불러 모은다

3683

꽃들이

꽃들이

눈에 잘 띄려고

예쁘게 핀다

3684

사는 날 동안

사는 날 동안

너를 잊어버리는 날

단 하루도 없다

3685

검은 강으로

강물이 밤마다

어둠에 물들어

검은 강이 되어 흐른다

3686

잃어버린 느낌

추억을 되살려

잃어버렸던

느낌을 다시 찾았다

3687

벌레들이

벌레들이

풀잎 위에서

맛있는 식사를 한다

3688

고독도

고독도 시시때때로

바람처럼

찾아왔다 떠난다

3689

가벼운 마음

가벼운 마음으로

사랑한다 말하지 마라

오래가지 못한다

구름도 힘들었나

구름도 힘들었나

산에 걸려

쉬고 있다

미련이 남아

미련이 남아

조금씩 다가갔더니

더 멀리 달아났다

고상한 삶

고상한 삶은

그냥 얻어지지 않는다

수고한 노력이다

서러운 일

가슴에 서러운 일은

모두 다 잊자

잊어버리자

눈물의 값

뼈아픈 고통 속에

흘리는 눈물은

눈물의 값을 만든다

멋진 조각품

오랜 세월 서 있는

플라타너스 한 그루

멋진 조각품이다

할 일을 하자

인생은 너무나 짧다

방황하지 말고

할 일을 하자

빗방울들이

빗방울들이

연잎에서 뛰놀며

음악을 만들고 있다

그림 속으로

그림 속으로

아름다운 풍경이

이사를 왔다

시를 쓰는 눈

자연을 보고

세상을 보고

시를 쓰는 눈을 뜨다

삶을 경작하는

나는 삶이란 밭을

평생 경작하는

농장 주인이다

나의 이야기

나의 이야기를

날마다 아름답게

만들며 살아가자

돌들이 모여

돌들이 모여

마음을 합히여

돌담을 만든다

눈 내리는 오후

눈 내리는 오후

사랑하는 사람이

무척 보고 싶다

가냘픈 풀잎

가냘픈 풀잎이

폭풍우 속에서

살아남는다

목표

목표 없이

막연하게 살면

아무것도 못한다

인생의 꽃

세월의 틈 사이

인생의 꽃

활짝 피어난다

깨어나는 아침

깊이 잠들었던

풀잎들이 이슬로

깨어나는 아침이다

땅끝에서

겨울의 땅끝에서

힘 북돋아

복수초가 피어난다

봄의 소리

온 세상 가득한

봄의 소리는

새싹의 희망 소리다

바람의 혀가

바람의 혀가

온 세상을

훑고 지나간다

그리움의 현주소

그리움의 현주소는

내 마음속에

적혀 있다

정겨운 한 잔

바쁘게 살다가

쉬어가도 좋은 날

커피 한 잔도 정겹다

외롭다는 것

외롭다는 것은

혼자 고독에

빠져 있다는 것이다

방 한 칸

뼈저리게 가난할 때

방 한 칸도

고마웠다

네가 떠난 후

네가 떠난 후

그리움만

털썩 앉아 있다

깨끗한 이별

싫어서 떠났으면

깨끗한 이별로

다시는 만나지 말자

한 사람 사랑하며

한 사람 사랑하며

보낸 세월

아깝지 않다

3718
피 울음

고통이 지나쳐

피 울음을 울면

아픔이 아물지 못한다

3719
마주 앉아

오늘은 세월과

마주 앉아

커피 한 잔하고 싶다

3720
몸만 떠나는

몸만 떠나는 바람

이삿짐 없이

간단하다

3721
초록 새싹

초록 새싹이

허공을 만지며

자라고 있다

3722
풀과 나무

풀과 나무는

씨앗을 통하여

영토를 넓혀간다

3723
춤꾼

구름은 허공에서

춤추는

춤꾼이다

3724
길의 키

길의 키

시작부터 끝까지

길게 누워 있다

3725
파도

파도는 바다에

그림을 그려놓지만

금방 사라진다

3726
벚꽃 잔치

벚꽃 잔치에

봄이 초대받아

온 세상에 가득하다

3727
녹차 한 잔에

녹차 한 잔에

초록 잎

향기가 가득하다

3728
시인이 가는 길

시인이 가는 길에

남겨 놓는 추억이

시가 되었다

3729
잘생긴 소나무

잘생긴 소나무

한 그루

멋진 풍경을 만든다

3730
안타깝다는 것

안타깝다는 것은

이루지 못한

아쉬움이 있다

3731
기쁘다는 것은

기쁘다는 것은

삶 속에서 의미와

감동을 찾는다

3732
눈물이 나는 것은

눈물이 나는 것은

슬픔에 가슴이

아프다는 것이다

3733
괴롭다는 것은

괴롭다는 것은

몸과 마음에

상처가 있다는 것이다

3734
웃는다는 것은

웃는다는 것은

기뻐할 일이

생겼다는 것이다

3735
절망한다는 것은

절망한다는 것은

기대했던 일이

무너졌다는 것이다

3736
축복한다는 것은

축복한다는 것은

관심과 사랑을

나누고 싶다는 것이다

3737
여행을 하면

여행을 하면

순간마다 행복하고

기쁨이 넘친다

3738
봄 전령사

봄의 첫 손님은

봄소식을 전하러 온

봄바람이다

3739
커피 고독

혼자 커피 마시면

커피 고독이

검게 몰려든다

3740
추위가

추위가 겨울옷을

벗으면

봄이 찾아온다

3741
세월 흐르고

세월이 흐른 후에

너의 마음 알았다

미안하다

3742
한적할 때

한적할 때

그리움 하나가

내 가슴에 떨어졌다

3743
기분 1

외로울 때 커피 한 잔

향기도 좋고

기분이 좋다

3744
기분 2

사랑하는 사람과

함께 하면

기분이 날아갈 듯 좋다

3745
갖가지 생각

마음의 창고에

갖가지 생각이

쌓여 있다

3746

나의 그림자

나의 그림자는

나를 닮아가며

같이 늙는다

3747

사람들은 인생을

사람들은 인생을

작품으로 만들거나

쓰레기로 만든다

3748

얼굴 1

행복한 얼굴을

만나면

살아갈 용기를 얻는다

3749

얼굴 2

고난이 닥치면

밝았던 얼굴에

그늘이 진다

3750

얼굴 3

얼굴을 볼수록

복이 있는

복덩이 얼굴이 있다

3751

벽에 낙서

하고 싶은 말이

많았나 보다

벽에 낙서가 있다

3752

양심 없는 사람

세상이 자꾸만

악해지는 것은

양심 없는 사람이 많다

3753

고마운 사람들

고객은

찾아와 주어서

고마운 사람들이다

3754

정겨운 나날

늘 만나는 사람들과

정겨운 나날을

보내며 살고 싶다

3755

멋지게 살려면

멋지게 살려면

인생을 축제로

만들어라

3756

인생의 길

단 한 번 가는 길

뒤돌아 갈 수도 없고

머물 수 없는 길이다

3757

웃어볼 날

죽어라 산다지만

가끔 웃어볼 날 있어

힘차게 살아간다

3758

못 견디게

외로운 날은

못 견디게

사람이 그립다

3759

남몰래 흘린

남몰래 흘린

눈물이

비처럼 흘렀다

3760

나의 허물

누가 나의 허물을

지적하지 않을까

두려움이 앞선다

3761
졸장부

큰소리치더니

잘난 사람 나타나자

금방 쪼그라든다

3762
정다운 교감

서로 주고받는

정다운 교감은

마음속에 살아남는다

3763
좌절

꿈꾸던 세상이

하루아침에 산산이

깨져버려 좌절하였다

3764
여운

잠깐 만나도

긴 여운이 가슴에

남는 사람이 좋다

3765
꽃도 지면

아름답게 핀

꽃도 지면

허망하게 떨어진다

3766
찻잔에

차 마시는 찻잔에

네가 오늘 나에게

한 말을 담아 마신다

3767
사랑의 밀물

사랑의 밀물이

거침없이 밀려오면

사랑에 빠진다

3768
꽃 표정

벚꽃이 활짝 웃는

밝은 표정이

참 예쁘다

3769
강물의 사색

강변의 나무도

흐르는 강물 보며

사색하며 서 있다

3770
일상에서

일상에서

꿈 이루어갈 때

원하는 삶 살 수 있다

3771
날마다 웃어라

인생을 행복하게

살고 싶다면

날마다 웃어라

3772
갇힌 설움

응달에 갇힌

설움도

햇살에 사라진다

3773
봄의 길목

봄의 길목에

새싹과 꽃이

마중 나왔다

3774
한밤중에 달

한밤중에 달이

커튼 사이로

내 방을 훔쳐보았다

3775
먼 산을

먼 산을

바라보니

보고픈 이 그립다

3776

내 손에

내 손에 잡힌다고

다 갖는다면

욕심꾸러기다

3777

깊은 결핍

깊은 결핍 느낄 때

채우고 싶은

마음도 가득하다

3778

꽃 피는 봄날

꽃 피는 봄날

벌과 나비는 꽃들과

입맞춤에 신바람났다

3779

풀들의 외침

들판에는

풀들의 외침이

가득하다

3780

추억의 마을에는

추억의 마을에는

지난날들의 이야기가

살고 있다

3781

놓쳐버린 것들

놓쳐버린 것들

잃어버린 것들은

떠나야 할 것들이다

3782

나는 시를 쓰며

나는 시를 쓰며

절망하기보다

희망을 찾는다

3783

홀로 서서

홀로 서서 생각하면

세상은 아름답고

살 만하다

3784

바위

바위는 스스로

앉은 자리를

고쳐 앉지 않는다

3785

춤추는 사람들

춤추는 사람들

몸이 나비가 된 듯

춤춘다

3786

세월의 손

세월의 손이

지난 모든 것들을

갖고 떠났다

3787

제발!

제발이라는 말에

마음 한 가닥의

간절함이 꽉 차 있다

3788

산속의 적막

산속의 적막을

쏟아지는

폭포 소리가 깬다

3789

흑백 풍경

흘러간 과거는

흑백 풍경으로

바뀌어가다 말았다

3790

가을의 시간

가을의 시간은

단풍 들고 낙엽 지는

속도가 빠르다

3791
오래된 이야기
추억도 시간이

지나면 지날수록

오래된 이야기가 된다

3792
겨울 바다 추위
겨울 바다 맹추위에

거칠게 파도치는

바다의 열정을 보았다

3793
인생의 시간
흘러가는 세월을

황금 시간으로

만들자

3794
기다림의 비결
나무는

기다림의 비결을

가르쳐 준다

3795
고독하면
고독하면

혼자 외로워서

혼자 말하고 답한다

3796
봄의 손
봄의 손이

나무에 닿으면

봄꽃이 핀다

3797
여름의 손
여름의 손이

하늘에 닿으니

비가 내린다

3798
가을의 손
가을의 손이

나뭇잎에 닿으니

단풍이 든다

3799
눈을 부르면
겨울의 손이

눈을 부르면

눈이 내린다

3800
작은 꽃씨
작은 꽃씨에서

아름다운 꽃이

피어나 신기하다

3801
걸어다니는 나무
나는 걸어 다니는

나무를

본 적이 없다

3802
햇살은
아침마다 햇살은

어둠을 청소하는

청소부다

3803
오늘의 삶
오늘의 삶은

어제가 만들어 놓은

열매다

3804
시 한 스푼

가을 푸른 호수에서

시 한 스푼

떠먹고 산다

3805
구름 모자

산도 멋 내고

싶은지

구름 모자를 썼다

3806
봄 손님

봄 손님 중에

벚꽃이

가장 아름답다

3807
하늘 호수에는

하늘 호수에는

물고기 한 마리도

살지 않는다

3808
인생 드라마

나는 오늘도

인생 드라마 속에

살고 있다

3809
가을 하늘

하늘 햇볕이

가을 하늘을

잘 닦아서 파랗다

3810
침대는

침대는

나의 밤을 알지만

말이 없다

3811
빈 어항에

물고기들이

동그라미 그리던

모습이 그립다

3812
비상하려면

비상하려면

잠시도 멈춤 없이

날아가야 한다

3813
삶

삶은

함께 같이 더불어

살아가는 것이다

3814
별들의 놀이터

밤하늘은

별들의

놀이터다

3815
가을 노래

낙엽들이 모여서

떠날 때까지

가을 노래를 부른다

3816
기록의 시간

시 쓰는 시간은

나의 감성을

기록하는 시간이다

3817
풀꽃 향기

들판에 피어난 꽃

바람 불 때마다

풀꽃 향기가 난다

3818
일상의 행복

소소한 일상의 행복은

커피 한 잔에도

찾아온다

3819

맨 밑바닥

맨 밑바닥이라고

걱정하지 마라

오르는 길밖에 없다

3820

편안

내 마음에서

고통이 걸어 나간 후

마음이 편안해졌다

3821

헌 신발

헌 신발이

외출하기 싫어해서

버렸다

3822

시인의 눈

시인의 눈은

시를 찾고

시를 바라본다

3823

밝은 보름달

밤에 밝은 보름달

어디서 화장했는지

말하지 않는다

3824

캄캄한 밤에도

캄캄한 밤에도

별이 빛나니

걸어도 행복하다

3825

겨울 침묵이

겨우내 얼었던

겨울 침묵이

해빙되어 흐른다

3826

맛집

맛집에서

음식도 먹지만

분위기도 먹는다

3827

여름의 입

여름의 입이

뜨거운 바람 불어

온 세상이 덥다

3828

가을의 손이

가을의 손이

하늘에

푸른 색칠해 놓았다

3829

노을

노을이 물드는 시간

바다가 유난히

아름다워지는 시간이다

3830

곶감

곶감은 기다림 속에

느낄 수 있는

달콤함이다

3831

일회용

일회용 우습게

보았더니

인생도 일회용이다

3832

기대고 안아도

나무는 늘 편하다

기대고 안아도

아무 말 없이 받아준다

3833

따뜻한 손길

따스한 손길 느낄 때

외로움도 쓸쓸함도

훌쩍 떠나버린다

3834
달의 외출

달이 외출했는지

오늘은 달의 얼굴

보이지 않는다

3835
가파른 역경

가파른 역경도

끝끝내 이겨내는 것이

삶의 비결이다

3836
오랜 후에도

오랜 후에도

지금처럼 사랑한다면

정말 행복하겠다

3837
진실의 강

세상에는

진실의 강이

살아서 흘러야 한다

3838
사람아

사람아

사람답게

살지 못하면 어쩌나

3839
많은 생각

머릿속에

그 많은 생각이 있다니

참 신기하다

3840
인생길 걷다

살아간다는 것은

인생길을 걸어가는

시간 여행이다

3841
인생길 한 걸음씩

인생길 한 걸음씩

최선을 다해

살아가자

3842
종이학 타고

종이학 타고

한밤중에

달나라 여행을 떠나자

3843
아름다운 동행

너와 나의 삶이

아름다운

동행이 되기를 원한다

3844
시를 쓰는 시인

시 쓰는 시인으로

사는 삶이 나는

날마다 행복하다

3845
어떤 순간에도

어떤 순간에도

살려고 하면 살아진다

포기하지 마라

3846
살아온 날이

살아온 날은

시련과 역경이

살아갈 디딤돌이다

3847
절벽의 나무

절벽에 서 있는 나무

땅을 움켜쥔

힘이 매우 강하다

3848
숲이 되고 싶다

홀로 서 있는 나무는

산으로 올라가

숲이 되고 싶다

3849

숨은 마을

오지 여행하며

숨은 마을 만나는

재미가 있다

3850

소중한 인연

내가 살면서

만나고 떠나는 사람들

소중한 인연이다

3851

만나는 사람

살면서 만나는

사람들이

고맙고 감사하다

3852

춤추는 구름

푸른 가을 하늘에

춤추는 하얀 구름이

아주 예쁘다

3853

풀밭

풀밭에 누워

하늘을 보니 어디론가

여행을 떠나고 싶다

3854

강변

물안개 피는 강변

차를 타고 달리면

꿈속으로 들어간다

3855

아름답다

너를 볼 수 있는

세상이

무척 아름답다

3856

안타까운 사연

돌아오지 않는

시간 속에

안타까운 사연 많다

3857

물과 바다

강물이 하나가 되는

바다는 겸손하게

모두 다 받아들인다

3858

다림질

가끔

구겨진 마음도

다림질하고 싶다

3859

둥근 공

둥근 공을 굴리면

동그라미 만들며

굴러간다

3860

누워 있는 바다

누워 있는 바다가

일어나려고

파도치고 있다

3861

밤 커피

한밤중 커피에

불면을 타서 마셨나

잠이 오지 않는다

3862

큰 돌

큰 돌들은 하루 종일

움직이지 않고

깊은 잠에 빠져 있다

3863

맴도는 잠자리

하늘을 맴돌며

날아다니는 잠자리는

멋진 비행사다

3864
숲

나무가 아무리

많아도 숲 사이에

하늘이 보인다

3865
패랭이꽃

초록 잎에서 피어나는

패랭이꽃 늘 가슴에

기억하고 싶다

3866
한

가슴에 맺힌 한은

오랫동안

사람을 울린다

3867
돌문

돌이 어떻게

문이 되었을까

발상이 대단하다

3868
옛사랑

힘든 시련 속에

가끔 생각한다

옛사랑으로 돌아갈까

3869
혼자 웃었다

괴로울 때

즐거웠던 일 생각나

혼자 웃었다

3870
꽃은

꽃은 혼자 외롭게

쓸쓸하게 피어도

향기를 내뿜는다

3871
너의 자리

내 마음에

너의 자리가 비어 있다

어서 찾아오라

3872
자연의 옷

자연이 좋아하고

즐겨 입는 옷은

초록과 단풍 옷이다

3873
비가 와도

나무와 풀은

비가 와도

우산을 쓰지 않는다

3874
붕어 한 마리

붕어 한 마리

큰 강에서

자유를 누리며 산다

3875
힘든 날

힘든 날은

단잠이 꿀잠이

최고의 보약이다

3876
지난밤

지난밤

가득한 어둠이

아침이 오자 사라졌다

3877

아름다운 시절

우리 인생의 날마다

아름다운 시절이

되게 하자

3878

사람들은 누구나

사람들은 누구나

남모를

자기만의 삶이 있다

3879

저녁 해

태양도 하루

일 마치고 퇴근하는

모습이 아름답다

3880

소낙비

하늘의 눈물이

소낙비로 쏟아져 내려

온 땅을 적셨다

3881

구름 한 조각

하늘에 구름 한 조각

바라보는

나도 외롭다

3882

마음 밭은

시인의

마음 밭은

바로 시 밭이다

3883

성난 바다

바람이

바다를 때리면

성난 바다가 파도친다

3884

꽃 피는 봄소식

봄바람이 불어와

꽃 피는 봄소식을

알려 주었다

3885

금슬이 좋다

거목들이 즐비한

숲속 나무들의

금슬이 아주 좋다

3886

오늘을 어찌 사나

밤새 잠 못 들었는데

달이 지고 해가 뜨니

오늘을 어찌 사나

3887

술주정뱅이

오랫동안 술에

몸을 담그면

몸도 마음도 망한다

3888

마당극

우리들의 삶은

한바탕 어울려도 좋을

마당극이다

3889

행복한 어울림

좋은 사이가 보여주는

행복한 어울림이

보기가 좋다

3890

지나온 세월

지나온

세월의 발자국이

감쪽같이 사라졌다

3891

시간이 지날수록

시간이 지날수록

내 삶이

증발해 사라진다

3892

셋방살이

이층 전체 살면서

방 한 칸 식구 많다

전기세 더 물린다

3893

야생화 저 혼자

야생화 산기슭에

저 혼자

외롭게 피었다

3894

흰 구름

흰 구름도 속이 타

먹구름이 되면

눈물을 쏟아내린다

3895

길 찾아 떠난다

강물이 물길 따라

떠나면

나도 길 찾아 떠난다

3896

작은 세상

산꼭대기에서 보면

작은 세상인데

무슨 욕심을 낼까

3897

멋진 인생

비극적인 삶을

희극적으로 바꾸는

멋진 인생이다

3898

목소리의 진실

큰 소리로 외쳐도

목소리가 살아있어야

진실이다

3899

빈 벤치

공원을 걷다 보면

빈 벤치가

어서 오라고 부른다

3900

한고비 한고비

한고비 한고비

넘길 때마다

깨닫고 배운다

3901

별들의 외출

별들은 아침마다

외출을 떠나

밤이면 다시 찾아온다

3902

낙타는

낙타는

목마름도 견디며

사막에 길을 만든다

3903

함박눈

함박눈이 내리면

온 땅에 축복이

내리는 것만 같다

3904

머물다간 자리

머물다간 자리

추억이 남고

그리움이 돋아난다

3905

외로운 바다

파도도 없고

배도 떠 있지 않고

바다가 오늘따라 외롭다

3906

새벽길

동트는 햇살이

새벽길을

열어준다

3907

올가을 삽화

올가을 삽화는

떠나지 못하는 단풍이

아름답게 표현하였다

3908

수선화 웃음

수선화

하얀 꽃 웃음이

시선을 사로잡는다

3909

가장 큰 별밭

하늘은

이 세상에서

가장 큰 별밭이다

3910

아버지의 초상

늙어가는

내 얼굴에

아버지의 초상이 있다

3911

박수가 저절로

내가 보고도 좋다고

박수가 저절로

나오게 살자

3912

초록 세상

새싹이 눈을 뜨면

초록 세상이

시작된다

3913

햇살 삼킨 감

가을 붉은 햇살 삼킨

잘 익은 감들이

주렁주렁 달렸다

3914

아름다운 날

삶 속에서

아름다운 날이

많을수록 행복하다

3915

그리워지기 전에

몹시

그리워지기 전에

너를 만나야겠다

3916

남은 발자국

걸어온 길

내 마음에

발자국이 남아 있다

3917

외나무다리

외나무다리 중간에서

내 사랑을

만났으면 좋겠다

3918

찾아오는 너

내 마음에

찾아오는 네가

그리움을 만든다

3919

추억에 남도록

세월도 한순간인데

추억에 남도록

아름답게 사랑하자

3920
시 생각

하루 종일

시 생각을 해도

나는 행복하다

3921
낡은 전설

무너진 옛 성터에

낡은 전설이

아직은 남아 있다

3922
야간열차

야간열차

피곤한 삶 태우고

피곤함 뚫고 달린다

3923
어린 시절

어린 시절은

추억 속에서도

그립고 그립다

3924
살아있는 강은

살아있는 강은

바짝 누워서

겸손하게 흐른다

3925
파란만장한 삶

파란만장한

삶은 살수록

한숨과 눈물뿐이다

3926
파도의 노래

바다에

그물을 던지면

파도의 노래가 잡힐까

3927
서리 아침

겨울을 알리는

서리 아침

오돌오돌 춥다

3928
우뚝 솟은 산

산은 우뚝 솟아도

교만하지 않고

자연스럽다

3929
못다 한 사랑

너를 사랑해 주지

못해서

미안하다

3930
밑바닥

밑바닥은

실패하고 침몰해도

늘 받아준다

3931
쓸쓸한 허무

허무가

홀로 외롭고

쓸쓸하게 서 있다

3932
터지는 그리움

그리움의

자물쇠 풀면

그리움 터져 나온다

3933
빈 배

빈 배에게 말할까

행복한 곳으로

데려다 달라고

3934
나무의 발목

나무의 발목을

땅이 붙잡고

놓아주지 않는다

3935

행복 주는 문

사랑의 문을 열어

행복을

나누어주라

3936

어둠의 그늘

아름다운 풍경의

그늘에도

어둠이 고여 있다

3937

삶을

삶을 신나게

즐겁게

멋지게 살자

3938

생각이 찢어지면

생각이 찢어지면

고민을

만들어 놓는다

3939

가족과 한 끼

가족과 한 끼 식사

편하게 먹는 것도

행복이다

3940

지난 추억

마음에 새겨진

지난날의 추억은

쉽게 지워지지 않는다

3041

생각 속의 시

생각 속에서

한 편의 시가 되어

써질 때 행복하다

3942

인생이 난파선

불행의

소용돌이 빠지면

인생이 난파선 된다

3943

준비된 시작

준비된 시작은

아름다운

결과를 만든다

3944

잊혀진다는 것

살아있으면서

잊혀진다는 것은

참 안타까운 일이다

3945

가시야 너는

가시야 너는

꼭 찔러야

속이 편하냐

3946

가치 없는 인생

정감이 없는 삶은

인정머리 없는

인생이다

3947

빛

어둠이 가득할 때

빛의 소중함을

깊이 깨닫는다

3948

내 발목

가지 말아야 할 길

내 발목을

잡아당긴다

3949

사랑할 수 있을 때

사랑은 영원하지 않아

사랑할 수 있을 때

사랑하고 싶다

3950
외로움

외로움이 깊어

적막한 가슴이

싸늘하게 식는다

3951
친절

친절은

모든 사람을

부드럽게 만든다

3952
좋은 꿈

별이 빛나는 밤에

좋은 꿈 꾸며

잠들고 싶다

3953
반기는 구절초

구절초 만나면

활짝 웃으며

반겨준다

3954
마을버스

마을버스가

이야기를 담으려고

마을을 찾아다닌다

3955
빗자루는

빗자루는

자기를 희생하며

먼지를 쓸어낸다

3956
예술가는

예술가는 자기만의

창작을 위하여

외길을 간다

3957
그리움의 창문

그리움의 창문이

닫혀버려

너를 잊었다

3958
구름 속에 울음

비를 쏟아내려나

구름 속에

울음이 가득하다

3959
술잔의 회포

달빛 아래

술잔을 놓고

회포를 즐긴다

3960
타향의 고독

타향의 고독을

많이 느끼는 것은

도시의 쪽방이다

3961
인생의 가는 길

인생의 가는 길

최종 도착지는

죽음이다

3962
고독이 별

누군가의 고독이

밤하늘에 별이 되어

빛나고 있다

3963
산수유꽃

봄을 알리는

산수유 작은 꽃들이

조붓하게 피었다

3964
가장 좋은 시

내가 쓴 시가

나에게는

가장 좋은 시다

3965
찻잔

찻잔에

시 한 편

떠 있다

3966
들판을 살펴보라

들판을 살펴보라

풀잎 하나하나가

얼마나 아름다운가

3967
마지막

떠나야 하는

마지막이 있는 것은

슬픈 일이다

3968
입안의 소리

차마 말하지 못한

입안의 소리

크게 내지르고 싶다

3969
화살표

화살표가

가르치는 곳이

항상 옳은 것 아니다

3970
병아리 울음소리

병아리 울음소리는

세상을 향한

간절한 마음이다

3971
잠들지 않는 산

어두운 밤에도

산은 잠들지 않고

초목이 자라난다

3972
대나무

세월이 가도

대나무는 나이테 없이

키만 크고 있다

3973
뒤척이는 밤

어둠 속 외로운 밤

홀로 견딜 수 없어

몸만 뒤척이고 있다

3974
폭설에 갇혀도

폭설에 갇혀도

너를 사랑할 수 있다면

나는 좋다

3975
사뿐히 걷는

사뿐히 걷는

여인의 치맛자락에

봄바람이 불고 있다

3976
번데기

번데기 속에는

나비가 되고 싶은

마음이 가득하다

3977
목청 하나로

목청 하나로

세상 이야기

구성지게 펼친다

3978
도둑놈

달빛 환해서

도둑놈 마음도

들키고 말았다

3979
하루의 시작

하루의 시작을

감사로 시작해서

감사로 끝내자

빨간 신호등

인생에 빨간 신호등

켜질 때 떠나지 않으면

불행이 몰려온다

아름다운 사람은

아름다운 사람은

살아온 길도

아름답다

진실은

진실은

마음과 마음에

다리가 되어준다

고독

고독에 홀로 갇혀

마음의 창이

굳게 닫혀 있다

우리들의 꿈

우리들의 꿈은

결코

무너질 수 없다

그리움의 빗장

그리움의 빗장이

열리면

추억이 몰려온다

말

말은

입을 떠나면

잊힌 말이 된다

초록 잎 청춘

녹차 한 잔에

초록 잎 청춘이

가득하다

비가다

삶이란

슬프고 애달픈

비가다

비가 내린다

비가 내린다

그리움이 내린다

네가 내 마음에 내린다

어리석은 마음

둘이 있어도

혼자만 생각하면

어리석은 마음이다

아직도 나는

아직도 나는

꿈이 있어

하고픈 일이 많다

삶을 사는 법

삶을 사는 법

평생 배워도

잘 알 수 없다

온 세상이 시다

아무도 모르게

야생화 피듯

아무도 모르게

일어나는 일이 많다

방랑자

세상이란

여행길에

누구나 방랑자다

불모지

불모지에서

돋아나는 풀처럼

희망은 살아난다

각박한 삶보다

각박한 삶보다

여운이 오래 남는

삶이 더 좋다

봄바람을 타고

봄바람을 타고

개나리꽃 웃음

온 세상 가득하다

항변

때로는 나는

이렇게 살고 싶다

항변하고 싶다

아름다운 가을

아름다운 가을이

너무 짧아서

긴 여운이 남는다

고고한 여인

고고한 여인이

물 위에 연꽃으로

피어났다

바닷가의 노인

바닷가의 노인이

파도 이야기를

전해 준다

고통스러워

고통스러워

눈물도 한 방울씩

마셔버렸다

이 순간

이 순간 기다렸는데

그림 같은

행복이 찾아왔다

가을날

비바람 몰아치는

가을날은

마음마저 쓸쓸해진다

내 삶을

아무도 흘러가는

내 삶을

붙잡지 않는다

4006
새벽 어부

새벽 어부는

만선의 기쁨을

얻으려고 출항한다

4007
죽은 나무

죽은 나무

봄이 와도

꽃 피지 못한다

4008
추억을 만들자

아름답게 살아가며

여운을 남기고

추억을 만들자

4009
세상 살기

낯선 사람들

서로 모른 척

등 돌리고 살아간다

4010
삶이 힘들어

삶이 힘들어

그리움조차 잠들면

너를 잊고 산다

4011
잊어버린 것일까

잊어버린 것일까

모른 척 하는 것일까

지워져 버렸다

4012
응어리

살다 보면 가슴에

응어리 하나쯤 뭉쳐도

풀고 살아가는 거다

4013
가을마다

가을마다 낙엽 져도

나뭇가지는 남아

또다시 봄을 만든다

4014
낙엽 하나가

낙엽 하나가

무슨 미련에

못 떨어지고 있을까

4015
마음의 상처

아름다운 풍경 보면

마음의 상처가

회복이 된다

4016
태양의 햇살

태양의 햇살이

온 세상을

따뜻하게 만든다

4017
찻잔 속에는

찻잔 속에는

우리가 나눌

이야기가 남아 있다

4018
목동의 목소리

목동의 목소리에

양들이

길 찾아간다

4019
발걸음의 무게

행복할 때는

발걸음의 무게가

아주 가볍다

4020
시를 쓰며

시를 쓰며

시 속에

나를 찾는다

4021

세월

세월이

하수상하면

산들도 울음을 운다

4022

신발

오랫동안 신발장에

넣어둔 신발이

떠나자고 부른다

4023

추억의 발자국

사람들이 걸어간

발자국들이

추억을 남긴다

4024

새를 보면

가끔 날아가는

새를 보면

나도 날아다니고 싶다

4025

과거를 인화하는

사진사는

현재를 찍어서

과거를 보게 인화한다

4026

바람의 날개

빨리 달아나는

바람의 날개는

아주 큰가 보다

4027

시를 쓰는 까닭

삶을 표현하고

삶을 노래하고

삶을 말하고 싶다

4028

박

지붕 위에 열린 박은

언제 지붕 위로

올라갔는지 궁금하다

4029

타작의 기쁨

타작의 기쁨은

땀 흘린 농부만이

느낄 수 있다

4030

숲의 대합창

숲의 노래는

누가 부를까

숲의 대합창이다

4031

책에게

책장에 꽂아놓고

한 번도 읽지 않은

책에게 참 미안하다

4032

거센 파도

노을이 지자

바다는 몸살 났는지

거센 파도를 쳤다

4033

신비한 정원

꽃 피는 들길을 걸으면

신비한 정원에

초대받은 것 같다

4034

심장 뛰도록

우연히 만나도

심장 뛰도록

반가운 사람이 있다

4035

엄마의 기쁨

아가의

아장아장 걸음마

엄마의 기쁨이다

누가 모르게

누가 아무도 모르게

아름다운 풍경을

만들어 놓았다

4037

달의 얼굴 1

달의 얼굴이

검은색이었으면

어디에 떠 있는지 모른다

4038

달의 얼굴 2

하늘이 밝은 탓일까

달의 얼굴이

크게 보인다

4039

달의 얼굴 3

차가운

겨울 달의 얼굴은

창백하다

4040

투정

봄꽃 피는데

투정을 부리듯

꽃샘추위 몰아쳤다

4041

일생을

일생을 좋은 사람으로

사는 것은

크나큰 축복이다

4042

세월의 언덕

세월의 언덕을

넘어간 시간들이

그리움을 부른다

4043

동행

혼자 가는 인생길

외롭지 않게

동행이 필요하다

4044

옛집 고택에

고택에

흘러간 시간이

그대로 고여 있다

4045

봄

눈이 쌓일 때마다

봄이 더 가까이

찾아왔다

4046

떠도는 갈매기

누구를 찾아

누구를 만나려고

바다 위를 떠돌까

4047

밤바람

밤바람 불어대는

소리조차

온통 검은색이다

4048

그리움의 불씨

너를 잊지 않으려고

그리움의 불씨를

살려 놓았다

4049

봄꽃 향기

봄꽃 그림을

그려놓았더니

꽃향기가 난다

4050

내일을 낳고

노을은 지는 것이

아니라 내일을

낳고 있다

4051

해변의 모래

파도는 몰아칠 때마다

해변에 모래를

흔적으로 남긴다

4052

삶의 길

삶의 길

걷다가

시를 만났다

4053

깊은 우정

숲속의 나무처럼

깊은 우정이 있을까

오랜 세월 지켜준다

4054

캄캄한 밤에

캄캄한 밤에

초승달 보며

술 한 잔 마시자

4055

봄

온 세상에

꽃들이 천국을

만들어 놓았다

4056

이 세상에서

이 세상에서

내가 만난 사람들

잘 살았으면 좋겠다

4057

바다가 넓어

마음이 괴롭고

복잡해지면

넓은 바다 보고 싶다

4058

꽃 피던 날

시가 내 가슴에

꽃 피던 날

시인이 되었다

4059

내 귀는

내 귀는

아름다운 시를

듣고 싶어 한다

4060

걸어갈 길

시의 길은

시인이 평생

걸어갈 길이다

4061

글 길

나는 시인이 되어

글 길을

걸어가고 있다

4062

둥지

높은 나무 위의

새들의 둥지도

포근한 집이다

4063

나비의 웃음

햇살 좋은 날

나비가 기분 좋은지

웃으며 날아간다

4064

작은 미소

가만히 웃는

작은 미소에도

행복이 커진다

4065

남은 이야기

세월이 지날수록

남은 이야기가

작아진다

4066

행복

자주 웃어야

행복도 발길 돌려

찾아온다

4067

생각의 골목

생각의 골목에

시가 찾아오면

시를 쓸 수 있다

4068

달에게 묻는다

달에게 묻는다

네가 본 나의 삶은

어떤 모습일까

4069

폭우

폭우 내리는 밤

빗소리 세차게 들려

밤새 잠들지 못했다

4070

풀씨도

풀씨도

세상이 궁금한지

고개를 내밀었다

4071

그리운 손

쓸쓸하고

외로운 사람들은

따뜻한 손이 그립다

4072

시간을 나르며

세월은

시간을 나르며

재빠르게 흘러간다

4073

시가 될 때

우리의 이야기가

시가 될 때

시인된 것이 행복하다

4074

비가 내리자

비가 내리자

작은 도랑들도

물노래를 부른다

4075

가을 연주

갈바람이

가을꽃들을 흔들어

가을 연주를 한다

4076

마음의 그릇

마음의 그릇에

행복을 담아두면

아주 편하다

4077

단풍 빛깔이

단풍 빛깔이

곱고 아름다워

내 마음에도 물든다

4078

수많은 보석이

밤하늘에

수많은 보석이

별이 되어 빛난다

오래된 나무

오래된 나무

묵직한 세월을 담고

묵묵하게 서있다

삶의 마당

삶의 마당

한 마당 한 마당

멋진 무대 만들자

눈에 담고 싶다

봄 길에 피어난

봄꽃이 아름다워

눈에 담고 싶다

오래된 잠

낡은 침대에는

오래된 잠이

많이 쌓여있다

시인으로 살며

시인으로 살며

평생 시 쓰는데

몸과 마음 다하고 싶다

새벽 산

새벽 산

어둠을 벗은

얼굴을 보여준다

추억 속의 철길

추억 속의 철길에는

지금도

기차가 오고 간다

준비하는 행복

행복은

준비하고 있는

사람에게 찾아온다

좋다

삶 속에서

'좋다'라는 말이

많을수록 행복하다

나쁘다는 말

삶 속에서

'나쁘다'는 말이

많을수록 불행하다

하나는

하나는 모든 것의

시작을 알려주는

위대한 출발 숫자다

읽지 않는 시

사람들이

읽지 않는 시는

영영 잊히고 만다

길 위에서

모든 만남과

헤어짐은

길 위에서 시작한다

4092

시 쓰는 것은

시 쓰는 것은

시인이 살아가는

삶의 힘이다

4093

할 일이 있다면

할 일이 있다면

망설이지 말고

시작하라

4094

하늘은

높고 넓은 하늘은

모든 것 담아두기에

넉넉하고 넓다

4095

추억하고 싶은

기억하고

추억하고 싶은

아름다운 사람이 되자

4096

노래하는 갈매기

갈매기는

바다를 노래하며

날아다닌다

4097

앉는 이 없다

빈 의자가

소리친다

아무나 앉으시오

4098

너 떠난 후에

너 떠난 후에

이별의 흔적마다

그리움이 꽃 피었다

4099

가을 나그네

단풍은 떨어져

바람에 날리는

가을 나그네다

4100

선물

푸른 하늘 아래

빨간 사과들

가을이 주는 선물이다

4101

여백

여백의 시간에

시 한 편 떠올라

써놓고 싶다

4102

이별의 시작

기억의 저편으로

멀어져 가면

이별의 시작이다

4103

검은 비

밤에 내리는 비

어둠에 물들어

검은 비가 내린다

4104

지워진 기억

기억이 깨끗하게

지워지면

추억도 사라진다

4105

이민 간 친구

이민 간 친구는

만나면 그 시절

이야기만 한다

4106

가을에는

가을에는 강물도

단풍빛에

붉게 물들었다

4107

고목

오랜 세월 살던

고목 죽어서도

썩지 못하고 서 있다

4108

아름다운 여행

삶은

사랑이란 이름의

아름다운 여행이다

4109

누운 호수

누워만 있는 호수는

얼마나

일어서고 싶을까

4110

기다려지는 사람

혹시나 하는

생각에 기다려지는

사람이 있다

4111

외딴섬 파도

외딴섬 파도 소리에

잠 깨어

먼 곳을 바라본다

4112

어디로 가면

하늘까지 닿은 길은

어디로 가면

만날 수 있을까

4113

네가 보일까

그리움을 발돋움하고

서서 보면

네가 보일까

4114

꽃 떨어지는 밤

꽃 떨어지는 밤

그리움에

눈물이 난다

4115

마른 장작

마른 장작은

온몸을 불살라

타오른다

4116

내가 버린 것들

내가 버린 것들

몹시 안타깝고

미안하다

4117

밤이 오는 건

밤이 오는 건

달과 별이

밤에 뜨기 때문이다

4118

너의 사랑은

너의 사랑 언제나

기억해도

추억해도 좋다

4119

빈 교실

빈 교실에는

아이들의 목소리와

웃음이 남아 있다

4120

허공에 피어도

꽃들은

허공에 피어도

아름답다

4121

다정다감

다정다감은

사람 사이에

꼭 필요한 정이다

4122

구경꾼

삶 속에는

함께하는 사람보다

구경꾼이 더 많다

4123

반가운 문자

핸드폰에 뜬

글자 몇 개가

반가운 문자가 된다

4124

연기자 1

연기자는 무대에서

연기를 할 때가

가장 행복하다

4125

연기자 2

연기자는

잊혀 질 때가

가장 불행하다

4126

촛불은

촛불은

아무 소리 없이

침묵 속에 타오른다

4127

무명의 들풀

무명으로 살아가는

들풀도

꽃 피면 아름답다

4128

왜 사는지

너무 바쁘게 살다 보면

왜 사는지

잃어버릴 때가 있다

4129

또다시 만나요

또다시 만나요

외롭지 않게

만드는 말이다

4130

허전한 내 마음

허전한 내 마음에

그리움이

구름처럼 떠 있다

4131

당신이 웃을 때

당신이 웃을 때

가장 예쁘고

아름답다

4132

말과 글은

말과 글은

작가의 삶이며

인생이다

4133

홀로 걸으면 1

홀로 걸으면

어느새

고독이 같이 걷는다

4134

홀로 걸으면 2

홀로 걸으면

멀리 갈수록

고독이 더 무겁다

4135

여행과 음식

여행을 하면서

즐기는 음식은

또 하나의 기쁨이다

4136

잠 못 이루는 밤

생각에 생각이

꼬리를 물어

잠 못 이루는 밤이다

가난 타령

일할 것 먹을 것

걱정이 가득한데

양말에 발가락이 나왔다

읽기 어려운 시

읽기 어려운 시

시인이 읽어도

내용을 알 수 없다

잃어버린 세월

잃어버린 세월

어찌할 수 없는

안타까움이다

강변을 걸으면

강변을 걸으면

강물은 나보다

빠르게 흘러간다

소통의 시작

마음의 벽이

사라지면

소통이 시작된다

무관심

열차를 타고

모르는 사람 옆에 말없이 먼 길 간다

도시의 밤이

도시의 밤이

아름다워도

마음은 방황한다

별나라

꿈에서 사다리 타고

올라가면 별나라에

갈수 있을까

세월이 떠나면

세월이 떠나면

허망하게 살았던

세월이 후회가 된다

내 마음 도두

사랑할 수 있다면

내 마음 모두

주어도 좋다

고추잠자리

고추잠자리 맴돌다

힘들었는지

나뭇가지에 앉아 있다

이 일만은

이 일만은

그냥 지나가기를

바랄 때가 있다

고요한 날

고요한 날

풍경 소리 들으면

마음이 편하다

액자에 갇힌 바다

그림 속의 바다는

액자에 갇혀

파도치지 않는다

예술

예술은 위대하고

시인은

고독하다

4152
가슴 뜨거운 노래

가슴 뜨거운 노래

들을 때

눈시울이 젖는다

4153
봄 색깔

겨울이 떠나고

봄바람에 꽃이 피니

봄 색깔이 아름답다

4154
고독한 날

고독한 날

핸드폰 벨소리가

기다려진다

4155
좋은 느낌

좋은 느낌에

한순간

행복이 마음에 흐른다

4156
미숙

처음 살아보는 삶

때로는

미숙할 때가 있다

4157
택시 기사

택시 기사는

온 세상 소문을

다 듣고 산다

4158
황홀한 봄

겨울은 싸늘하지만

꽃 피는 봄은

아름답고 황홀하다

4159
산속에 핀 꽃

산속에 핀 꽃

누가 찾아올까

기다리고 있다

4160
마지막 기억

마지막 기억이

사라질 때까지

사랑하며 살고 싶다

4161
밤의 어둠 속에

밤의 어둠 속에

숨었다 착각 마라

달이 보고 있다

4162
밤길

밤길을 걸어가면

어디를 가든지

달이 쫓아온다

4163
사람 사이에서

사람 사이에서

걸림돌이 아니라

디딤돌이 되고 싶다

4164
멀리서 보면

멀리서 보면

더 많은 풍경을

바라볼 수 있다

4165

냉정한 바람

겨울 찬바람이

사계절 바람 중에

가장 냉정하다

4166

커피 한 잔

커피 한 잔에

시 한 편이

떠오른다

4167

행복한 기다림

기다림이 있기에

만남이 기쁘고

행복하다

4168

묵상

바위가

좌선하고

묵상에 빠져 있다

4169

행복은 즐길수록

행복은 즐기면

즐길수록

즐거워지는 인생이다

4170

기쁨의 샘

삶의 한복판에

기쁨의 샘에서

행복이 터진다

4171

별똥별

별똥별은 아마

밤하늘의

눈물이다

4172

행복의 물살

행복의 물살이

마음의 호수에

찰랑거린다

4173

낙관

천성 탓인지

매사에 모든 일을

낙관하며 산다

4174

바보

세상을 살면서도

세상을 모르는

나는 바보다

4175

겨울바람

겨울바람이 찬데

술 한 잔 마시니

온몸이 따뜻하다

4176

노숙

나무와 풀들은

날마다

노숙해도 걱정이 없다

4177

길가의 민들레

길가에 핀

민들레

발길에 시달린다

4178

장날

장날에 좌판 깔고

어제 쓴 시를

팔아볼까

4179

왜 악하게 살까

착하게 살아도

짧은 삶인데

왜 악하게 살까

4180

능숙하다

늘 다니는 길

한밤중에 걸어도

능숙하다

4181

청춘들의 삶은

청춘들의 삶은

언제나 어느때나

늘 푸르다

4182

서로 안고

강물은 서로 안고

떨어지지 않고

흘러간다

4183

제비

제비는 새 중에

연미복을

가장 잘 입었다

4184

외로운 기다림

기다림이

길어지면

마음이 외롭다

4185

시인의 길

시인의 길

걸어갈 때마다

시 꽃이 핀다

4186

넝마

넝마도 한 때는

멋지고 어울리는

옷이었다

4187

아침 호수

긴 밤잠 깬

짐승들이

아침 호수에 목 축인다

4188

반갑다

삶의 모퉁이에서

만나는 사람들이

반갑다

4189

호숫가의 갈대

호숫가의 갈대들

잘 자라서

아름다운 풍경을 만든다

4190

다시 올까

내가 사는 동안

다시 올까

기대감이 남아 있다

4191

깊은 강

깊은 강은

속엣말을 많이

담고 흐른다

4192

옛 시집

고서점에서

못 샀던 옛 시집

누가 읽고 있을까

4193

산에 올라

산에 올라

큰 강을 바라보니

가늘게 흘러간다

4194

인생길

인생길 무탈하게

쭉쭉 뻗어 나가면

얼마나 좋을까

4195
그리운 것은

네가 떠나도

그리운 것은

너를 사랑한다

4196
사람이 그립다

텅 빈 집에

고독이 앉아 있으면

사람이 그립다

4197
감동이 담긴 삶

땀 흘려 살다 보면

감동이 담긴 삶을

살아간다

4198
일

나도 저 사람과

같이 일하고 싶다는

말을 들어야 한다

4199
말없이 떠나는

말없이 떠나는

뒷모습

이별이라 안타깝다

4200
빨랫줄에

빨랫줄에

흘러간 세월이

널려 있다

4201
겨울에 피는 꽃

찬바람 이겨내며

겨울에 피는 꽃은

용기가 대단하다

4202
마음 씀씀이

마음 씀씀이가

그 사람이 살아가는

모습을 만든다

4203
여름의 끝에서

여름의 끝에서

가을 발자국 소리가

들리기 시작했다

4204
외로움이란 말

외로움이란

말은 지금부터

없어도 좋다

4205
슬픈 인생

가슴에 한 맺힌

사람들은

슬픈 인생 산다

4206
맑은 날

햇살 받은 구름이

즐거운지 바람 타고

여행을 떠난다

4207
다람쥐

요리조리

눈치 보는 다람쥐

머물지 않고 달아난다

4208

못다 한 말

풀과 나무가

못다 한 말

꽃으로 피었다

4209

들국화 서서

가을비 쓸쓸하게

내리는데

들국화 서서 맞는다

4210

시름에 젖어

시름에 젖어

피리를 불고 보니

마음만 더 서글프다

4211

마지막 인사

그날 떠날 때

마지막 인사가

이별이었다

4212

짧은 이야기

삶이란

끝이 있는

짧은 이야기

4213

우연

아주 우연일지라도

기분 좋은 일이

생겼으면 좋겠다

4214

추억의 시간

세월이 떠나가도

추억 속에

행복한 시간이 그립다

4215

사나운 소문

풍문이 잘못

퍼져나가면

소문이 사나워진다

4216

우리의 날

인생에서 삶에서

우리의 날을

만들어가자

4217

먼 훗날

먼 훗날

오늘이 아름답다

말하고 싶다

4218

비정한 세상

관심이 사라지고

무관심이 판치는

비정한 세상이다

4219

겨울 포구에

겨울 포구에

찬바람 불어도

배들 떠나기 원한다

4220

푸른 꿈

푸른 하늘 바라보며

푸른 꿈 꾸면

내 마음도 푸르다

4221

막사발

막사발에

시원한 물 가득

목마름이 사라진다

4222

새벽 밥상

어머니 새벽 밥상은

정성과

눈물이었다

4223

몹시 섭섭하다

인사 한마디 없이

훌쩍 떠나니

몹시 섭섭하다

4224

작은 꽃도

작은 꽃도 세밀한

아름다움으로

피어난다

4225

연상의 기차역

내 마음의

연상의 기차역에서

시가 내리고 있다

4226

달리는 기차는

달리는 기차는

차창에 지나온 길

담고 있다

4227

저녁의 운명

저녁의 운명은

검은 어둠 속으로

사라진다

4228

엉뚱한 생각

무료한 날에

엉뚱한 생각이

침입한다

4229

소담스럽다

들꽃이 피어난

자연스러운 모습이

소담스럽다

4230

텅 빈 생각

텅 빈 생각에

왜 쓸데없는

고민이 파고들까

4231

나중이란 시간

나중이란 시간은

약속된

시간이 아니다

4232

속으로 들어와

내 마음 가장자리에서

맴돌지 말고

속으로 들어오라

4233

주인 없는 허공

허공에 주인이 없어

새는 날아가고

구름이 가고 비바람 분다

4234

즐거움 속에

삶이 행복하다는 것은

즐거움 속에서

살아가는 일이다

4235

떠난 후에도

떠난 후에도

아름다웠다 말한다면

삶을 잘 살아온 것이다

4236

아침 이슬

아침 이슬도

맺혔다 사라졌다

반복한다

4237

한참 좋을 때

인생에서

한참 좋을 때를

만들며 살자

4238

졸음

피곤이 몰아치니

찾아오는 손님은

졸음이다

4239

남대문 시장

남대문 시장에서도

시인들의 시집이

잘 팔리면 좋겠다

4240

삶의 고삐

삶의 고삐 풀기도

묶기도 잘해야

흐트러짐이 없다

4241

당신

언제나 제일 먼저

생각나는 사람이

당신입니다

4242

걸어온 길

걸어온 길이 길수록

구두 뒤꿈치를

많이 잡아먹었다

4243

괴롭다

사람들이

싫어질 때가

가장 괴롭다

4244

여행하면

여행하면 나라마다

건물과 풍경과

음식이 색다르다

4245

부탁

평생 연락 없다가

부탁하고 싶을 때

연락한다

4246

심통 난 마음

심통 난 마음

보기 싫게

얼굴이 샐쭉하다

4247

연극 무대

연극 무대가 끝나고

홀로 남으면

허전하고 서글프다

4248

눈길

눈길을 걸어가면

왠지 좋은 일이

있을 것 같다

4249

나비의 비행

나비는 가만히 있기보다

비행하기 위해

몸보다 날개가 크다

4250

괴롭히는 삶

남을 괴롭히는 삶은

자신을 스스로

괴롭히는 삶이다

4251

그 사람

사람들이 좋아하는

그 사람 묵묵히 사는

모습이 아름답다

4252

세상살이

새벽부터 일하며

살아보아도

세상살이 서툴다

4253
눈에 선하다

그립고 보고 싶은

얼굴이 방금 본 듯

눈에 선하다

4254
너를 사랑한다

너에게 말하려고

오래 생각해 온 말

"너를 사랑한다!"

4255
먹구름도

먹구름도

함께 모여야

비를 쏟아 내린다

4256
설움

지난 세월

멸시받던 생각에

설움이 복받치다

4257
힘들 때

힘들 때 '수고했다'

이 말 한마디에

용기가 생긴다

4258
붉은 노을 강가

밤을 맞이하기 위해

붉은 노을이 강에서

타오르고 있다

4259
즐거웠던 때

즐거웠던 때를

회상하면

다시 한번 행복하다

4260
새로운 삶

지난 낡은 것은

떠나보내고

새로운 삶을 살고 싶다

4261
가을이 오는 길

가을이 오는 길에

단풍과 고독이

함께 찾아왔다

4262
산기슭

산기슭 올라가는 길

누구에게 쉽게

몸을 내주었다

4263
하얀 웃음

가을에 잘 익어

목화밭에

하얀 웃음 터졌다

4264
개구리

개구리 한 마리

호수에서 고개 내밀고

세상을 엿보고 있다

4265
아침 해

아침 해

어둠 속을 뚫고

찬란하게 돋는다

4266
봄꽃

겨울 끝에

봄바람 불면

봄꽃이 핀다

4267
새로운 봄은

새로운 봄은

어느 길로

찾아왔을까

4268
떠나는 가을

떠나는 가을은

어느 길로

떠나갔을까

4269
기분 좋은 날

기분 좋은 날은

풀잎 위에

이슬도 춤춘다

4270
가을의 집

오색 단풍이

나무들바다

가을 집을 지었다

4271
당신을 볼 때마다

당신을 볼 때마다

사랑한다는 말

하고 싶었다

4272
봄소식

겨울에 얼었던

강물이 흘러가며

봄소식을 전한다

4273
늙음

먼지 쌓인

세월 속에 늙고

나이가 들었다

4274
하늘을 떠나면

구름은

하늘을 떠나면

갈 곳이 없다

4275
춘설

겨울이 차마

떠나기 싫은지

춘설이 내린다

4276
멈춤

가지 말아야

할 곳은

멈춤이 제일이다

4277
끝없는 목마름

목마른 갈증이

끝없이

펼쳐지고 있다

4278
잊힌 사랑

잊힌 사랑

아무 생각도

나지 않는다

4279
단막극이다

인생이란

단 한 번의

단막극이다

4280
날개가 있다면

날개가 있다면

가고 싶은 곳

한없이 날고 싶다

4281
성깔

성깔이 눈초리에

모여들면

화부터 낸다

4282
진실한 사랑

진실한 사랑은

따뜻하고

편안하다

4283
지난 세월

인생도 살다 보면

지난 세월이

길어진다

4284
희망이다

앙상했던 가지에

꽃 피는 봄은

희망이다

4285
마음의 여유

절망의 끝에

희망을 지니는 것은

마음의 여유다

4286
시집

시인들이 시집을

마음껏 내는

세상이 되면 좋겠다

4287
삶이 대단해도

삶이 대단해도

세상 떠나면

하잘것없다

4288
내 마음의 우체통

내 마음의 우체통에

사랑의 추억이

수북하게 쌓여 있다

4289
사랑의 허기

늘 채워지지 않는

사랑의 허기를

무엇으로 채울까

4290
허상

내 꿈이

허상이라면

가슴이 아프다

4291
수면

바람이

괴롭히지 않으면

수면은 잔잔하다

4292
가을비 우수

가을비 내리는 날

가을에 젖고

고독에 젖는다

4293
매화꽃 피면

봄날

매화꽃 피면

그리움도 꽃 핀다

4294
겨울의 시선

겨울의 시선이

차가워지기 시작하면

서리꽃이 핀다

4295
울음의 힘

새들의 울음의 힘

산천을

울리고 있다

4296
바다가 하는 말

바다가 하는 말

파도 소리를

해변이 다 받아준다

4297
새싹

새싹은

누가 보고 싶어

고개를 내밀었을까

4298
허무

지금까지 살아온

삶이 허탕이라면

너무 허무하다

4299
늙은 나무

오랜 세월 견딘

나이테에

담고 있다

4300
도서관

책들이 오늘

누가 나를 찾아올까

기다리고 있다

4301
쉴 곳 찾아

갈매기 바다 위에

쉴 곳 없어

쉴 곳 찾아 날아다닌다

4302
섬

오랜 세월 거센 파도

비바람 속에서도

섬은 살아 있다

4303
밤비가 내려도

밤비가 내려도

어둠은 씻겨 내리지

않는다

4304
천년 후에

천년 후에

누가 기억할까

다 잊고 말 거야

4305
종

종은 혼자 울어도

종소리는 멀리

넓게 퍼진다

4306
가슴 저린 슬픔

눈앞의 고통 보며

아무것도 할 수 없는

가슴 저린 슬픔이다

4307
추억의 길

오래된 시간이

추억의 길을 만들면

걸어가고 싶다

4308
사랑의 문

너와 같이 걸어가면

사랑의 문이

열린다

4309
유리그릇

깨질 때까지

담고 싶은

마음이 크다

4310
떠나는 봄

봄꽃

떨어지면

봄이 떠난다

4311

고요한 호수

고요한 호수에

구름도 새도 동물도

찾아와 얼굴을 본다

4312

지나친 욕심

빈손이 편한데

손에 꽉 쥔 것은

지나친 욕심이다

4313

대추나무

햇살 먹은

빨간 대추

보석처럼 열렸다

4314

떠날 목숨

한순간에 사라지고

떠날 목숨이

참 모질고 모질다

4315

보고 싶으면

보고 싶으면

그리움이 마음

가득하게 번진다

4316

사랑의 짐

사람들은 살면서

서로 사랑의 짐

주고받으며 산다

4317

큰 바위는

큰 바위는

하늘을 날아가는

작은 나비가 부럽다

4318

눈썹

눈썹이 세월의

무게 견디지 못해

하얗게 변했다

4319

생선가게에서

물고기 일생을

토막을 내어

팔고 있다

4320

길마중 나왔다

어두운 밤길

달맞이꽃이

길마중 나왔다

4321

구름 위에서

구름 위에서

비가 내릴 날을

기다리고 있다

4322

이별의 잔상

이별의 잔상이

옹기종기 남아

그리움이 되었다

4323

고독은

고독은

시인의

평생 친구다

4324

호수에

호수에

돌을 던지면

동그라미 그려진다

4325

삶의 가는 길

삶의 가는 길이

짧은 단편보다

여유 있는 장편이 좋다

동굴

내 마음 동굴에

시가 사는

마을이 있다

편지

떠나가는 구름에게

편지를 부치면

전해 줄까

부엉이가

부엉이가

어둠 속에서

앓듯 울고 있다

자꾸 눈길 가네

보고프면

오는 길에 자꾸만

눈길이 간다

이런 날 있을까

삶에 이런 날 있을까

바로 그런 날을

기다리며 산다

시골 버스 정류장

시골 버스 정류장

노인이 내리고

짐과 한숨이 내린다

시를 읽으며

시를 읽으며

시인의 마음을

읽는다

도넛의 구멍

도넛의 구멍이

외출하여

돌아오지 않는다

정겨운 사람

정겨운 사람들은

이야기 흐름이

따뜻하다

떠나보내는 고통

떠나보내는

고통이 너무 아파

이별이 싫다

밤마다

밤마다

별들의 합창이

하늘에 가득하다

무더운 여름

무더운 여름

먹구름이 몸살났나

한바탕 비를 쏟았다

무한 경쟁

무한 경쟁이지만

사람은 누구나

한계가 있다

4339

부끄러운 손

죄를 지은 손은

부끄러운

손이다

4340

쓰러진 나무

태풍에 쓰러진 나무

일어서고 싶은 마음

간절했을 것이다

4341

손이 거칠다

손이 거칠어

툭하면 싸움질이니

큰일이다

4342

기쁜 소식

기쁜 소식이

문을 열고

찾아오면 좋겠다

4343

쓰다듬는 파도

파도가 밤낮으로

바다를 쓰다듬어

주고 있다

4344

산들의 이야기

산속에 부는 바람

산들의 이야기를

퍼 나르고 있다

4345

구름 따라

달밤에

구름 따라

나도 떠나고 싶다

4346

강

강 언덕에서 보는 강

유유히 흐르는

모습이 부럽다

4347

폭풍의 바람

폭풍의 바람이

성깔이 살아나

거세게 몰아친다

4348

언어의 바다

시인은

언어의 바다에서

시를 낚는 어부다

4349

몰려오는 가을

가을 몰려와서

그리움을 커피에

타서 마시고 있다

4350

낡은 벽지

낡은 벽지가

세월의 무게 견디며

벽에 붙어 있다

4351

입소문

입소문 시작되면

달라붙는 것들이

많아진다

4352

손 흔드는 가을

낙엽 속에는

떠나는 가을 이야기가

가득하다

4353

기출한 시계

고장 난 시계

시간이 힘들었나

가출해 버렸다

4354
산책하면

산책하면

자연의 목소리를

듣는다

4355
남몰래 한 일

남몰래 한 일

하늘이 보고

알고 있다

4356
개미

개미는

누가 보고 싶어

나무에 올라갈까

4357
다정한 목소리

다정한 목소리는

마음을

차분하게 만든다

4358
각기 다른 꿈

사람들은

사람들마다

각기 다른 꿈이 있다

4359
봄보리밭

봄보리밭 이랑마다

봄비를 부르는

갈증이 있다

4360
화창한 날

살다 보면

어둠이 사라지고

화창한 날 찾아온다

4361
길가에 핀 꽃

길가에 핀 꽃

세상 돌아가는

이야기를 잘 알고 있다

4362
기막힌 슬픔

사랑하는 사람이

떠나는 것은

기막힌 슬픔이다

4363
숲속의 기둥

나무는

숲을 만드는

숲속의 기둥이다

4364
빛이 된다면

시 한 편 어둠 속에

빛이 된다면

행복하다

4365
빈 어항

어항에 있던

물고기가

고향 찾아 떠났다

4366
날아간 세월

철새만

날아간 줄 알았더니

세월도 날아갔다

4367
풀잎의 리듬

봄바람에

풀잎이 리듬 타고

흔들리고 있다

4368
외로운 섬

외로운 섬

심심하지 않게

파도가 치고 있다

가을에

가을에 은행나무

숲길을 걸으면

사랑이 이루어진다

바람은

바람은 불어온 곳

이야기하지

않는다

숲 향기가

숲길을 산책하니

숲 향기가

가슴에 상큼 온다

오지 여행

오지를 걸어서

여행했더니

얼굴이 타 새까맣다

낮달

밤에 뜬 달

궁금증 가득해

낮에도 떴다

떨어지는 꽃

꽃이 떨어져야

새로운 꽃이

다시 피어난다

허튼 걸음

인생살이

허튼 걸음으로 살면

가치가 없다

언어의 무대

언어의 무대에서

시가 언어의 옷 입고

새로운 시가 된다

연기

연기는 아무리

솟아올라도

남김없이 사라진다

아름다운 추억

오랜 후에 오늘이

아름다운 추억이

되게 하자

큰 나무

작은 산보다

거대한 큰 산에

큰 나무가 많다

늦가을 그리움

늦가을 그리움이

홍시처럼

매달려 있다

머문 자리

우리가

머문 자리에는

추억이 꽃이 핀다

4382
아기의 눈

아기의 눈에는

하고 싶은 말이

많이 담겨 있다

4383
피눈물

삶이 고달파지면

피눈물 나게

울고 말았다

4384
문학 주유소

문학 주유소에서

시를

주유하고 싶다

4385
추억 한 잔

너를 그리워하며

커피 한 잔을

추억 한 잔 마신다

4386
소망

내 마음에 간절한

소망이 꽃피기를

원한다

4387
실연의 아픔

실연의 아픔도

세월이 지나가면

철 지난 추억이 된다

4388
유배

산에 있던 나무가

차에 실려

유배되고 있다

4389
장터길

장터길 장사꾼의

손님 부르는

눈빛이 강렬하다

4390
객지

세상 어느 곳이나

한 번 살다

떠나는 객지다

4391
웃음소리

개나리꽃이 필 때

길가에

웃음소리가 피어난다

4392
새벽에 차 한 잔

새벽에 차 한 잔으로

어제를 흘려보내고

하루를 시작한다

4393
난향

허공을 향하여

춤을 춤추는

난향이 향기롭다

4394
구름 정거장

구름도 정거장이 있나

비가 내릴 때

구름이 모여든다

4395
한시름

살다살다

돋아나는 한시름을

어찌 다 떨쳐버릴까

4396
바다의 마음

바다는 욕심이 없어

다 주는

넓은 마음을 가졌다

괴석

어찌 모진 비바람

홀로 맞았으면

괴석이 되었을까

사랑이 떠나면

사랑이 떠나면

몸과 마음도

떠난다

기다리는 빈자리

그대가 언제나

다시 올까

빈자리는 기다린다

눈 녹은 물이

눈 녹은 물이

흘러내리며

봄을 이야기한다

검은 눈동자

검은 눈동자가

밝게 빛나야

마음이 맑다

목이 출출할 때

목이 출출할 때

술 딱 한 잔 같이할

친구 생각이 굴뚝 같다

봄 눈동자

봄 눈동자에는

꽃이 피고

새싹이 돋았다

여름 눈동자

씩씩하게 자라는

풀과 나무의

초록 외침이 보인다

가을 눈동자

물드는 단풍 속에

지난 시절 추억이

고스란히 담겨 있다

겨울 눈동자

얼어붙은

차가운 시선 속에

눈이 내린다

황홀한 밤하늘

황홀한 밤하늘

구름 한 점 없이

별들이 빛나고 있다

외길

인생길

각각 다르다지만

홀로 가는 외길이다

정겨운 사람

곁에 있을 때나

없을 때나 정겨운

아름다운 사람

자연의 모습은

자연은 모습은

언제나 있는 그대로

솔직하다

어둠 속의 촛불

어둠 속의 촛불

켜 놓으면

마음도 밝아진다

4412
살아있는 그림

하늘에 펼쳐놓은

구름이 움직이는 모양은

살아있는 그림이다

4413
삶에

삶에 불행을

덧칠하여

괴롭게 하지 마라

4414
고통을 깨고

절망적인

고통을 깨고

일어서라

4415
옛 맛은

옛 맛은

그리움을 만들어

다시 맛보고 싶다

4416
숲

숲은 말이

없어도

진실이 살아 있다

4417
종

텅 빈 마음에

꽉 차고

힘찬 소리를 낸다

4418
슬픔의 노래

눈물이 흘러내리며

슬픔의 노래를

부른다

4419
작은 이슬방울

작은 이슬방울

초록 생명을 살리는

힘이 있다

4420
인생의 굴곡

인생의 굴곡이

심할수록

깊이를 깨닫는다

4421
봄 향기 편지

봄바람이

보낸 편지는

봄꽃 향기다

4422
여름 편지

먹구름이 보낸

여름 편지는

소낙비다

4423
진정한 꿈

꿈이 눈앞에

이루어져야

진정한 꿈이다

4424
하얀 눈의 편지

겨울 하늘에 떠 있는

구름이 보낸 편지는

하얀 눈이다

4425
흔들리지 말자

불어오는

유혹의 바람에

흔들리지 말자

4426
텃밭에서

텃밭에서

자라는 먹거리에

식탁이 풍성하다

빛들의 도망

해 질 무렵

어둠이 들이닥치자

빛들이 도망쳤다

마음의 공간

마음의 공간이 있어야

누군가

찾아온다

작별 인사

꽃들의 작별 인사는

시들어 떨어지는

아픔이다

욕심의 노예

삶에 필요한

돈 있으면 충분한데

욕심의 노예가 된다

잊어버리지 말자

내가 실수한 것

내가 잘못한 것

잊어버리지 말자

밥 한 그릇

밥 한 그릇이

눈물이 되고

웃음이 된다

먹을 갈수록

먹을 갈수록

새로운 붓글씨가

태어난다

가출한 별

별도 하늘에서

살기 싫어 떨어져

가출 한다

방문객

이 세상 모든 것들은

방문객일 뿐

떠날 때가 찾아온다

멀고 멀어도

새들은 원하는 곳이

멀고 멀어도

날아간다

꽃

꽃이 아무리

화려해도

떨어질 때가 있다

삶의 흐름

삶의 흐름에서

뒤처지지 말고

흐름을 타라

잊으려 해도

잊으려 해도

웃자란 그리움이

고개를 내민다

4440

잘못

잘못 감추면 들킬까

속 떨리는데

어찌 감추고 살까

4441

기도할 때

기도할 때

촛불을 켜는 마음은

간절함이다

4442

진실을 원할 때

내 마음이

진실을 원할 때

눈물이 난다

4443

주먹

주먹 쥘 때 생각하라

성깔인가

다짐인가

4444

고행과 나무

고행하러

산으로 들어간

나무가 숲을 이루었다

4445

선창

선창에

파도칠 때마다

떠나라고 후려친다

4446

맨 밑에서

인생은

맨 밑바닥에서

출발하는 것이다

4447

하얀 눈썹

눈썹 위에

세월이 쌓이더니

하얀 눈썹이 되었다

4448

떠나는 인생

떠나는 인생

좀생이처럼 살지 말고

큰마음으로 살자

4449

강변의 나무

강변의 나무는

강변이 좋아

떠나지 않는다

4450

눈짓만 보아도

눈짓만 보아도

사람의 마음을

읽는다

4451

사랑이란 말

내 마음에

사랑의 말 떨어지자

사랑으로 물들었다

4452

꽃이 되었다

나뭇가지에

나비가 앉더니

꽃이 되었다

4453

인생의 강

인생의 강

건너기 쉽지 않아

파선할 때도 많다

4454

한 줄기 희망

한 줄기

희망 있으면

절망하지 않는다

4455
거북이는

거북이는

누가 무서워서

목을 넣다 뺐다 할까

4456
호기심

궁금증이

머릿속에

한가득 깔렸다

4457
뻐꾹새 울음이

뻐꾹새 울음이

고요한

숲속을 깨운다

4458
윤회하는 봄

봄이 오면

꽃들이 윤회하듯

다시 피어난다

4459
봄에 본 꽃

지난봄에 본 꽃

생각나 찾았더니

올해 꽃이 더 반갑다

4460
고통의 외침

가슴 저 깊은 곳

고통의 외침은

뼈아픈 탄식이다

4461
창문을 열어놓고

기다림이 있는

사람은

창문을 열어놓는다

4462
맨드라미

닭벼슬이

어느 사이에

맨드라미가 되었을까

4463
광대놀이

광대놀이

찾아왔으니

어서 와 보시오

4464
역경

어떤 역경이

부딪쳐도 이겨내며

다들 열심히 산다

4465
좋은 정자

강 가까이

좋은 정자 있으니

쉬었다 가시오

4466
동짓달

기나긴 밤

그리움 펼치니

너의 얼굴 떠오른다

4467
농사꾼

농사꾼에게는

낟알 하나하나가

너무 소중하다

4468
배꼽

배꼽이 웃자고

달려들면

웃을 수밖에 없다

4469
봄 구름

구름이 봄을 싣고 와

비와 함께

온 땅에 뿌렸다

4470
여름 구름

비가 내릴 때마다

열매 맺으려고

씩씩하게 자랐다

4471
가을 구름

가을비가 내릴수록

오색 단풍 색깔이

산에 또렷해졌다

4472
겨울 구름

하얀 눈 내린 산천이

금방 멋진

겨울 풍경이 되었다

4473
욕심

내 손이

부끄러운 것은

욕심 내지 말자

4474
달력

달력이 한 장

떨어져 갈 때마다

세월이 흘러갔다

4475
세상의 목소리

세상의 목소리가

합창이 되어

우주에 퍼진다

4476
별이 빛나는 밤

별이 빛나는 밤

어둠 속에 있어도

행복하다

4477
나무의 일생

나무의 일생은

기나긴

기다림이다

4478
화살촉

화살촉은

꿰뚫고 싶은

마음이 가득하다

4479
갈 길을 가라

세상이 모른 척

무관심해도

갈 길을 가라

4480
잠든 피곤

고되고 힘들었나

피곤이 먼저

잠들고 말았다

4481
단풍 든 나무

단풍 든 나무

겨울이 오기 전에

옷을 다 벗는다

4482
불면의 밤

불면의 밤

어둠을 싹 잘라

던지고 싶다

4483

악어

악어는 먹이를

삼키고 싶은 욕망에

입만 커졌다

4484

소중한 보석

나의 가장

소중한 보석은

당신의 사랑이다

4485

운명처럼

삶 속에서

운명처럼 다가오는

일들이 많다

4486

힘들다

힘들다 힘들다

자꾸 말하면

삶이 더 힘들다

4487

고였던 그리움

봄이면 고였던

그리움이

꽃으로 피어난다

4488

떠날 시간

낙엽이 떠날 시간이

점점 다가와

여위어 간다

4489

말의 비수

말의 비수

시퍼렇게 살아

가슴이 아프다

4490

전화번호

너를 지우려고

전화번호를

지워 버렸다

4491

세상이란 야영지

세상이란

야영지에서 머물다

터를 못 잡고 떠난다

4492

큰 소리

무조건 잘 났다

큰소리치지 마라

어리석게 보인다

4493

남겨 놓은 말

낙엽들이 남겨 놓은 말

듣지 못해

서운하다

4494

사막

사막을

옥토로 만들어

옮길 수는 없다

4495

갈매기

갈매기가 외로워

바다를 날아가며

울고 있다

4496

꿈과 희망은

꿈과 희망은

삶의 순간순간마다

빛나는 별이다

4497

보고 싶다는 말

보고 싶다는 말

흘러가는 세월에

걸어놓았다

4498

잠자기 전에

잠자기 전에

소등할 때

하루가 감사하다

4499

꽃 피는 봄밤

꽃 피는 봄밤

내 사랑도 꽃 피는

봄밤이 되고 싶다

4500

풀밭에서

풀밭에서 삶을

끈질기게 살아가는

비결을 배운다

4501

행복한 물고기

바다에서 춤추는

수영하는 돌고래는

행복한 물고기다

4502

꿈의 모서리

늘 바라던

꿈의 모서리에서

꽃 피기 시작했다

4503

마음에 여유

멀리서 바라보면

서두름이 사라지고

마음에 여유가 있다

4504

좋은 향기

좋은 향기는

멀리 퍼져나가도

향기롭다

4505

꿈의 광구

인생의 꿈의 광구

폐광이 되게

살지 마라

4506

이 세상은

이 세상은

내 땅이 아니라

타인의 땅이다

4507

웃음의 행복

슬픈 눈물을

흘려보내야

웃음의 행복을 안다

4508

그래 그래야지

그래 그래야지

너는 언제나

그래야지

4509

남의 것 1

남의 것을

소중하게 여겨야

내 것도 소중해진다

4510

남의 것 2

남의 것

탐내 보아도

내 것이 안 된다

4511

어둠을 부르는 밤

어둠이

어둠을 부르는 밤

고독을 부르고 있다

4512

꿈에 왔을까

얼마나 그립고

보고 싶으면

친구가 꿈에 왔을까

4513
심장 떨림

사랑이

찾아오는 시간

심장 떨림이 거세다

4514
바람 불 때마다

바람 불 때마다

나뭇잎들이 떠드는 소리

수다스럽다

4515
무정한 세상

무정한 세상 관심과

따뜻한 마음이

꼭 필요하다

4516
낙엽 띄운 술잔

술잔에 낙엽 띄워

술을 마신다

가을을 마신다

4517
물구나무

꼬마 아이가

물구나무서서

지구를 들었다

4518
산양

산양이 칼벼랑을

타고 오르며

산에서 산다

4519
어느 날의 비가

어느 날의 비가

내 마음에

시처럼 내렸다

4520
낯선 막차

삶의 가는 길이

낯선 막차가 되게

하지 말자

4521
땅의 갈증

땅의 갈증이

하늘까지 올라가

비를 부른다

4522
산길

산길

개미 떼가

땀 흘리며 오른다

4523
비울수록

마음을

비울수록

공간이 커진다

4524
시험대

삶이 수없는

시험대에 오를 때

당당하게 서야 한다

4525
가을의 힘

가을이 힘이

온 세상을 가을빛으로

물들여 놓았다

4526

봄날 아침 햇살

봄날 아침 햇살이

새싹과 꽃 만들기에

몹시 바쁘다

4527

정겨운 계절

봄은 따스한

햇살 속에

정겨운 계절이다

4528

별 무리

밤하늘의 별도

혼자는 외로워

별 무리 지어 산다

4529

좋은 순간

언제나 기억해도

좋은 순간들을

만들며 살아가자

4530

들판의 사슴은

들판의 사슴은

보기에도

마음이 착하고 순하다

4531

겨울밤

온몸 꽁꽁 얼어도

네가 온다면

기다리고 싶다

4532

하룻밤이

하룻밤이

꿈이 아닌

현실일 때 행복하다

4533

보람

인생은 참맛과

참 멋이 있어야

보람이 있다

4534

감나무

가을에 잘 익어가는

감나무가 있는 집

왠지 부럽다

4535

잘못 사는 것은

잘못 사는 것은

자궁이 찢으며 출산한

어머니 모욕하는 것이다

4536

겨울 대나무 숲

차다 찬 겨울에도

올곧게 서서

모진 바람 이겨낸다

4537

길 잃은 양

길 잃은 양은

목자의 음성이

그립다

4538

달빛 이야기

달밤에

달빛이 쏟아져

달빛 이야기를 만든다

4539

망부석

기다리던 마음

딱딱하게 굳어져

망부석이 되었다

4540

입춘

겨울 추위 뚫고

봄 이야기가

돋아난다

4541
풀꽃의 웃음

들판에 꽃이 피면

바람 불 때마다

들꽃 웃음 가득하다

4542
포구에서

포구에서 파도가

만남과 떠남의

이야기를 만든다

4543
꽃

꽃은 자연에서

피어나는

시 한 편이다

4544
작은 별 하나

거대한 우주 속에

작은 별 하나

아름답게 빛난다

4545
언덕

바람이 불다가

흙이 머무는 곳에

언덕이 생긴다

4546
감동

생생한 기쁨과

감동이 넘치는

나날을 만들자

4547
산속의 아침

산속의 아침은

풀과 나무들이

깨어나는 시간이다

4548
섬진강 노을

섬진강 강 따라

저녁노을 붉게

타오른다

4549
어린 날의 불행

어린 날의

불행의 기억은

평생 지워지지 않는다

4550
봄이 오려면

봄이 오려면

얼었던 강물이

깨지는 소리가 난다

4551
악한 마음

악한 마음이

돌출 행동하지 않게

악에서 떠나라

4552
새벽달

새벽달

떠나는데

집이 어딜까

4553
너를 만나면

너를 만나면

나를 만난 듯

반갑다

4554
늘 생각하며 살자

늘 생각하며 살자

왠지 좋은 일이

있을 것 같다

4555
사랑

고독을 던져버리고

사랑에

빠지고 싶다

4556

더 늦기 전에

더 늦기 전에

인생의 맛을 보시오

떠나는 삶이오

4557

별을 보면

별을 보면

보고픈 얼굴 떠올라

그리움이 가득하다

4558

바람의 울음

바람은 불 때마다

울음소리를

내며 떠나고 있다

4559

나를 아십니까

이 삭막한 세상에

가끔 하고 싶은 말은

"나를 아십니까?"

4560

풀잎의 노래

풀잎이 고요하다

바람 불면 몸 흔들며

노래를 부른다

4561

사랫길

사랫길 걷다 보면

어릴 적 고향 친구

생각이 난다

4562

아침 정원

아침 정원 꽃들도

새 아침을 맞으려

이슬로 씻는다

4563

빈 걸음

무거운 짐 지고

살던 사람들이

떠날 때는 빈 걸음이다

4564

산은 험할수록

산은 험할수록

아름다운 풍경을

만든다

4565

봄 여행

봄 여행

꽃향기 따라

꽃들을 찾아다닌다

4566

여름 여행

여름 여행

초록 길 따라

비를 맞아도 떠난다

4567

가을 여행

가을 여행

단풍 따라 열매 따라

가을바람 따라 떠난다

4568

겨울 여행

혹한의

추위에도

눈밭을 걷고 싶다

4569

하루 휴가

커피와 함께 떠나는

하루 휴가

커피 향이 낭만이다

4570

짙은 밤 그늘

밤 그늘이 짙을수록

별빛은

초롱초롱 빛난다

4571

구름의 눈물

하늘의 웃음과 눈물은

태양의 웃음과

구름의 눈물이다

4572

밤에 피는 꽃

밤에 피는 꽃은

내 마음에서

피어나는 고독이다

4573

시골 간이역

시골 간이역

시간도 멈춘 듯

잡초만 자라고 있다

4574

조금만 더

기다려

조금만 더 기다려

꿈이 이루어질 거야

4575

늦가을 밤

늦가을 밤

가을이 떠나려고

낙엽이 자꾸 진다

4576

세상에 파도

바다는 날마다

파도를 꽃피워

온 세상에 파도친다

4577

솔바람

솔바람 소리 살아나면

가슴이 시원해지고

기분이 상쾌하다

4578

초인종

시련과 고난은

초인종을 울리지 않고

쳐들어온다

4579

국화꽃 차

국화꽃 차 한 잔에

가을 향기가

가득하다

4580

샘물은

샘물은

무슨 한이 많아

눈물을 계속 쏟아낼까

4581

빈자리 있다면

푸른 하늘에

빈자리 있다면

꿈을 그리고 싶다

4582

구름의 꿈

하늘을 떠도는

구름의 꿈은

눈비를 내리는 꿈이다

4583

푸른 물감에

새들이 하늘을 날아도

푸른 물감에

물들지 않는다

4584

마음의 매듭

마음의 매듭이

단단하면 쉽게

흔들리지 않는다

4585

별 중에

밤하늘 별 중에

어떤 별하고

사랑에 빠져볼까

4586

물밑 이야기

강물이 흘러가는

물밑 이야기의

속을 알 수 없다

4587

먹자골목

도시마다 있는

먹자골목에는

삶의 이야기가 있다

4588

가을 화장

가을 화장은

울긋불긋 단풍이

아주 잘해 놓았다

4589

허락된 축복

삶을 살아가는

모든 것이

나의 축복이다

4590

봄날은

봄날은

가만히 있어도

왠지 기분이 좋다

4591

불면의 새

불면의 새가

내 잠을 쪼아 먹어서

잠들 수가 없다

4592

봄밤 눈물

꽃 피는 봄

그리워서

봄밤 눈물이 난다

4593

해가 뜨면

해가 뜨면

어둠을 벗고

밝음 속으로 들어간다

4594

귓속말

귓속말이

귀에서 빠져나가

소문이 되었다

4595

시

외로울 때는

고독할 때는

시를 쓰게 만든다

4596

고독의 맛

인생은 고독한 거야

고독해서 사는 맛

느끼는 거야

4597

딴청

보고 있으면서

알고 있으면서

모른 척 딴청을 부린다

4598

폭포에서

폭포에서

떨어지는 물방울들

얼마나 아찔할까

4599

여름 낮

여름 낮이 길어

들판이 일이

쉽게 끝나지 않는다

4600

그리움이

그리움이 때때로

사정없이 가슴 속으로

밀어닥친다

4601

무엇을 할까

인생을 살면서

수없이 던지는 질문

어떻게 살까

4602

우리 멀리 있어도

우리 멀리 있어도

그리움만은

남겨 놓자

4603

홈페이지

내 마음의 홈페이지

점령한 것은

시 쓰고 싶은 마음이다

4604

떠돌이의 피

광대들의 몸에는

떠돌이의 피가

흐르고 있다

4605

소소한 행복

소소한 행복들이

모여서

큰 행복을 만든다

4606

산사의 오후

산사의 오후

나이 든 스님이

계단에서 졸고 있다

4607

떠난 자리

사랑이

떠난 자리

이별만 남았다

4608

절망의 숲

절망의 숲에서

벗어나야 희망의 길

찾을 수 있다

4609

여름 손님

소나기는

무더운 여름날

선물 같은 손님이다

4610

사람

사람을 좋아할 수

있지만 아무나

사랑할 수 없다

4611

삶의 방향을

삶의 방향을

거짓의 길에서 떠나

진실의 길로 가라

4612
행진

둘러보아라

모든 것이

미래를 향해 행진한다

4613
해바라기 얼굴

해바라기

해맑은 얼굴에

웃음이 가득하다

4614
폭우가 내린다

씻어버리고

싶은 것들이 있었나

폭우가 내린다

4615
가을밤은

가을밤은 달이

하얗게 얼굴을

화장하는 시간이다

4616
우울한 눈물비

내 마음에

눈물비가 쏟아지려나

몹시 우울하다

4617
자유로운 상상

자유로운 상상이

다양한 시를

쓰게 해준다

4618
희망을 캐는 광부

내일을 살아가는

사람들은

희망을 캐는 광부다

4619
태양의 희망

해돋이를 보는 것은

떠오르는 태양처럼

희망 속에 살고 싶다

4620
가을이 떠났다

도토리 줍고

밤을 다 따자

가을이 떠났다

4621
새벽에 드는 잠

밤새 잠 못 들다

새벽에

잠이 찾아왔다

4622
새

새들이 날아가다

힘들면 구름 위에

발자국 남겨 놓을까

4623
겨울 연가

눈이 내리면

사랑하는 사람과

겨울 연가 만들고 싶다

4624
멋지게 사는 삶

멋지게 사는 삶

어느 날 분명한

계기가 있다

4625
황토밭에서

황토밭에서 씨알 굵은

고구마 캘 때

기분 좋다

4626
국밥집

분위기가 따뜻한

국밥집

단골손님이 많다

강한 추위

강한 추위에

입김마저 얼어붙는데

바다는 파도친다

4628

새벽 두 시

외출 나간 잠이

아직 돌아오지

않았다

4629

날개가 있어도

날개가 있어도

날아갈 수 없는

박제된 새가 되었다

4630

비를 부른다

입이 바싹 마른

풀잎들이

비를 부른다

4631

아름다운 삶은

이 세상에서 가장

아름다운 삶은

내가 살아온 삶이다

4632

기다림이란 병

네가 떠난 후

기다림이란

병이 들고 말았다

4633

가을 연가

가을이면 갈대들이

강변에 모여

가을 연가를 부른다

4634

구두끈 맬 때

구두끈 맬 때

마음의 끈도

다시 맨다

4635

꿈속의 꿈

꿈속의 꿈은

언제나

꿈에서 끝난다

4636

너무나 먼 길

인생이란

혼자 살기에

너무나 먼 길이다

4637

허점

남의 허점 찾는

눈초리들이 세상에

부쩍 많아졌다

4638

발목 적신 나무

비가 내리면

나무들은 고단했던

발목을 적신다

4639

혀의 진술

혀의 진술이

진실해야

말에 신뢰가 간다

4640

숲속을 거닐면

숲속을 거닐면

내가 말 안 해도

숲이 말한다

4641

안개꽃 피면

안개꽃 피면

풍경이

더 아름다워진다

4642
너무 외로우면

외로움도

너무 외로우면

외로움이 친구가 된다

4643
방금 피어난 꽃

방금 피어난 꽃

하나 같이

행복한 표정이다

4644
고통의 축제

고통 축제는

시간이 길수록

힘들고 괴롭다

4645
한가한 날

커피 한 잔에

온갖 생각

타 마신다

4646
홀로 갇히다

부르는 사람 없고

만날 사람이 없어

홀로 갇히다

4647
마음의 등불

어두워지기 전에

마음의 등불을

켜야 한다

4648
너는 떠날 때

너는 떠날 때

마지막 인사도

아무 말도 없었다

4649
환영

그대가 나의 인생에

찾아온 걸

진심으로 환영한다

4650
미움은

미움은

선한 마음에

독한 종양이다

4651
고독한 거야

저 혼자 서 있는 나무

저 혼자 흐르는 강물

세상은 고독한 거야

4652
내가 부르면

이 넓은 세상에서

내가 부르면

누가 찾아올까

4653
소리

나에게 들리는 소리를

잘 들어야

삶이 달라진다

4654
꽃차

꽃은 떨어져서도

찻잔 속에서

다시 꽃이 핀다

4655
구름은 머물러

구름은 머물러

살지 않아

집을 짓지 않는다

4656
새끼손가락

제일 작은

새끼손가락 걸어도

약속은 지켜야 한다

4657

희망은

희망은 절망보다

위대하고

강한 힘이 있다

4658

행복

나의 인생에서

너를 사랑하는 계절이

가장 행복했다

4659

텅 빈 고독

텅 빈 고독 속에

시간이 흐를수록

외로움만 쌓인다

4660

억새

비바람 속에서

키만 크더니

머리칼 휘날린다

4661

옷의 무게

힘들고

지치면

옷이 무겁다

4662

사냥꾼

사냥꾼의 총구가

항상 동물의 심장을

향하여 있다

4663

돌팔매질

사람 있는 곳에

돌팔매질하지 마라

누군가 목숨을 잃는다

4664

그림자

혼자 마음대로

걸어 다니는

그림자는 없다

4665

마침내

마침내 원하던

그날이 오면

무어라 말할까

4666

숲속의 새

숲속의 새

혼자 울며

독백하고 있다

4667

기다림의 끝

기다림이

기다림으로 끝나면

큰 아쉬움만 남는다

4668

만남

내 마음의 들판 끝에

서 있는 그대를

만나고 싶다

4669

이야기가 멀면

이야기가 멀면

사이도

멀어진다

4670

라일락 꽃향기

라일락 꽃향기

밤바람에 날아와

미칠 듯 안고 싶다

4671

고독의 늪

고독의 늪에

자꾸만 깊이

빠져들어간다

4672

우는 비

장마가 계속이다

하늘도 오래도록

울고 싶었나 보다

4673

하늘의 새

하늘에 새들이

한 폭의 그림처럼

날아간다

4674

고독한 술

가을에 마시는

고독한 술 한 잔에

가을이 깊어간다

4675

길

누군가 첫발을 내디뎌

걷기 시작할 때

길이 시작된다

4676

선한 마음

선한 마음은

착하게 나누는 마음을

섬긴다

4677

너무 슬프면

너무 슬프면

눈물도 여러 겹으로

흘러내린다

4678

비가 만든 풍경

비가 내리는 날

비가 만든 풍경도

아름답다

4679

깊은 밤

깊은 밤 홀로

자 한 잔 마시려니

달이 친구가 된다

4680

이별의 소리

이별의 떠나가는

발자국 소리가

크다

4681

가뭄에

가뭄에 땅이 목말라

풀이 마르는 소리가

들판에 가득하다

4682

뒤안길

우리 삶의

뒤안길에서 만나도

정겹게 만나자

4683

희망이 없다

꿈을 잃어버린

사람은

희망이 없다

4684

보이지 않는 길

넓은 하늘

보이지 않는 길

새들은 잘 찾아 날아간다

4685

종이 속 그림

종이 속 그림처럼

추억이 내 마음에

그려져 있다

4686

길이 침묵하면

길이 침묵하면

앞으로

나갈 수 없다

4687

밤하늘은

밤하늘은

외롭지 않으려고

별들을 풀어 놓았다

4688

저녁 강이

저녁 강이

하루만큼의 이야기를

담고 흘러간다

4689

지난 일

지난 일 놓쳐버린

시간 속에

일어난 일이다

4690

바다는 파도로

바다는 파도로

수없이 구겨져도

다시 펼쳐진다

4691

빛나는 밤의 눈

달은 밤에도

잠들지 않는

빛나는 밤의 눈이다

4692

비의 정류소

구름이 머무는

비의 정류소에서

비가 내린다

4693

시간의 집

시간의 집에는

모두 다

떠나는 사람들이다

4694

여운이 남는

세월이 떠난 후에도

여운이 남는

삶을 살자

4695

밤

밤이 깊을수록

어둠은

두 눈을 밝히고 있다

4696

너의 마음에

너의 마음에

행복이 가득하면

나도 행복하다

4697

역경 속의 미소

역경 속에서

피어나는 미소에

힘을 얻는다

4698
성공

시련과 고통의

산마루에 오르면

성공이 보인다

4699
초목의 일광욕

햇살 좋은 날

풀과 나무들이

일광욕을 즐기고 있다

4670
고통에 시달릴 때

고통에 시달릴 때

따뜻한 말 한마디

힘이 된다

4671
막다른 골목

막다른 골목에서

중요한 결정이

내려진다

4702
푸른 눈

구름 없는 하늘이

푸른 눈으로

세상을 바라본다

4703
소파

소파에는 사람들이

나누다 떠난

이야기가 남아 있다

4704
슬픈 일들이

슬픈 일들이

모여들어

비극을 만든다

4705
좋은 결과

좋은 결과를

바라는

시작은 아름답다

4706
시를 쓰려면

세상의

움직임을

시로 써라

4707
겨울 가로수

겨울 가로수

추위에 떨며

외로움이 가득하다

4708
사랑하고 싶다

너를 사랑한다면

무한정

사랑하고 싶다

4709
떠나간 여자

떠나간 여자가

남겨 놓은 그리움이

떠나지 않는다

4710
깊은 슬픔에

통뼈를 깎아내리는

깊은 슬픔에

억장이 무너진다

4711
냇가에 앉아

냇가에 앉아

세월이 흘러가는

소리를 듣는다

4712
풀꽃을 보며

풀꽃을 보며

삶의 희망과

용기를 얻는다

4713

숲길을 걸으면

고요함 속에

삶의 소중함을

깨닫는다

4714

단상

살면서 마음속에

그림 그리고 싶은

단상들이 있다

4715

10월의 바람

10월의 바람에는

가을 단풍색이

들어 있다

4716

고독한 섬

소외 속에

수없는 단절 속에

스스로 고독한 섬이 된다

4717

한이 풀어지면

한이 풀어지면

풀어질수록

한이 커져 간다

4718

고독에 잠긴

홀로 있으면

고독 속에

나 혼자 잠긴다

4719

마음의 가뭄

사랑이 떠나자

내 마음에

가뭄이 들었다

4720

친밀함

아득한 것도

가까이 다가가면

친밀감이 생겨난다

4721

알쏭달쏭하다

내일이 어떻게 될지

몹시 궁금하고

알쏭달쏭하다

4722

이름

이 세상 모든 것은

이름을 알고 나면

가까워진다

4723

사랑한 줄 몰랐다

사랑한 줄 몰랐다

떠난 후에

갑자기 그리워졌다

4724

때를 놓치면

때를 놓치면

모든 것을

잃고 만다

4725

벚꽃

네가 아름다운

여자였다면

사랑을 하고 싶다

4726

숲속 전체

숲속 전체가

나무들의

한가족이다

4727

사랑에 빠지면

사랑에 빠지면

긴 밤도

짧았던 밤이 된다

4728
촛불을 켜고

홀로 너무 외로워서

전깃불 끄고

촛불을 켜고 싶었다

4729
먼 불빛

어두운 밤길 어둠이

오싹하게 조여 오는데

먼 불빛도 고마웠다

4730
새 울음도 얼었다

날씨가 얼어붙은

겨울 바다

새 울음도 얼었다

4731
혼자인 것이

누구와 말할 수 없는

혼자인 것은

끊어진 단절이다

4732
누구의 외로움이

누구의 외로움이

하늘에 떠서

하늘에 별이 되었을까

4733
어둠의 고요 속에

어둠의 고요 속에

기대어

별들이 빛나고 있다

4734
착한 사람들은

힘겨운

세상에서도

마음이 따뜻하다

4735
좋은 작품

좋은 작품은

풍성한 이야기를

만들어준다

4736
가을 길

억새가 피어나는

길 사이로

가을 길이 활짝 열렸다

4737
차가운 시선

차가운 시선 속에

뜨거운 한잔의 커피

마음을 녹여준다

4738
꿈길 가듯이

꿈길 가듯이

자연스럽게

너에게 다가가고 싶다

4739
사랑비

마음을 닫고 있으면

사랑비가

내리지 않는다

4740
너를 초대한다

내 마음에 사랑을

꽃 피우기 위해

너를 초대했다

4741
역마살

역마살이 가득한

구름은 머물지 못하고

떠나고 만다

4742
잊은 추억

기억 상실하면

모든 추억을

잃어버린다

4743

겨울 강

겨울 강 꽁꽁 얼어

강물 흐름을

잃어버렸다

4744

몸짓

바람에 흔들리는

꽃들의 몸짓이

아름답다

4745

겨울 바위

겨울 바위

겨울잠을 자는지

꼼짝 않는다

4746

시련 속에서

시련 속에서 슬픔

한 스푼씩

먹었더니 좋은 날 왔다

4747

헐벗은 사람들이

헐벗은 사람들이

외로움 속에

쓸쓸하게 살고 있다

4748

시로 떠난다

11월은 낙엽들이

시가 되어

떠나는 계절이다

4749

산책길에서

산책길에서 만난

들풀은 모두 다

정겨운 모습이다

4750

나무

나무가 물구나무서서

자라는 것을

본 적이 없다

4751

새벽 산행

산의 얼굴

산의 마음을 만나려고

새벽 산행을 한다

4752

너를 사랑할 때

너를 사랑할 때

네가 아름답게

보인다

4753

아침 숲에서

아침 숲에서

새들이 잠 깨어

노래 부른다

4754

사랑의 기적

세상 사람들 속에서

당신을 만남은

사랑의 기적이다

4755

내 삶이란

내 삶이란

시간의 바다를

떠내려가는 배다

4756

하늘 둥지

해와 달과 별들만이

하늘 둥지를 만들어

영원히 살고 있다

4757

다리밟기

누구는 달밤에

다리밟기하다가

사랑을 만났다

4758

별꽃

밤하늘에 별꽃은

누가 가꾸고

누가 키울까

4759

진실한 행복

진실한 행복은

마음이 먼저 알고

기뻐한다

4760

인생길 동행

인생길 동행한다는

것만으로도

가장 큰 힘이 된다

4761

멋진 장면

당신의 삶에

멋진 장면 원한다면

열심을 다하라

4762

네 사랑의 늪은

네 사랑의 늪은

깊이 아주 깊이

빠져들어도 좋다

4763

가을 햇볕은

가을 햇볕은

깊숙하게 파고들어

열매가 영글게 만든다

4764

맑은소리

숲속에서는

살아있는

맑은소리가 들린다

4765

아침 수평선

아침 수평선

배가 떠날 곳을

안내한다

4766

내 마음의 멍울

그리움이 삭아내려

내 마음에

멍울을 만들어 놓았다

4767

너의 소식

바람 소리 들으면

너의 소식도

들을 수 있을까

4768

그늘을 만든다

큰 나무는

누구나 와서 쉬라고

그늘을 만든다

4769

전신마취

사랑에

전신마취가 되어

꼼짝할 수가 없다

4770

땅속에 색깔

땅속에 색깔이

얼마나 다양하기에

열매마다 색깔이 다를까

4771
어머니 얼굴

어머니의 얼굴

생각하면

고난 속에 힘이 난다

4772
녹차

녹차 마실 때

초록 시가

떠오른다

4773
늘 푸른 마음

파도가 바다의

속살을 벗겨도

늘 푸른 마음이다

4774
혼자 내려와

산맥에서 산이

혼자 내려와

마을 동산 되었다

4775
메아리로

떠난 사랑

메아리로 돌아오면

네가 그리워진다

4776
뜨내기손님

뜨내기손님이라

무시하지 마라

단골이 될 수 있다

4777
야생화 피어나고

산길이 아름다운 것은

야생화 피어나고

물소리가 살아 있다

4778
삶의 시간

삶의 시간

보람으로 남으면

행복하다

4779
가본 지 오래된 길

가본 지 오래된 길

생각 속에

희미하게 남아 있다

4780
하늘에

하늘에

화살을 쏘아도

피를 흘리지 않는다

4781
무의미

하루 동안 시간만

무의미하게

왔다 떠났다

4782
지금처럼

행복한 순간

언제나 지금처럼

살고 싶다

4783
동트는 새벽

동트는 새벽

하루의

희망이 열린다

4784
모래 도시

파도는 해변마다

모래 도시를

만든다

4785
삶 속에

삶 속에 닫힌 문을

열린 문으로

만들어가자

4786
상처는 고통

상처는 고통이지만

깨닫게 하고

성장하게 한다

4787
머나먼 기억

머나먼 기억 속에

어린 시절

친구들이 남아 있다

4788
물들이 모여

떠나기를 원하는

물들이 모여

강물이 되어 흐른다

4789
가을 열차

가을 열차를 타면

풍경이 살아있어

지루함이 없다

4790
산천 구경

나비는 날아다니며

산천 구경하러

여행을 왔다

4791
꽃 떨어지는 봄

꽃 떨어지는 봄

아쉬움 속에

다시 봄을 기다린다

4792
그리워질 때면

그리워질 때면

그리움의 풍경 속에

그대가 서 있다

4793
지나가는 세월

흘러가는 세월

잡을 수도 없어

마음이 힘겹다

4794
너를 사랑함이

너를 사랑함이

내 삶의 가장 큰

행복이다

4795
홀어머니

홀어머니 눈에는

고독한 눈물이

젖어 있다

4796
밤의 노래

밤의 노래

밤하늘 별들의

합창이다

4797
오월 연못에

오월 연못에

하얀 배 띄운 듯

수련이 핀다

4798
안타까운 말

후회는 말 중에

가장 안타까운

말이다

4799
내 인생

내 인생

내가 감동을 하도록

멋지게 살자

4800
봄비가 온다

봄비가 온다

세상의 새싹들아

마음껏 돋아나라

4801
나무와 풀은

나무와 풀은

누가 가꾸지 않아도

혼자 잘 자란다

4802
호수에 내린 달

밤 호수에

달이 내려와

홀로 떠 있다

4803
내 삶에도

내 삶에도

기적이 일어나는 것은

참 신기한 일이다

4804
떠도는 구름처럼

떠도는 구름처럼

나그네 되어

한세상 살고 싶다

4805
이름

자기 이름 떳떳하게

자랑할 수 있게

살아야 한다

4806
생각을 버려야

불행하다는

생각을 버려야

행복이 찾아온다

4807
넓은 하늘

넓은 하늘의

마음은

푸르고 맑다

4808
구석의 아픔

구석을 비웃지 마라

구석이 없으면

중심도 없다

4809
어머니의 말씀

아들아 아느냐

네가 너를 얼마나

사랑하는지

4810
아름다운 습관

아름다운 습관은

자신의 삶을

더욱 아름답게 만든다

4811
산행 일기

산을 걸으며

산속에서 만난 것의

이야기를 적어 놓았다

4812
잘 익은 사과

잘 익은 사과

붉은 색감이 살아

온몸이 섹시하다

4813
고독이란

마음 한구석이

텅 비어 채우고 싶은

마음뿐이다

4814
시간의 바다

인생이란

시간의 바다에

삶이란 배를 띄우고 산다

내일

내일은 오지 않았지만

누구나 살기를 원하는

단 하루의 날이다

좋은 기억

네가 남에게

남이 나에게

좋은 기억이 되면 좋겠다

잠든 밤

어둠 속에 잠든 밤

달이 숲속을

걸어간다

연상 여행

시인은 시를 찾아

날마다 연상 여행을

떠난다

겨울 까치

날씨가 추워서

겨울 까치

울음소리도 얼었다

고독아

고독아 네가 자꾸

찾아오면

마음 문을 잠그고 싶다

모퉁이에서

구름이 하늘 저편

모퉁이에서

비를 만들고 있다

마지막 커피

마지막 커피는

너와 함께

마시고 싶다

신나는 생각

신나는 생각이

즐거운 일들을

만들어낸다

봄을 건져내고

봄 바다에 배들이

그물을 던져

봄을 건져내고 있다

첫 장사

피땀 눈물 시간

통통 털고 쏟아부어

첫 장사 시작했다

자연

자연의 아름다움은

깊이를 더할수록

살아난다

사람 사는 일

사람 사는 일

힘든 거야 어려울 때

서로 감싸주는 거야

산골에 피는 꽃

산골에 피는 꽃

시선이 없어도

향기를 날린다

산의 마음은

산의 마음은

넉넉하고 깊고

아주 든든하다

4830

별들 속에

별들이 깬 밤

별들 속에

편안히 잠든다

4831

어둠

어둠은

검은 날개를 펴서

세상을 장악한다

4832

가야 할 곳

가야 할 곳은

가야지

후회가 남지 않는다

4833

새롭게 살자

새로운 생각

새로운 마음으로

날마다 새롭게 살자

4834

시의 배달

내 마음의 메일에

시가

배달되었다

4835

매화의 자태

매화를 보면

아름다움에 도취하여

탄성을 지른다

4836

낚시꾼의 꿈

낚시꾼의 꿈은

꿈에도 그리는

월척이다

4837

들국화 차

들국화 차를 마시며

온몸으로

가을을 느낀다

4838

세상의 길

세상의 길에는

영원한 길로 가는

곳은 어디에도 없다

4839

심심한 구름

구름도 심심한지

산허리를 감았다

풀었다 놀고 있다

4840

홀로 고독하면

홀로 고독하면

싸늘한 세상에서

서글프다

4841

진실한 고백

진실한 고백은

들을수록

공감이 간다

4842

봄 들판은

봄 들판은

민들레들이

꽃 피는 들판이다

4843

질경이

질경이는 짓밟혀도

끈질기게

살아남는다

4844

봄 길 따라가면

봄 길 따라가면

사랑을

만날 수 있을 것 같다

4845
눈사람

그림 그려놓은

겨울 속의 눈사람

녹지 않고 서 있다

4846
가을 산에서

가을 산에서

밤송이가 찾아오라고

사람들을 부른다

4847
폭포를 보며

폭포를 보며 쏟아지는

물줄기 소리에

근심 흘려보낸다

4848
마을

마을이

평화롭게 보이면

사람들도 친절하다

4849
잘못된 상상

잘못된 상상은

문제를 만들고

불행을 만든다

4850
숲속은

숲속은

새들이 살아가는

천국이다

4851
밤 풍경

달빛 받으며

밤길 걸으면

밤 풍경이 아름답다

4852
폐차

자동차도

죽으면 폐차로

팔려가는구나

4853
민들레

민들레

노란 꽃 피어

봄을 노래한다

4854
시인의 상상력

시인의 상상력은

새로운 말을 만들어

시를 쓴다

4855
종이학

종이학은

날고 싶은데

유리병 속에 갇혀 있다

4856
작은 개미는

작은 개미는

심장의 크기가

얼마나 작을까

4857
흐르는 강물 위로

푸른 하늘이

흐르는 강물 위로

같이 흐르고 있다

4858

꿈속으로

꿈속으로

찾아오는 네가

무척 반갑다

4859

산속에

산속에 들어갈수록

산의 마음을 알고

산과 이야기를 나눈다

4860

가을 이야기

낙엽 한 장마다

떠나는 가을 이야기

적혀 있다

4861

낯선 길

낯선 초행길

처음 만나는 것들이

무척 반갑다

4862

겨울 외출

따뜻한 햇살이

겨울 외출 나와

거리를 돌아다닌다

4863

떠나는 연습

머물 수 없이

떠나는 연습하며

살아간다

4864

굴러갈 때마다

둥근 공은

굴러갈 때마다

동그라미 그려놓는다

4865

그대가 다시 올까

그리움이

고개를 들면

그대가 다시 올까

4866

아름다운 조각

대리석이 깨지는

고통 있어야

아름다운 조각이 된다

4867

바람의 말

계절마다 부는

바람이 전해주는

이야기가 다르다

4868

동그라미 빗방울

빗방울이

물 위에 떨어지면

동그라미를 그려놓는다

4869

봄비

봄비 내릴 때마다

봄소식

전해 주었다

4870

세월이 야속하다

달력을 뜯을 때마다

흘러가는

세월이 야속하다

4871

막힌 길

내가 가야 할

모든 길이 막혀

막막하다

4872

들꽃도 외로워

들꽃도 외로워

꽃을 피워

시선을 부른다

4873
침묵 속에는

침묵 속에는

말 없는

말이 가득하다

4874
가을의 뒷모습

단풍의 절정 끝나고

낙엽이 쌓이면

떠나는 가을 보인다

4875
미루나무

미루나무

키가 크도록

누구를 기다릴까

4876
가을 그림

푸른 하늘 아래

빨간 사과

가을이 그린 그림이다

4877
생각의 곳간

생각의 곳간에는

시를 쓸 연상이

많이 쌓여 있다

4878
당신의 사랑

당신의 사랑을

시로 써서 추억으로

남겨 놓고 싶다

4879
단풍 이야기

가을 숲속에 들어가

산책하며

단풍 이야기를 듣는다

4880
자전거

자전거는

시로 어울려

몰려다니기 좋아한다

4881
잔치 국수

잔치 국수 먹을 때

면발 당기는

소리까지 맛있다

4882
깨어진 병

깨어진 병은

다시 병이 될 수 없는

유리 조각이다

4883
시의 영감

나는 나의 모든

영감을 다 쏟아

시를 쓰고 싶다

4884
네가 떠나던 날

네가 떠나던 날

내 마음에서

너를 지웠다

4885
오징어

오징어는 붓글씨를

언제 쓰려고

먹물을 갖고 다닐까

4886
언어의 나라

언어의 나라에서

시가 나에게

찾아왔다

4887
해가 저물 무렵

해가 저물 무렵

홀로인 것이

외롭고 고독하다

4888
내 삶의 서가에

내 삶의 서가에

내가 살아온 날들이

꽂혀 있다

4889
살아가는 일은

살아가는 일은

끝없는 질문

끝없는 대답이다

4890
시의 길

시인은

평생

시의 길을 걸어간다

4891
붉은빛을

누가 저녁노을처럼

붉은빛을 아름답게

칠할 수 있을까

4892
희망의 불

절망의 끈을

끊어버리고

희망의 불을 켜라

4893
고통의 그늘

뼈를 깎듯 노력으로

고통의 그늘에서

벗어났다

4894
아름다운 얼굴

아름다운 얼굴

지나가는 세월이

주름을 만든다

4895
흘러간 세월

흘러간 세월을

찾아낼 방법은

어디에도 없다

4896
공

공을 하늘에

던지면

다시 던져준다

4897
명랑한 기분

명랑한 기분은

삶을 즐겁게 하는

값진 재료다

4898
수련

물 위로 떠올라

수련이 하고픈 말

꽃으로 피워 놓았다

4899
멋진 만찬

멋진 만찬에

초대받은 날은

무척 행복하다

4900
시간이 끝나면

시간이 끝나면

아무 일도

일어나지 않는다

4901
달빛 여행

달밤에 하늘 나는 새

달빛 여행을

즐기고 있다

4902
꽃이 절정으로

꽃이 절정으로

피어날 때가

가장 꽃이 아름답다

4903
봄 이야기 듣다

겨울 숲에

따스한 햇살 내리면

봄 이야기가 들려온다

4904
꽃

꽃이 아름다울 때

꽃잎을 열어

향기를 내 뿜는다

4905
여행길에는

여행길에는

음식 따라

추억이 생긴다

4906
싱싱한 생각

싱싱한 생각이

살아 있는 시 한 편

써놓는다

4907
풀들도

풀들도

뿌리를 뻗고

내린 만큼 강하다

4908
동시집

아이들의

마음의 노래기

동시집 속에서 들린다

4909
새 중에

새 중에 스스로

날개를 꺾는

새는 보지 못했다

4910
떠나가는 구름

떠나가는 구름도

비를 내릴 때

함께 모여든다

4911
매미

매미는

껍데기 남기려고

그렇게 울었을까

4912
토끼

토끼는 무엇이

궁금하지

큰 귀를 세우고 있다

4913
금붕어

어항 속의 금붕어

심심한 탓에

물방울만 만든다

4914
탑

탑이 올라갈수록

마음의 탑도

올라간다

4915
추억의 샘

내 마음 속

추억의 샘이 흘러

그리움이 몰려온다

4916
꽃과 사람

꽃은 어여쁘고

꽃향기가 좋고

사람 냄새가 좋다

4917
아버지의 말

삶이 힘들 때

아버지의 말이

늘 버팀목이 되었다

4918
별들은

별들은 어둠 속에

잠들기 싫어

눈을 반짝인다

4919
밤 빗소리가

밤 빗소리가

어둠을 적시고

어둠을 흘려보낸다

4920
내 마음의 달은

내 마음의 달은

그리움으로 떠 있는

너의 얼굴이다

4921
마음의 사람

내 마음속에 있는

사람이

그리움을 만든다

4922
밤의 세계

밤의 세계는

잠에 들어가야

만날 수 있다

4923
떠나간 과거

떠나간 과거는

고칠 수 없는

나의 이력서다

4924
모든 생각을

나는 머릿속의

모든 생각을

시로 쓰고 싶다

4925
인생의 간이역

인생의 간이역에서

꿈과 희망을

파는 곳은 없다

4926
외로움의 이유

홀로 떨어져 있으면

고독해지는 것이

외로움의 이유다

4927
무기력

할 수 없는 일을

무모하게 하는 것은

무기력한 것이다

4928
달콤한 감성

삶이 행복하여

달콤한 감성을

마음껏 누려라

4929
풀의 상처

풀의 상처에서

풀 향기가

진하게 난다

4930
깨끗한 거리

깨끗한 거리

청소부들의 땀과

수고가 만들었다

4931
겨울나무 보며

겨울나무를 보면서

봄을 기다리는

기다림을 배운다

4932
너를 만날 때

너를 만날 때

나를 보고 좋아하는

모습이 보고 싶다

4933
가슴에 남은 말

못다 한 말

한 마디 한이 되어

가슴에 남아 있다

4934
봄이 주는 선물

봄이 주는 선물

초록빛 세상

생명의 아름다움이다

4935
빈손

빈손으로 떠나는 삶

욕심과 욕망에

노예가 되지 말자

4936
생각의 필름

생각의 필름 속에

네 사랑의 말이

녹음되어 있다

4937
석양을 남기고

태양은 하루 동안

멋지게 살았기에

석양을 남기고 떠난다

4938
최고의 명당

내가 살고 있는 곳이

세상에서

최고의 명당이다

4939
산주름

산주름들이

산과 산 사이

계곡을 만들어 놓았다

4940
한 가지 소원

한 가지 소원 있다면

이 세상 모든 사람이

행복해지는 것이다

4941
겨울밤 내내

겨울밤 내내

하얀 눈이 내려

시 한 편 펼쳐 놓았다

4942
시를 쓸 때가

나는

시를 쓸 때가

행복한 시간이다

4943
아름다운 명소

아름다운 명소를

찾아 떠나는 여행

발걸음이 가볍다

4944
새 아침 오듯

아침마다

새 아침이 오듯

새 마음으로 살자

4945
나무와 폭설

나무들은

폭설에 갇혀도

설화를 꽃 피운다

4946

추억 사이로

추억 사이로

너의 얼굴을 보면

그리움이 몰려온다

4947

산등성이에

산등성이에 서 있는

나무들이

산의 키 높여주었다

4948

고서

옛사람의

삶의 이야기가

기록되어 있다

4949

옛 시절

오래된 낡은 책 같은

추억 속에서

옛 시절을 읽는다

4950

풍경에 담아

아름다운 풍경을

한 폭에 담아

시로 쓰고 싶다

4951

노을처럼

노을처럼 물드는

사랑이

아름답다

4952

시계

시계가 고장 나도

시간은 멈추지 않고

똑같이 흘러간다

4953

시인의 언어

시인의 언어는

갇혀 있지 말고

활짝 열려야 한다

4954

목련꽃 피면

목련꽃 피면

덩달아

내 사랑도 꽃 핀다

4955

산행을 한다

산이 좋아서

산이 불러서

산행을 한다

4956

구름 그림자

구름 그림자

붙잡으려고 했지만

바람 따라 떠나갔다

4957

봄 강

겨울이 떠난

봄 강에는

희망이 흐른다

4958

행복

세상을 아름답게

만드는 사람들이

있어 행복하다

4959

행복한 말

사랑한다는 말

가장 행복하게

들리는 말이다

4960

꿈을 꾼다

깊은 밤하늘에 달은

하얗게 빛나는

꿈을 꾼다

4961

걱정

사랑하며 가는 길은

아름다운 미로라

아무 걱정이 없다

4962

겨울 새벽

추운 겨울 새벽

언 손 호호 불며

녹인다

4963

하늘 구름

하늘 구름은

자연이 그려놓은

하늘 그림이다

4964

커피의 고독

고독한 날

한 잔의 커피로

고독을 씻어 내린다

4965

머물고 싶은 곳

내 마음이

머물고 싶은 곳은

너의 마음이다

4966

꽃도

꽃도 절정으로

피어나면 시들어

떨어지기 시작한다

4967

별 것 아닌 일

별 것 아닌 일에

가슴 아프게 하는

사람들이 있다

4968

행복이 있을 곳

행복이 있을 곳

사람들의 삶과

마음이다

4969

달맞이

달이 보고 싶을 때

언제든지

달맞이 가자

4970

수많은 생각

수많은 생각들이

떠올랐다가

갈 길을 잃었다

4971

한겨울

한겨울 고요하게

내리는 눈처럼

축복이 내렸으면 좋겠다

4972

따스한 햇살

내 마음이 차가운데

따스한 햇살이

심장을 녹인다

4973

수양버들 처녀

수양버들 처녀

봄비에 머리 감고

봄바람에 말리고 있다

4974

구름의 노래는

구름의 노래는

비가 쏟아질 때

들린다

4975

어디를 가도

구름은 어디를 가도

발자국 하나

남겨 놓지 않는다

4976

사랑 꽃

목숨에서 사랑 꽃

피울 수 있다면

얼마나 아름다운가

4977

떠난 빈자리

빈자리

사람 오기를 목메어

기다리고 있다

4978

낮은 목소리

큰 소리

치지 않아도

낮은 목소리로 통한다

4979

연못 속에서

연못 속에서

물고기들이 이야기를

만들어가고 있다

4980

새벽에

새벽에 잠을 깼다

오늘은 더 열심히

살고 싶은 모양이다

4981

좋은 시

손끝에서

물 흐르듯이 써질 때

좋은 시가 된다

4982

바람 부는 날

바람 부는 날

내 답답한 마음도

날아가면 좋겠다

4983

밤새도록

밤새도록 그리움이

파도처럼 밀려와

잠들지 못했다

4984

별의 잠

별은 잠도 없나

밤새도록

깜박이며 지켜준다

4985

하얀 눈은

하얀 눈은 한겨울에

하늘에서 내린

하얀 꽃이다

4986

별

별도 밤새도록

빛을 발하기

피곤할 것 같다

4987

달도 심심하면

달도 심심하면

구름과 산 뒤로

숨바꼭질을 한다

손톱 깎기

손톱을 깎을 때마다

지난 세월이

떨어져 나갔다

빗소리 들으며

비 오는 밤

빗소리 들으며

술 한 잔하고 싶다

걱정덩어리

잡초처럼 자라는

고민이

걱정덩어리 만든다

공터는 없다

공터에도

무언가 살고 있다

공터는 없다

사랑의 그림

내 마음에 그려놓은

사랑의 그림을

지울 수 없다

오선지 위로

오선지 위에

수많은

음악이 흐른다

정 들면

살아감 속에

정이 깊이 들면

잊을 수 없다

질문

이 세상의

모든 질문을

시간이 대답한다

멋진 삶

자신의 삶을 보고

감동할 수 있는

멋진 삶을 살아가자

떠돌이 나그네

하늘 구름은

둥지도 없는

떠돌이 나그네다

떠다니는 배

구름은

돛도 닻도 없이

떠다니는 배다

순례자의 길

인생길

순례자의 길처럼

걸어가면 좋겠다

마지막 순간

인생의 마지막 순간

잘 살았다고

마침표 찍고 싶다

제1회 한예원
국민애송시 전국시낭송대회

온 세상이 시다